Paul Auster

DIE MUSIK DES ZUFALLS

Roman

Aus dem Amerikanischen von
Werner Schmitz

Rowohlt

Die Originalausgabe erschien 1990 unter dem Titel
«The Music of Chance» bei Viking / Penguin, Inc., New York
Redaktion Thomas Überhoff

1. Auflage März 1992

Umschlag- und Einbandgestaltung Walter Hellmann
Foto des Autors: Isolde Ohlbaum
Satz Baskerville (Linotronic 500)
Gesamtherstellung Clausen & Bosse, Leck
Printed in Germany
ISBN 3 498 00036 5

Paul Auster
Die Musik des Zufalls

1

Ein ganzes Jahr lang war er nur kreuz und quer durch Amerika gefahren, während er darauf wartete, daß ihm das Geld ausginge. Er hatte nicht damit gerechnet, daß es so lange dauern würde, aber dann ging es Schlag auf Schlag, und als Nashe zu begreifen begann, was ihm geschah, wollte er schon nicht mehr, daß es aufhörte. Am dritten Tag des dreizehnten Monats begegnete er dem Jungen, der sich Jackpot nannte. Es war eine jener rein zufälligen Begegnungen, die sich aus heiterem Himmel zu ergeben scheinen – wie wenn einem plötzlich ein vom Wind gebrochener Zweig vor die Füße fällt. Wäre das in irgendeinem anderen Augenblick passiert, darf bezweifelt werden, daß Nashe auch nur den Mund aufgemacht hätte. Aber da er bereits aufgegeben hatte, da er sich einbildete, er habe nichts mehr zu verlieren, sah er in dem Fremden die Chance zu einer Atempause, die letzte Gelegenheit, etwas für sich zu tun, ehe es zu spät war. Und dann tat er es einfach. Ohne zu zucken, schloß Nashe die Augen und sprang.

Das Ganze war eine Frage des Ablaufs, der Abfolge der Ereignisse. Hätte der Anwalt nicht sechs Monate gebraucht, um ihn ausfindig zu machen, wäre er an dem Tag, an dem er Jack Pozzi traf, nie unterwegs gewesen, und damit wäre auch nichts von dem geschehen, was auf diese Begegnung folgte. Nashe fand es beunruhigend, so von seinem Leben zu denken, doch Tatsache war, daß sein Vater, einen Monat bevor Thérèse ihn verlassen hatte, gestorben war, und wenn er etwas von dem Geld geahnt hätte, das er erben sollte, hätte er sie wahrscheinlich zum Bleiben überreden können. Selbst wenn sie nicht geblieben wäre, hätte er Juliette nicht zu seiner Schwester nach Minnesota zu bringen brauchen, und das allein schon würde ihn davon abgehalten haben, das zu tun, was er dann getan hatte. Aber damals hatte er noch seinen Job bei der Feuerwehr gehabt, und wie hätte er sich um ein zweijähriges Kind kümmern sollen, wenn seine Arbeit ihn zu allen Tages- und Nachtstunden aus dem Haus rief? Wäre Geld dagewesen, hätte er sich eine Angestellte ins Haus geholt, um Juliette zu versorgen, doch wenn Geld dagewesen wäre, hätten sie gar nicht erst die untere Hälfte des trostlosen Zweifamilienhauses in Somerville gemietet gehabt, und Thérèse wäre vielleicht nie weggelaufen. Nicht daß seine Entlohnung so schlecht gewesen wäre, aber der Schlaganfall, den seine Mutter vier Jahre zuvor erlitten hatte, hatte ihn ruiniert, und noch immer überwies er monatliche Raten an das Pflegeheim in Florida, in dem sie gestorben war. In Anbetracht all dessen war das Haus seiner Schwester offenbar die einzige Lösung. Dort würde wenigstens Juliette die Chance haben, mit anderen Kindern in einer richtigen Familie zu leben und einmal frische Luft zu schöpfen, und das war beträchtlich viel besser als alles, was er selbst ihr anzubieten hatte. Dann hatte ihn plötzlich der Anwalt aufgespürt, und das Geld war ihm in den Schoß gefallen. Es war eine ungeheure Summe – knapp zweihunderttausend Dollar, ein für Nashe fast unvorstellbarer Betrag –, aber da war es bereits zu spät gewesen. Zuviel war in den vergangenen fünf Monaten in Gang gekommen, und nicht einmal das Geld konnte den Lauf der Dinge jetzt noch aufhalten.

Er hatte seinen Vater über dreißig Jahre lang nicht gesehen gehabt. Beim letztenmal war er zwei gewesen, und seitdem hatte es keinen Kontakt mehr zwischen ihnen gegeben – nicht einen einzigen Brief, nicht einen einzigen Anruf, nichts. Dem Anwalt zufolge, der die Erbschaft abwickelte, hatte Nashes Vater die letzten sechsundzwanzig Jahre seines Lebens in einer kleinen kalifornischen Wüstenstadt unweit von Palm Springs verbracht. Er hatte einen Eisenwarenladen betrieben, in seiner Freizeit an der Börse spekuliert und nicht wieder geheiratet. Seine Vergangenheit habe er für sich behalten, sagte der Anwalt, und erst als Nashe senior eines Tages in sein Büro gekommen sei, um ein Testament aufzusetzen, habe er etwas von Nachkommen erwähnt. «Er war tödlich an Krebs erkrankt», fuhr die Stimme am Telefon fort, «und er wußte nicht, wem sonst er das Geld hinterlassen sollte. Er meinte, dann könne er es genausogut zwischen seinen beiden Kindern aufteilen – die Hälfte für Sie und die andere Hälfte für Donna.»

«Eigenartige Wiedergutmachung», sagte Nashe.

«Tja, eigenartig war er schon, Ihr Alter Herr, gar keine Frage. Ich werde nie vergessen, was er sagte, als ich ihn nach Ihnen und Ihrer Schwester fragte. ‹Wahrscheinlich hassen sie mich wie die Pest›, sagte er, ‹aber jetzt ist es zu spät, dem nachzuheulen. Ich wär nur zu gern dabei, nachdem ich abgekratzt bin – bloß um ihre Gesichter zu sehen, wenn sie das Geld bekommen.›»

«Es überrascht mich, daß er wußte, wo wir zu finden sind.»

«Wußte er nicht», sagte der Anwalt. «Und glauben Sie mir, es war eine Heidenarbeit, Sie aufzuspüren. Hat mich sechs Monate gekostet.»

«Für mich wäre es viel besser gewesen, wenn Sie diesen Anruf am Tag der Beerdigung gemacht hätten.»

«Manchmal hat man Glück, manchmal nicht. Vor sechs Monaten wußte ich noch nicht einmal, ob Sie tot oder lebendig sind.»

Trauer zu empfinden war nicht möglich, aber Nashe nahm an, daß er auf irgendeine andere Weise berührt sein würde – von etwas mit Trauer Verwandtem, vielleicht von einem Anfall später Wut und Reue. Immerhin war dieser Mann sein Vater gewesen, und das allein hätte ein paar tiefschürfende Gedanken über die Geheimnisse des Lebens auslösen sollen. Aber es stellte sich heraus, daß Nashe kaum etwas anderes als Freude empfand. Das Geld war für ihn etwas so Außerordentliches, hinsichtlich seiner Konsequenzen so Umwälzendes, daß es alles andere unter sich begrub. Ohne allzu sorgfältig darüber nachzudenken, bezahlte er die zweiunddreißigtausend Dollar, die er dem Pleasant Acres-Pflegeheim noch schuldete, kaufte sich einen neuen Wagen (einen roten zweitürigen Saab 900 – der erste Neuwagen, den er je besessen hatte) und nahm den in den letzten vier Jahren angesammelten Urlaub. Am Abend vor seiner Abreise aus Boston gab er sich selbst zu Ehren eine verschwenderische Party, machte mit seinen Freunden durch bis drei Uhr morgens, stieg dann, ohne noch mal ins Bett zu gehen, in den neuen Wagen und fuhr nach Minnesota.

Und da begann die Decke über ihm einzustürzen. Trotz all der Feiern und Erinnerungen, in denen er während dieser Tage schwelgte, wurde Nashe allmählich klar, daß seine Lage hoffnungslos verfahren war. Er war zu lange von Juliette getrennt gewesen, und als er jetzt hinfuhr, um sie zurückzuholen, schien es, als hätte sie ganz vergessen, wer er war. Er hatte geglaubt, seine Anrufe würden reichen, irgendwie werde er für sie lebendig bleiben, wenn er zweimal wöchentlich mit ihr telefonierte. Aber was wissen Zweijährige von Ferngesprächen? Sechs Monate lang war er für sie bloß eine Stimme gewesen, eine Ansammlung diffuser Geräusche, und nach und nach hatte er sich in einen Geist verwandelt. Noch nach zwei oder drei Tagen verhielt Juliette sich ihm gegenüber schüchtern und zaghaft und wich seinen

Versuchen aus, sie in den Arm zu nehmen, als glaube sie nicht mehr richtig an seine Existenz. Sie war ein Teil ihrer neuen Familie geworden, und er war kaum mehr als ein Eindringling, ein fremdes Wesen, das von einem anderen Planeten herabgefallen war. Er verwünschte sich, sie dort abgegeben, alles so gut organisiert zu haben. Juliette war die vergötterte kleine Prinzessin der Familie geworden. Es gab dort drei ältere Vettern und Kusinen zum Spielen für sie, es gab den Labrador, es gab die Katze, es gab die Schaukel im Hinterhof, es gab alles, was sie sich nur wünschen konnte. Der Gedanke, von seinem Schwager verdrängt worden zu sein, ärgerte ihn maßlos, und nach einigen Tagen mußte er sehr an sich halten, seinen Groll nicht zu zeigen. Ray Schweikert, ein ehemaliger Football-Spieler, der es zum High-School-Trainer und Mathelehrer gebracht hatte, war Nashe immer wie ein Blödmann vorgekommen, aber daß der Kerl mit Kindern umgehen konnte, stand ganz außer Frage. Er war Mr. Good, der großherzige amerikanische Papa, und mit Donna, die alles zusammenhielt, war die Familie solide wie ein Fels. Nashe hatte jetzt zwar Geld, aber war dadurch irgend etwas wirklich anders geworden? Er versuchte sich vorzustellen, wie Juliettes Leben sich verbessern ließe, wenn sie mit ihm nach Boston zurückginge, vermochte aber kein einziges Argument zu seinen Gunsten anzuführen. Er wollte egoistisch sein, auf sein Recht pochen, aber immer wieder verließ ihn der Mut, und endlich beugte er sich der augenfälligen Wahrheit. Juliette aus alldem herauszureißen würde ihr mehr schaden als nützen.

Doch als er Donna seine Gedanken mitteilte, versuchte sie ihn davon abzubringen, wobei sie ihm mit fast den gleichen Argumenten kam wie zwölf Jahre zuvor, als er das College-Studium hatte aufgeben wollen: Sei nicht voreilig, denk doch ein wenig darüber nach, brich nicht alle Brücken hinter dir ab. Sie sah ihn mit dieser Miene der besorgten großen

Schwester an, die er seine ganze Kindheit hindurch an ihr gesehen hatte, und selbst jetzt noch, drei oder vier Leben später, wußte er, daß sie der einzige Mensch auf der Welt war, dem er vertrauen konnte. Sie redeten bis tief in die Nacht hinein, blieben in der Küche sitzen, noch lange nachdem Ray und die Kinder zu Bett gegangen waren, aber Donna konnte so leidenschaftlich und vernünftig sein, wie sie wollte, am Ende ging es genauso aus wie zwölf Jahre zuvor: Nashe zermürbte sie, bis sie zu weinen anfing, und bekam dann seinen Willen.

Sein einziges Zugeständnis an sie war, daß er für Juliette einen Treuhandfonds einrichten würde. Donna spürte, daß er im Begriff war, etwas Verrücktes anzustellen (was sie ihm in jener Nacht auch sagte), und bevor er das gesamte Erbe durchbrachte, sollte er etwas davon abzweigen und so anlegen, daß es nicht angerührt werden konnte. Am nächsten Morgen verbrachte Nashe zwei Stunden mit dem Geschäftsführer der Northfield Bank und traf die notwendigen Vereinbarungen. Den Rest dieses Tages und einen Teil des nächsten blieb er noch, dann packte er seine Sachen und lud sie in den Kofferraum seines Wagens. Es war ein heißer Nachmittag Ende Juli, und die ganze Familie versammelte sich zum Abschied im Vorgarten. Eins nach dem anderen umarmte und küßte er die Kinder, und als am Ende Juliette an die Reihe kam, verbarg er seine Augen vor ihr, indem er sie hochhob und sein Gesicht in ihrem Nacken vergrub. Sei ein braves Mädchen, sagte er. Vergiß nicht, daß dein Daddy dich liebhat.

Er hatte ihnen gesagt, er wolle nach Massachusetts zurück, doch wie der Zufall es wollte, befand er sich bald auf dem Weg in die entgegengesetzte Richtung. Er hatte nämlich die Auffahrt zum Freeway verpaßt – so etwas kommt ja vor –, doch anstatt die zwanzig Meilen Umweg zu fahren, um wieder in die richtige Richtung zu kommen, nahm er spontan und im vollen Bewußtsein der Tatsache, daß er sich für die falsche Richtung entschieden hatte, die gegenüberliegende Auffahrt. Ein jäher, nicht geplanter Entschluß, doch in der kurzen Zeit zwischen den beiden Auffahrten wurde Nashe klar, daß es keinen Unterschied machte, daß die beiden Auffahrten letztendlich gleichwertig waren. Er hatte Boston gesagt, aber eigentlich nur, weil er ihnen irgend etwas sagen mußte und Boston das erste Wort war, das ihm in den Kopf kam. Immerhin stand fest, daß niemand ihn in den nächsten zwei Wochen erwartete, und wieso sollte er zurückfahren, wenn ihm soviel Zeit zur Verfügung stand? Eine schwindelerregende Aussicht – all diese Freiheit, und wie wenig es ausmachte, wofür er sich entschied. Er konnte fahren, wohin er wollte, er konnte tun, wozu er Lust hatte, und es würde keinen Menschen auf der Welt interessieren. Solange er nicht umkehrte, könnte er ebensogut unsichtbar sein.

Er fuhr sieben Stunden durch, legte eine kurze Tankpause ein und fuhr dann noch einmal sechs Stunden weiter, bis ihn die Erschöpfung übermannte. Inzwischen war er im Norden von Zentral-Wyoming, und die Morgendämmerung begann über den Horizont zu steigen. Er nahm sich ein Zimmer in einem Motel, schlief acht oder neun Stunden am Stück, ging dann in den Imbiß nebenan und verdrückte ein Steak mit Eiern von der 24-Stunden-Frühstückskarte. Am Spätnachmittag saß er wieder im Auto, und erneut fuhr er die ganze Nacht hindurch, bis er halb New Mexico durchquert hatte. Nach dieser zweiten Nacht wurde Nashe klar, daß er keine Kontrolle mehr über sich hatte, daß er in die Gewalt einer rätselhaften, überwältigenden Macht geraten war. Einem verschreckten Tier gleich torkelte er blindlings von einem Nirgendwo ins nächste, aber so oft er auch beschloß aufzuhören, er konnte sich nicht dazu überwinden. Jeden Morgen beim Schlafengehen sagte er sich, jetzt sei es genug, jetzt sei

Schluß damit, und jeden Nachmittag erwachte er mit demselben Verlangen, demselben unwiderstehlichen Drang, in den Wagen zurückzukriechen. Er wollte diese Einsamkeit wiederhaben, dieses nächtelange Rasen durch die Leere, diese Vibration der Straße an seiner Haut. Er machte die ganzen zwei Wochen nicht halt, und jeden Tag trieb er sich ein bißchen weiter, jeden Tag versuchte er ein wenig länger zu fahren als am Tag zuvor. Er durchfuhr den gesamten Westen des Landes, im Zickzack kreuz und quer von Oregon bis nach Texas, jagte über die ungeheuren leeren Highways von Arizona, Montana und Utah, aber er sah sich nichts an und kümmerte sich nicht darum, wo er war, und abgesehen von dem einen oder anderen Satz, den er aufsagen mußte, wenn er tankte oder Essen bestellte, gab er kein einziges Wort von sich. Als Nashe schließlich nach Boston zurückkehrte, glaubte er sich am Rand eines Nervenzusammenbruchs, aber das kam nur daher, daß er sich keine andere Erklärung denken konnte für das, was er getan hatte. Wie er am Ende herausfand, war die Wahrheit weit weniger dramatisch. Er schämte sich einfach, es so sehr genossen zu haben.

Nashe nahm an, nun werde es aufhören, nun habe er es geschafft, die komische kleine Marotte loszuwerden, und jetzt werde er in sein altes Leben zurückgleiten. Anfangs schien alles gutzugehen. Am Morgen seiner Rückkehr neckten sie ihn auf der Feuerwache, weil er nicht braungebrannt war («Was hast du getrieben, Nashe, Höhlenurlaub gemacht?»), und am Vormittag konnte er schon über die üblichen Witzeleien und Zoten lachen. Am selben Abend gab es einen Großbrand in Roxbury, und als zwei Wagen zur Unterstützung angefordert wurden, ging Nashe sogar so weit, jemandem zu sagen, er sei froh, wieder zu Hause zu sein, er habe diese Einsätze richtig vermißt. Aber diese Gefühle waren nicht von Dauer, und gegen Ende der Woche bemerkte er, daß er unruhig wurde, daß er abends nicht die Augen zumachen konnte, ohne an seinen Wagen zu denken. An seinem freien Tag fuhr er nach Maine und wieder zurück, aber das schien es nur noch schlimmer zu machen, denn es verschaffte ihm keine Befriedigung, und er lechzte nach mehr Zeit hinter dem Steuer. Er mühte sich, wieder zur Ruhe zu kommen, aber seine Gedanken kehrten immer wieder zur Straße zurück, zu dem Hochgefühl, das er in diesen zwei Wochen empfunden hatte, und nach und nach begann er sich verloren zu geben. Nicht daß er seinen Job kündigen wollte, aber was sollte er tun, wenn der ihm nicht mehr Zeit übrigließ? Nashe war seit sieben Jahren bei der Feuerwehr, und die Vorstellung, eine solche Möglichkeit auch nur in Betracht zu ziehen, kam ihm abartig vor – das einfach auf Grund eines Impulses, einer namenlosen Unruhe wegzuwerfen. Es war der einzige Job, der ihm je etwas bedeutet hatte, und er hatte es immer als ein Glück betrachtet, da hineingestolpert zu sein. In den Jahren, nachdem er das College aufgegeben hatte, hatte er sich in einer Reihe von Jobs versucht – Buchverkäufer, Möbelpacker, Barkeeper, Taxifahrer –, und die Prüfung zum Feuerwehrmann hatte er nur aus einer Laune heraus abgelegt, weil jemand, den er eines Nachts in seinem Taxi kennengelernt hatte, kurz davorstand und Nashe dazu überredete, es doch auch zu versuchen. Der Mann wurde abgelehnt, während Nashe die Jahresbestnote erzielte und mit einemmal einen Job angeboten bekam, an den er zum letztenmal im Alter von vier Jahren gedacht hatte. Donna lachte, als er sie anrief und ihr die Neuigkeit mitteilte, aber er nahm trotzdem am Trainingslehrgang teil. Zweifellos eine seltsame Entscheidung, aber er ging in dieser Arbeit auf, sie machte ihn langfristig glücklich, und nie war ihm der Gedanke gekommen, damit aufzuhören. Noch wenige Monate zuvor hätte er sich unmöglich vorstellen können, die Feuerwehr zu verlassen, aber das war, bevor sein Leben sich in eine Seifenoper verwandelt hatte, bevor die Erde sich um ihn aufgetan und ihn verschluckt hatte. Vielleicht war die Zeit reif für eine Veränderung. Er hatte noch über sechzigtausend Dollar auf der Bank, und vielleicht sollte er das Geld zum Aussteigen benutzen, solange es noch möglich war.

Er erzählte dem Hauptmann, er werde nach Minnesota umziehen. Eine durchaus plausible Geschichte, und Nashe tat sein Bestes, sie überzeugend klingen zu lassen, und erklärte umständlich, ein Freund seines Schwagers habe ihm angeboten, bei ihm ins Geschäft einzusteigen (ausgerechnet eine Teilhaberschaft an einem Eisenwarenladen), und daß seine Tochter in einer anständigen Umgebung aufwachsen solle, und warum er das dafür halte. Der Hauptmann fiel darauf herein, was ihn aber nicht davon abhielt, Nashe ein Arschloch zu nennen. «Das kommt nur von deiner Frau, dieser Tussi», sagte er. «Seitdem die ihre Möse aus der Stadt geschwenkt hat, tickst du nicht mehr richtig, Nashe. Es gibt nichts Erbärmlicheres als einen guten Mann, der an Mösenproblemen zugrunde geht. Reiß dich am Riemen, Mensch. Vergiß diese dämlichen Pläne, und tu deine Arbeit.»

«Tut mir leid, Captain», sagte Nashe. «Aber mein Entschluß steht fest. Ich habe gründlich darüber nachgedacht.»

«Nachgedacht? Wie bitte? Soviel ich sehe, kannst du längst nicht mehr denken.»

«Du bist doch bloß eifersüchtig. Du würdest deinen rechten Arm geben, um mit mir zu tauschen.»

«Und nach Minnesota umziehen? Vergiß es, Mann. Ich kann mir zehntausend andere Sachen vorstellen, die ich lieber täte, als neun Monate im Jahr unter einer Schneewehe zu leben.»

«Na, wenn du in die Gegend kommst, schau doch mal auf einen Sprung vorbei. Ich verkauf dir dann einen Schraubenzieher oder so was.»

«Sagen wir, einen Hammer, Nashe. Vielleicht kann ich dir damit ein bißchen Vernunft einbleuen.»

Nach diesem ersten Schritt fiel es ihm nicht mehr schwer, die Sache bis zum Ende durchzuziehen. In den nächsten fünf Tagen regelte er seine Angelegenheiten, rief den Vermieter an und sagte ihm, er könne sich einen neuen Mieter suchen, schenkte seine Möbel der Heilsarmee, meldete Gas, Strom und Telefon ab. All das geschah mit einer Unbekümmertheit und Brutalität, die ihm tiefe Befriedigung verschaffte, doch nichts davon reichte an das Vergnügen heran, einfach Dinge wegzuwerfen. Am ersten Abend legte er stundenlang Thérèses Sachen zusammen, stopfte sie in Müllsäcke und entledigte sich ihrer schließlich in einer systematischen Säuberungsaktion, einem Massenbegräbnis sämtlicher Dinge, die auch nur die leiseste Spur ihrer Gegenwart trugen. Er stürzte sich auf ihren Schrank und riß ihre Mäntel, Pullover und Kleider heraus; er zog Unterwäsche, Strümpfe und Schmuck aus ihren Schubladen; er entfernte alle ihre Bilder aus dem Fotoalbum; er warf ihr Schminkzeug und ihre Modemagazine weg; er beseitigte ihre Bücher, ihre Schallplatten, ihren Wekker, ihre Badeanzüge, ihre Briefe. Damit war gewissermaßen das Eis gebrochen, und als er sich am Nachmittag darauf mit seinen eigenen Habseligkeiten zu befassen begann, ging er mit der gleichen brutalen Gründlichkeit vor und behandelte seine Vergangenheit wie einen Haufen fortzuschaffenden Müll. Der komplette Inhalt der Küche ging an ein Obdachlosenheim in South Boston. Seine Bücher schenkte er der Studentin über ihm; seinen Baseball-Handschuh gab er dem kleinen Jungen von gegenüber; seine Plattensammlung verkaufte er an einen Secondhandladen in Cambridge. Diese Transaktionen hatten gewiß etwas Schmerzliches, doch Nashe begann diesen Schmerz beinahe zu begrüßen, sich von ihm veredelt zu fühlen, als würde es ihm, je weiter er von seinem alten Ich abrückte, in der Zukunft desto besser gehen.

Er kam sich vor wie einer, der endlich den Mut gefunden hat, sich eine Kugel in den Kopf zu jagen – nur daß in diesem Fall die Kugel nicht den Tod bedeutete, sondern das Leben; die Explosion, die die Geburt neuer Welten einleitet.

Er wußte, auch das Piano würde verschwinden müssen, aber das ließ er bis ganz zum Schluß warten, da er sich erst im allerletzten Augenblick davon trennen wollte. Es war ein Baldwin-Klavier, ein Geschenk seiner Mutter zu seinem dreizehnten Geburtstag, für das er ihr immer dankbar gewesen war, wußte er doch, unter welchen Mühen sie das Geld dafür zusammenbekommen hatte. Nashe gab sich über sein Spiel keinen Illusionen hin, doch gelang es ihm im allgemeinen, jede Woche ein paar Stunden an dem Instrument zu verbringen und sich durch einige der alten Stücke zu stümpern, die er als Junge gelernt hatte. Das übte immer eine beruhigende Wirkung auf ihn aus, als hülfe die Musik ihm, die Welt deutlicher zu sehen und seinen Platz in der unsichtbaren Ordnung der Dinge zu erkennen. Als nun das Haus leer war und er aufbrechen konnte, blieb er noch einen weiteren Tag, um den kahlen Wänden ein langes Abschiedskonzert zu geben. Eins nach dem anderen spielte er mehrere Dutzend seiner Lieblingsstücke, von Couperins *Die geheimnisvollen Barrikaden* bis hin zu Fats Wallers *Jitterbug Waltz*. Er hämmerte so lange auf den Tasten herum, bis seine Finger gefühllos wurden und er aufgeben mußte. Dann ließ er seinen Klavierstimmer der letzten sechs Jahre kommen (einen Blinden namens Antonelli) und verkaufte ihm das Baldwin für vierhundertfünfzig Dollar. Als am nächsten Morgen die Möbelpacker kamen, hatte Nashe das Geld bereits für Kassetten für den Recorder in seinem Wagen ausgegeben. Er hielt das für eine angemessene Geste – eine Form der Musik mit einer anderen zu vertauschen –, und die Wirtschaftlichkeit dieses Tauschs erfreute ihn. Danach hielt ihn nichts mehr zurück. Er blieb noch, um zuzusehen, wie Antonellis Leute das Klavier aus dem Haus wuchteten, und dann war er verschwunden, ohne noch von irgendwem Abschied zu nehmen. Er ging einfach aus dem Haus, stieg in seinen Wagen und war weg.

Nashe hatte keinen bestimmten Plan. Allenfalls schwebte ihm vor, sich eine Weile treiben zu lassen, von einem Ort zum anderen zu fahren und abzuwarten, was sich ergeben würde. Er nahm an, nach ein paar Monaten würde er genug davon haben, und dann würde er sich hinsetzen und sich Gedanken machen, was er als nächstes tun sollte. Aber zwei Monate gingen dahin, und er war noch immer nicht bereit aufzugeben. Mit der Zeit war ihm sein neues, freies und unverantwortliches Leben ans Herz gewachsen, und von da an gab es keinen Grund mehr aufzuhören.

Geschwindigkeit war das Wesentliche; das Vergnügen, im Auto zu sitzen und immer vorwärts durch den Raum zu jagen. Das wurde ihm wichtiger als alles andere, wurde zu einem Hunger, der um jeden Preis gestillt werden mußte. Nichts um ihn währte länger als einen Augenblick, und da ein Augenblick auf den anderen folgte, schien er selbst das einzige, was weiterexistierte. Er war ein Fixpunkt in einem Wirbel von Veränderungen, ein Körper, der vollkommen stillstand, während die Welt durch ihn hindurchstürzte und verschwand. Das Auto wurde zu einem Heiligtum der Unverletzlichkeit, zu einer Zuflucht, in der nichts mehr ihm etwas anhaben konnte. Solange er fuhr, war er unbelastet, wurde von keinem noch so kleinen Teil seines früheren Lebens behindert. Was nicht heißen soll, daß keine Erinnerungen in ihm hochstiegen, nur schienen sie nichts mehr von den alten Qualen mit sich zu bringen. Vielleicht hatte die Musik etwas damit zu tun, die endlosen Kassetten mit Bach und Mozart und Verdi, denen er hinterm Steuer lauschte, als kämen die Töne irgendwie aus ihm selbst heraus, überschwemmten die Landschaft und machten die sichtbare Welt zu einer Projektion seiner eigenen Gedanken. Nach drei oder vier Monaten brauchte er nur noch in den Wagen zu steigen, und gleich hatte er das Gefühl, sich aus seinem Körper zu lösen, und sobald er den Fuß aufs Gaspedal drückte und losfuhr, glaubte er sich von der Musik in ein Reich der Schwerelosigkeit getragen.

Leere Straßen waren stark befahrenen stets vorzuziehen. Auf ihnen mußte man nicht so oft bremsen und beschleunigen, und da er nicht auf andere Autos achtzugeben brauchte, konnte er sicher sein, nicht in seinen Gedanken gestört zu werden. Er mied daher die großen Bevölkerungszentren und beschränkte sich auf die freien, unbesiedelten Gebiete: die nördlichen Teile der Bundesstaaten New York und New England, die landwirtschaftlich genutzten Ebenen des Herzlandes, die Wüsten im Westen. Schlechtem Wetter war ebenfalls auszuweichen, denn es störte das Fahren genauso wie starker Verkehr, und als der Winter mit seinen Stürmen und Unbilden kam, fuhr er nach Süden und blieb dort mit wenigen Unterbrechungen bis zum Frühling. Allerdings war sich Nashe bewußt, daß auch unter den besten Bedingungen keine Straße frei von Gefahren war. Ständig waren alle möglichen Bedrohungen im Auge zu behalten, und jederzeit konnte irgend etwas passieren. Kurven und Schlaglöcher, plötzliche Reifenpannen, betrunkene Fahrer, ein winziges Nachlassen der Aufmerksamkeit – all das konnte einen im Handumdrehen töten. Nashe sah während seiner Monate unterwegs eine ganze Reihe tödlicher Unfälle, und ein paarmal kam er selbst nur um Haaresbreite an einem Zusammenstoß vorbei. Diese gerade noch einmal überstandenen Gefahrensituationen waren ihm jedoch willkommen. Sie gaben seinem Tun die Würze des Risikos, und mehr als alles andere war es dies, wonach er suchte: das

Gefühl, sein Leben in die eigenen Hände genommen zu haben.

Er ging in irgendein Motel, aß etwas, begab sich auf sein Zimmer und las zwei oder drei Stunden. Vor dem Schlafengehen nahm er seinen Straßenatlas und plante die Route für den nächsten Tag, wählte ein Ziel und legte sorgfältig die Strecke fest. Er wußte, das war nichts als Beschönigung, denn die Orte selbst waren ohne Bedeutung, doch hielt er sich an dieses System bis zum Schluß – wenn auch nur, um seine Bewegungen zu akzentuieren, um einen Grund zum Anhalten zu haben, bevor es wieder weiterging. Im September besuchte er das Grab seines Vaters in Kalifornien; eines glühendheißen Nachmittags fuhr er in das Städtchen Riggs, um es mit eigenen Augen zu sehen. Er wollte seine Gefühle mit irgendeinem Bild auskleiden, selbst wenn dieses Bild bloß aus ein paar Wörtern und Zahlen auf einem Grabstein bestand. Der Anwalt, der ihn wegen des Geldes angerufen hatte, akzeptierte seine Einladung zum Essen, und hinterher zeigte er Nashe das Haus, in dem sein Vater gelebt, und den Eisenwarenladen, den er sechsundzwanzig Jahre lang betrieben hatte. Nashe kaufte dort ein paar Werkzeuge für seinen Wagen (einen Schraubenschlüssel, eine Taschenlampe, einen Luftdruckmesser), aber er brachte es nicht fertig, sie zu benutzen, und für den Rest des Jahres blieb das Paket ungeöffnet in einem Winkel des Kofferraums liegen. Ein andermal hatte er die Fahrerei plötzlich satt, und anstatt sinnlos weiterzufahren, nahm er in einem kleinen Hotel in Miami Beach ein Zimmer und saß dann neun Tage lang am Swimmingpool und las Bücher. Im November stürzte er sich in die Spielhöllen von Las Vegas und kam nach vier Tagen Blackjack und Roulette wie durch ein Wunder verlustfrei wieder heraus, und kurz darauf zuckelte er einen halben Monat lang im tiefen Süden herum, machte in etlichen Orten des Deltas von Louisiana halt, besuchte einen Freund, der nach Atlanta gezogen war, und unternahm eine Bootsfahrt durch die Everglades. Einige dieser Aufenthalte waren unvermeidlich, doch hatte Nashe sich erst einmal irgendwo eingefunden, versuchte er im allgemeinen, Nutzen daraus zu ziehen und ein wenig herumzubummeln. Der Saab mußte schließlich gewartet werden, und da der Kilometerstand täglich um mehrere hundert zunahm, gab es eine Menge zu tun: Öl wechseln, schmieren, Reifen auswuchten, all die Feinabstimmungen und Reparaturen, die einfach unerläßlich waren, wenn er weiterfahren wollte. Manchmal frustrierten ihn diese Zwangsaufenthalte, aber wenn der Wagen sich für vierundzwanzig oder achtundvierzig Stunden in den Händen eines Mechanikers befand, blieb ihm keine andere Wahl, als sich hinzusetzen und zu warten, bis er wieder fahrbereit war.

Frühzeitig hatte Nashe im Postamt von Northfield ein Postfach gemietet, und zu Beginn jedes Monats kam er in die Stadt, um seine Kreditkartenrechnungen abzuholen und ein paar Tage bei seiner Tochter zu verbringen. Das war der einzige Aspekt seines Lebens, der sich nicht änderte, die einzige Verpflichtung, der er noch nachkam. Mitte Oktober reiste er eigens zu Juliettes Geburtstag an (mit einem Armvoll Geschenke), und Weihnachten wuchs sich zu einer ausgelassenen Drei-Tage-Feier aus, in deren Verlauf Nashe als Weihnachtsmann auftrat und zur Unterhaltung aller Anwesenden auf dem Klavier spielte und Lieder sang. Kaum einen Monat später öffnete sich ihm unerwartet eine zweite Tür. Und zwar in Berkeley, Kalifornien, und wie fast alles, was er in diesem Jahr erlebte, ergab es sich durch reinen Zufall. Eines Nachmittags hatte er einen Buchladen betreten, um sich für die nächste Etappe seiner Reise mit Büchern zu versorgen, und dort zufällig eine Frau getroffen, die er noch aus Boston kannte. Ihr Name war Fiona Wells, und sie erblickte ihn vor dem Shakespeare-Regal, wo er sich nicht entscheiden konnte, welche einbändige Ausgabe er mitnehmen sollte. Sie hatten sich seit einigen Jahren nicht mehr gesehen, aber anstatt ihn auf irgendeine konventionelle Weise zu begrüßen, schlich sie sich an ihn heran, tippte mit dem Finger auf einen der Shakespeares und sagte: «Nimm diesen, Jim. Er hat die besten Anmerkungen und die lesbarste Schrift.»

Fiona war Journalistin und hatte einmal ein Feature über ihn für den *Globe* geschrieben: «Eine Woche im Leben eines Bostoner Feuerwehrmanns». Es war das übliche Sonntagsbeilagengeschwafel, ausgeschmückt mit Fotos und Bemerkungen seiner Freunde, aber Nashe hatte sich über Fiona amüsiert, ja ziemlichen Gefallen an ihr gefunden, und nachdem sie zwei oder drei Tage mit ihm herumgezogen war, hatte er gespürt, daß sie sich von ihm angezogen zu fühlen begann. Gewisse Blicke, gewisse zufällige Berührungen mit den Fingern wurden immer häufiger – aber damals war Nashe noch verheiratet, und es kam nicht zu dem, was durchaus hätte geschehen können. Ein paar Monate nach Erscheinen des Artikels bekam Fiona einen Job bei Associated Press in San Francisco, und danach hatte er sie aus den Augen verloren.

Sie wohnte in einem kleinen Haus in der Nähe der Buchhandlung, und als sie ihn dorthin einlud, um über die alten Zeiten in Boston zu reden, wurde Nashe klar, daß sie noch immer ungebunden war. Es war erst kurz vor vier, als sie dort ankamen, aber sie machten zur Unterhaltung im Wohnzimmer gleich eine Flasche Jack Daniel's auf. Binnen einer Stunde war Nashe neben Fiona auf die Couch gerückt, und wenig später schob er ihr die Hand unter den Rock. Das Ganze hatte für ihn etwas seltsam Unausweichliches, als müsse auf ihre zufällige Begegnung unbedingt eine Ausschweifung, ein anarchisches Fest folgen. Sie waren nicht die Urheber eines Ereignisses, sondern versuchten eher mit einem Schritt zu halten, und als Nashe dann seine Arme um Fionas nackten Körper schlang, war sein Begehren so mächtig, daß es schon an ein Gefühl des Verlustes grenzte – denn er wußte, daß er sie am Ende enttäuschen mußte, daß früher oder später der Augenblick käme, in dem er sich wieder nach dem Wagen sehnen würde.

Er blieb vier Nächte bei ihr, und allmählich fand er heraus, daß sie viel tapferer und klüger war, als er sich eingebildet hatte. «Glaub nicht, daß ich nicht darauf aus war», sagte sie am letzten Abend zu ihm. «Ich weiß, du liebst mich nicht, aber deswegen bin ich trotzdem nicht die Falsche für dich. Du bist ein Besessener, Nashe, und wenn du wieder weg mußt, na schön, dann mußt du eben wieder weg. Aber vergiß nicht, daß ich hier bin. Wenn es dich irgendwann noch mal danach gelüsten sollte, mit einer ins Bett zu steigen, denk an meins zuerst.»

Er mußte einfach Mitleid mit ihr haben, aber in dieses Gefühl mischte sich auch eine Spur Bewunderung – womöglich sogar mehr als das: der Verdacht, daß er sie am Ende lieben könnte. Als er sich plötzlich ein Leben voller Witzeleien und zärtlichem Sex mit Fiona vorstellte und daß Juliette dann mit Brüdern und Schwestern aufwachsen könnte, geriet er kurz in Versuchung, ihr einen Heiratsantrag zu machen, aber er brachte die Worte nicht über die Lippen. «Ich werde bloß für ein Weilchen weg sein», sagte er schließlich. «Es ist Zeit für meinen Besuch in Northfield. Wenn du willst, kannst du gern mitkommen, Fiona.»

«Sicher. Und was wird aus meinem Job? Drei Tage Krankfeiern geht ein bißchen zu weit, oder was meinst du?»

«Ich muß hin, wegen Juliette, das weißt du. Es ist wichtig.»

«Viele Dinge sind wichtig. Ich möchte nur nicht, daß du für immer verschwindest.»

«Keine Sorge, ich komme wieder. Ich bin jetzt ein freier Mann, und ich kann tun, was mir paßt.»

«Wir sind hier in Amerika, Nashe. Heimat der gottverdammten freien Menschen, weißt du noch? Wir alle können tun, was uns paßt.»

«Ich wußte gar nicht, daß du so patriotisch bist.»

«Darauf kannst du deinen letzten Dollar wetten, Freund. Mein Land, in guten wie in schlechten Zeiten. Und deshalb werde ich darauf warten, daß du wieder hier auftauchst. Weil ich die Freiheit habe, mich zum Narren zu machen.»

«Ich habe dir gesagt, ich komme wieder. Das war ein Versprechen.»

«Ich weiß. Aber das heißt noch lange nicht, daß du es halten wirst.»

Davor hatte es auch andere Frauen gegeben, eine ganze Reihe kurzer Affären und Abenteuer, aber keiner von ihnen hatte er irgendwelche Versprechungen gemacht. Zum Beispiel die geschiedene Frau in Florida, oder die Lehrerin, mit der Donna ihn in Northfield verkuppeln wollte, und die junge Kellnerin in Reno – sie alle waren verschwunden. Fiona war die einzige, die ihm etwas bedeutete, und von ihrer ersten zufälligen Begegnung im Januar bis Ende Juli vergingen selten mehr als drei Wochen, ohne daß er sie besuchte. Manchmal rief er sie von unterwegs an, und wenn sie nicht zu Hause war, hinterließ er lustige Nachrichten auf ihrem Anrufbeantworter – nur um sie daran zu erinnern, daß er an sie dachte. Im Lauf der Monate wurde ihm Fionas pummeliger, ziemlich unbeholfener Körper immer wichtiger: die großen, fast plumpen Brüste; die ein wenig schiefen Vorderzähne; das üppige, in einer Unzahl verrückter Kringel und Löckchen wallende blonde Haar. Präraphaelitisches Haar hatte sie es einmal genannt, und obwohl Nashe die Anspielung nicht verstanden hatte, schien ihm dieser Ausdruck etwas von ihr einzufangen, irgendeine innere Eigenschaft zu unterstreichen, die ihre Unansehnlichkeit zu einer Form von Schönheit machte. Sie war so anders als Thérèse – die dunkle, lässige Thérèse, die junge Thérèse mit ihrem flachen Bauch und den langen, vollkommenen Gliedmaßen –, aber Fionas Unvollkommenheiten erregten ihn immer wieder aufs neue, denn wenn er mit ihr ins Bett ging, schien das mehr als nur Sex zu bedeuten, mehr als bloß die willkürliche Paarung zweier Körper. Es fiel ihm immer schwerer, seine Besuche zu beenden, und die ersten Stunden auf der Straße waren immer von Zweifeln erfüllt. Wohin fuhr er denn eigentlich, und was wollte er damit beweisen? Es kam ihm absurd vor, sich von ihr zu entfernen – nur um die Nacht in irgendeinem klumpigen Motelbett am Rand des Nirgendwo zu verbringen.

Dennoch kreuzte er weiter unablässig auf dem Kontinent herum, und je länger er dann wieder auf der Straße war, desto mehr fühlte er sich im Frieden mit sich selbst. Falls die Sache irgendeinen Nachteil hatte, dann nur den, daß sie einmal enden würde, daß er dieses Leben nicht ewig so weiterführen konnte. Anfangs war ihm das Geld unerschöpflich vorgekommen, aber nach fünf oder sechs Monaten hatte er schon über die Hälfte davon ausgegeben. Langsam, aber sicher wurde das Abenteuer zu einem Paradox. Dem Geld hatte er seine Freiheit zu verdanken, aber jedesmal, wenn er sich damit einen Teil dieser Freiheit erkaufte, gab er auch einen gleich großen Teil davon auf. Das Geld hielt ihn in Bewegung, aber es war auch ein Motor des Verlustes, der ihn unerbittlich wieder dorthin zurückführte, wo er angefangen hatte. In der Mitte des Frühjahrs wurde Nashe endlich klar, daß er das Problem nicht länger ignorieren durfte. Seine Zukunft war in Gefahr, und wenn er nicht irgendeinen Entschluß faßte, wann er aufhören sollte, würde er praktisch überhaupt keine Zukunft mehr haben.

Am Anfang hatte er das Geld sehr unbesonnen ausgegeben, sich jede Menge Besuche in erstklassigen Restaurants und Hotels gegönnt, guten Wein getrunken und Juliette und ihren Vettern und Kusinen kunstvolles Spielzeug gekauft, aber in Wahrheit hatte Nashe gar kein so ausgeprägtes Bedürfnis nach Luxus. Er hatte immer zu anspruchslos gelebt, um sich Gedanken darüber zu machen, und als die Erbschaft den Reiz des Neuen verloren hatte, kehrte er zu seinen alten bescheidenen Gewohnheiten zurück: einfaches Essen, billige Motels, so gut wie keine Ausgaben für Kleidung. Gelegentlich leistete er sich einen Stapel Musikkassetten oder Bücher, aber das war auch schon das Äußerste. Der eigentliche Vorteil des Geldes bestand nicht darin, daß er sich etwas davon hatte kaufen können, sondern in der Tatsache, daß es ihm erlaubt hatte, nicht mehr über Geld nachdenken zu müssen. Jetzt, da er gezwungen war, wieder daran zu denken, traf er mit sich eine Vereinbarung. Er würde weiterfahren, bis noch zwanzigtausend Dollar übrig wären, und dann würde er nach Berkeley zurückkehren und Fiona einen Heiratsantrag machen. Ohne Zaudern: diesmal würde er es wirklich tun.

Es gelang ihm, die Sache bis Ende Juli hinauszuzögern. Gerade jedoch, als alles geregelt schien, begann sein Glück ihn zu verlassen. Fionas Ex-Freund, der wenige Monate, bevor Nashe in ihrem Leben auftauchte, daraus verschwunden war, war offenbar nach einem Sinneswandel wieder zurückgekehrt, und anstatt auf Nashes Antrag einzugehen, erklärte Fiona ihm eine Stunde lang unter Tränen, warum er sie nicht mehr besuchen dürfe. Ich kann mich nicht auf dich verlassen, Jim, sagte sie immer. Ich kann mich einfach nicht auf dich verlassen.

Im Grunde wußte er, daß sie recht hatte, aber das machte es ihm auch nicht leichter, den Schlag wegzustecken. Nachdem er Berkeley hinter sich gelassen hatte, war er wie gelähmt von der Verbitterung und der Wut, die ihn gepackt hielten. Diese Feuer loderten viele Tage lang, und selbst als sie zu erlöschen begannen, bekam er allenfalls schwankenden Boden unter die Füße und verfiel in eine zweite, noch länger anhaltende Leidensphase. Trübsinn verdrängte Wut, und er empfand nicht mehr viel anderes als eine dumpfe, unbestimmte Trauer, als würde alles, was er sah, langsam seiner Farbe beraubt. Ganz kurz spielte er mit der Idee, nach Minnesota zu ziehen und sich dort Arbeit zu suchen. Er überlegte sogar, ob er nach Boston gehen und sich um seinen alten Job bewerben sollte, aber da war sein Herz nicht dabei, und er ließ den Gedanken bald fallen. Bis Ende Juli fuhr er weiter herum, verbrachte so viel Zeit im Wagen wie ehedem und trieb sich an manchen Tagen sogar bis weit über den Punkt der Erschöpfung hinaus: fuhr sechzehn oder siebzehn Stunden ohne Pause, als wollte er durch diese Strapazen neue Ausdauer-Rekorde aufstellen. Allmählich gelangte er zu der Erkenntnis, daß er sich verrannt hatte, daß er, wenn nicht bald etwas passierte, so lange weiterfahren würde, bis ihm das Geld ausgegangen wäre. Als er Anfang August nach Northfield kam, ging er zur Bank und hob alles ab, was von der Erbschaft noch übrig war, machte das ganze Restguthaben zu Bargeld – ein hübscher kleiner Stapel von Hundert-Dollar-Scheinen, den er im Handschuhfach seines Wagens verstaute. Auf diese Weise glaubte er die Krise unter Kontrolle zu haben, als wäre der abnehmende Geldstapel ein genaues Abbild seines inneren Zustands. Die nächsten zwei Wochen schlief er im Auto und erlegte sich strengste Sparsamkeit auf, aber die Einsparungen waren letztlich unbedeutend, und am Ende fühlte er sich nur verlottert und deprimiert. Es führte zu nichts, sich so gehenzulassen, befand er, das war der falsche Weg. Entschlossen, seine Laune aufzubessern, fuhr Nashe nach Saratoga und bezog ein Zimmer im Adelphi Hotel. Es war gerade Rennsaison, und eine ganze Woche lang verbrachte er jeden Nachmittag auf der

Rennbahn und setzte auf Pferde, um sein Geldbündel wieder etwas dicker zu machen. Er war sicher, daß er Glück haben würde, aber von blendenden Erfolgen bei einigen gewagten Wetten abgesehen, verlor er häufiger als er gewann, und als es ihm endlich gelang, sich dort loszueisen, war sein Vermögen wieder um ein großes Stück kleiner. Er war jetzt genau ein Jahr und zwei Tage unterwegs, und ihm blieben noch knapp über vierzehntausend Dollar.

Nashe empfand keine große Verzweiflung, spürte aber, daß er sich darauf zubewegte, daß ein oder zwei weitere Monate ihn in eine ausgewachsene Panik stürzen würden. Er beschloß, nach New York zu fahren, aber anstatt die Schnellstraße zu benutzen, ließ er sich Zeit und nahm die Straßen durchs Hinterland. Das eigentliche Problem war es jetzt, die Nerven zu behalten, sagte er sich, und er wollte sehen, ob diese langsame Art des Reisens ihm nicht helfen könnte, sich zu entspannen. Nach einem frühen Frühstück im Spa City Diner brach er auf, und gegen zehn befand er sich irgendwo mitten im Dutchess County. Bis dahin hatte er selten gewußt, wo er war, aber da dies offenbar auch keine Rolle spielte, hatte er sich nie die Mühe gemacht, auf der Karte nachzusehen. Nicht weit von der Ortschaft Millbrook ging er auf achtundzwanzig oder dreißig Meilen runter. Er fuhr auf einer schmalen zweispurigen Straße, die von Pferdefarmen und Weiden gesäumt war, und er hatte schon seit über zehn Minuten kein anderes Auto mehr gesehen. Als er auf dem Gipfel einer sanften Anhöhe ankam und plötzlich mehrere hundert Meter freie Sicht nach vorn hatte, erblickte er eine Gestalt, die sich am Straßenrand entlangbewegte. Ein sehr störender Anblick in dieser bukolischen Umgebung: ein dünner, verdreckter Mann, der krampfhaft herumtaumelte, sich krümmte und schwankte, als würde er gleich auf die Nase fallen. Anfangs hielt Nashe ihn für einen Betrunkenen, aber dann wurde ihm bewußt, daß es noch zu früh am Morgen war, als daß jemand in einem solchen Zustand sein könnte. Obwohl er im allgemeinen keine Tramper mitnahm, konnte er nicht widerstehen, herunterzuschalten und sich den Mann genauer anzusehen. Das Geräusch der Gangschaltung machte den Fremden auf seine Gegenwart aufmerksam, und als Nashe sah, wie er sich umdrehte, war ihm sofort klar, daß der Mann in Schwierigkeiten steckte. Er war viel jünger, als er von hinten ausgesehen hatte, höchstens zwei- oder dreiundzwanzig, und offensichtlich war er verprügelt worden. Seine Kleider waren zerrissen, sein Gesicht war mit Striemen und blauen Flecken bedeckt, und so, wie er dastand, als der Wagen näher kam, schien er kaum zu wissen, wo er war. Instinktiv wollte Nashe weiterfahren, aber er brachte es nicht fertig, die Notlage des jungen Mannes einfach zu ignorieren. Ehe er merkte, was er da tat, hatte er bereits angehalten, das Fenster auf der Beifahrerseite heruntergekurbelt und sich rübergebeugt, um den Fremden zu fragen, ob er Hilfe brauche. Und so war Jack Pozzi in Nashes Leben getreten. Zu welchem Ende auch immer, damit hatte eines schönen Spätsommermorgens die Sache angefangen.

2

Pozzi nahm das Angebot wortlos an, nickte nur, als Nashe ihm sagte, er fahre nach New York, und kletterte in den Wagen. Daran, wie er auf dem Sitz zusammensackte, war erkennbar, daß er überallhin mitgefahren wäre, daß für ihn nur eins zählte, nämlich von dort wegzukommen. Er war verletzt, sah aber auch verängstigt aus, und er verhielt sich, als rechnete er mit irgendeiner neuen Katastrophe, mit einem neuen Angriff der Leute, die hinter ihm her waren. Als Nashe Gas gab, schloß Pozzi stöhnend die Augen, doch selbst nachdem sie auf fünfzig oder fünfundfünfzig Meilen beschleunigt hatten, blieb er weiter stumm und schien kaum Notiz von Nashe zu nehmen. Nashe vermutete, er stünde unter Schock, und ließ ihn in Ruhe, aber das Schweigen war trotzdem seltsam, ein beunruhigender Auftakt. Nashe hätte gern gewußt, wer dieser Mensch war, doch ohne den kleinsten weiterführenden Hinweis waren unmöglich irgendwelche Schlüsse zu ziehen. Pozzis Erscheinung war widersprüchlich, voller Ungereimtheiten. Seine Kleidung zum Beispiel ergab kaum einen Sinn: kobaltblauer Freizeitanzug, am Kragen offenes Hawaiihemd, weiße Halbschuhe und dünne weiße Socken. Poppiges, synthetisches Zeug, und selbst als solche Klamotten in Mode gewesen waren (vor zehn Jahren?, vor zwanzig Jahren?), hatten ausschließlich Männer mittleren Alters sie getragen. Sie wollten sich damit jung und sportlich geben, aber bei einem so jungen Mann wirkte das reichlich lächerlich – als wolle er in die Rolle eines älteren Mannes schlüpfen, der sich mit seiner Kleidung jünger zu machen versuchte, als er war. Angesichts dieser ordinären Kleidung schien es nur passend, daß der Junge dazu einen Ring trug; aber soweit Nashe erkennen konnte, sah der Saphir echt aus, und das schien nun gar nicht zu passen. Irgendwann mußte der Junge das Geld gehabt haben, ihn zu bezahlen. Es sei denn, er hatte ihn gar nicht bezahlt – also ihn entweder geschenkt bekommen oder gestohlen. Pozzi war höchstens einsachtundsechzig oder einssiebzig und wog nach Nashes Schätzung allenfalls sechzig Kilo. Ein drahtiger kleiner Zwerg mit zierlichen Händen und schmalem, spitzem Gesicht, der vom Handelsreisenden bis zum Schmalspurgauner alles mögliche sein konnte. Jetzt, da ihm Blut aus der Nase rann und seine linke Schläfe aufgeplatzt und geschwollen war, ließ sich schwer sagen, was für einen Eindruck er normalerweise auf die Welt machte. Nashe glaubte eine gewisse Intelligenz an ihm wahrzunehmen, konnte sich aber nicht sicher sein. Fürs erste war nur eins sicher: das Schweigen dieses Mannes. Dies und die Tatsache, daß man ihn fast zu Tode geprügelt hatte.

Nach drei oder vier Meilen bog Nashe in eine Texaco-Tankstelle ein und brachte den Wagen behutsam zum Stehen. «Ich muß tanken», sagte er. «Wenn Sie sich im Waschraum etwas säubern wollen, wäre jetzt ein günstiger Augenblick dazu. Vielleicht fühlen Sie sich dann ein wenig besser.»

Keine Reaktion. Nashe nahm an, der Fremde habe ihn nicht gehört, aber gerade als er seinen Vorschlag wiederholen wollte, nickte der Mann fast unmerklich. «Tja», sagte Pozzi. «Ich seh wohl nicht allzu gut aus, wie?»

«Stimmt», sagte Nashe, «nicht allzu gut. Sie sehen aus, als wären Sie gerade aus einem Betonmixer gestiegen.»

«So ungefähr fühle ich mich auch.»

«Wenn Sie's allein nicht schaffen, helfe ich Ihnen gern.»

«Nein, schon gut, Kumpel, ich schaff's schon. Warten Sie's nur ab. Ich schaff alles, was ich mir vornehme.»

Pozzi öffnete die Tür und begann sich aus dem Sitz zu stemmen; offenbar verblüfft von der Heftigkeit der Schmerzen, ächzte er bei jeder kleinen Bewegung. Nashe kam herum, um ihn zu stützen, aber der Junge winkte ihn weg und schlurfte, als zwänge er sich, nicht umzufallen, mit langsamen, vorsichtigen Schritten in Richtung Waschraum. Unterdessen tankte Nashe auf und überprüfte den Ölstand, und als sein Mitfahrer noch immer nicht zurückgekommen war, ging er in die Tankstelle und holte zwei Tassen Kaffee aus dem Automaten. Nach gut fünf Minuten begann Nashe sich zu fragen, ob der Junge etwa im Waschraum ohnmächtig geworden sei. Er trank seinen Kaffee aus, trat wieder hinaus auf den Asphalt und wollte gerade an die Tür klopfen, als er ihn erblickte. Pozzi bewegte sich auf den Wagen zu; der Aufenthalt am Waschbecken hatte ihn ein wenig ansehnlicher gemacht. Zumindest war das Blut aus dem Gesicht gewaschen, er hatte die Haare naß nach hinten gekämmt und das zerrissene Jackett ausgezogen, und als Nashe ihn so sah, wurde ihm klar, daß er wohl von allein wieder auf die Beine kommen würde und nicht zum Arzt gebracht zu werden brauchte.

Er gab dem Jungen die zweite Tasse Kaffee und sagte: «Ich heiße Jim. Jim Nashe. Nur falls Sie's interessiert.»

Pozzi nahm einen Schluck von dem jetzt lauwarmen Getränk und verzog angewidert das Gesicht. Dann hielt er Nashe seine Rechte hin. «Jack Pozzi», sagte er. «Meine Freunde nennen mich Jackpot.»

«Sie scheinen mir wirklich den Jackpot gewonnen zu haben. Aber wohl nicht den, mit dem Sie gerechnet haben.»

«Man hat Glückssträhnen, und man hat Pechsträhnen. Letzte Nacht hatte ich eine der schlimmsten.»

«Immerhin leben Sie noch.»

«Tja. Am Ende hab ich vielleicht doch Glück gehabt. Jetzt hab ich die Chance rauszufinden, wieviel mehr blödes Zeug mir noch passieren kann.»

Pozzi lächelte über seine Bemerkung, und Nashe lächelte zurück; es ermutigte ihn, daß der Junge Sinn für Humor hatte. «Wenn Sie meinen Rat hören wollen», sagte Nashe, «trennen Sie sich auch von diesem Hemd. Ich denke, es hat seine besten Zeiten hinter sich.»

Pozzi sah auf den schmutzigen, blutbefleckten Stoff hinunter und fingerte wehmütig, fast zärtlich daran herum. «Würde ich machen, wenn ich ein anderes hätte. Aber ich fand das immer noch besser, als aller Welt meinen schönen Körper vorzuführen. Natürlicher Anstand, verstehen Sie, was ich meine? Man sollte in Kleidern herumlaufen.»

Ohne ein Wort zu sagen, ging Nashe hinten an den Wagen, öffnete den Kofferraum und begann in einem seiner Koffer zu wühlen. Bald zog er ein T-Shirt der Bostoner Red Sox hervor und warf es Pozzi zu, der es mit der freien Hand auffing. «Nehmen Sie das», sagte Nashe. «Ist zwar viel zu groß für Sie, aber immerhin ist es sauber.»

Pozzi stellte seinen Kaffee auf das Wagendach, hielt das Hemd auf Armeslänge von sich und musterte es. «Die Bostoner Red Sox», sagte er. «Was sind Sie denn für einer, Verteidiger hoffnungsloser Fälle oder so was?»

«Genau. Ich kann mich nur für Dinge begeistern, wenn sie hoffnungslos sind. Jetzt seien Sie still und ziehen das an. Und verschmieren Sie mir nicht den ganzen Wagen mit Blut, verdammt.»

Pozzi knöpfte sich das zerfetzte Hawaiihemd auf und ließ es vor seine Füße fallen. Sein nackter Oberkörper war weiß und mager, ein Bild des Jammers, als wäre er seit Jahren nicht mehr an die Sonne gekommen. Dann zog er sich das T-Shirt über den Kopf, breitete die Hände aus, drehte die

Handflächen noch oben und ließ sich betrachten. «Und?» fragte er. «Besser so?»

«Viel besser», sagte Nashe. «Langsam beginnen Sie wie ein Mensch auszusehen.»

Das Hemd war so groß, daß Pozzi schier darin versackte. Es hing ihm bis halb über die Beine, die kurzen Ärmel bedeckten seine Ellbogen, und einen Augenblick sah es so aus, als hätte er sich in einen knochigen Zwölfjährigen verwandelt. Aus Gründen, die ihm nicht ganz klar waren, empfand Nashe Rührung dabei.

Sie fuhren auf dem Taconic State Parkway nach Süden; sie rechneten damit, es in zwei bis zweieinhalb Stunden in die Stadt zu schaffen. Wie Nashe bald herausfand, war Pozzis anfängliches Schweigen untypisch gewesen. Jetzt wo der Junge außer Gefahr war, begann er Flagge zu zeigen, und binnen kurzem redete er wie ein Wasserfall. Nashe fragte ihn nicht nach der Geschichte aus, aber Pozzi erzählte sie ihm trotzdem, als wären seine Worte eine Art Belohnung. Wenn man einen anderen aus einer schwierigen Lage befreit, hat man ein Recht darauf zu erfahren, wie er da hineingeraten ist.

«Keinen Penny», sagte er. «Sie haben uns keinen einzigen verdammten Penny gelassen.» Pozzi ließ diese mysteriöse Bemerkung einen Augenblick lang im Raum stehen, und als Nashe nichts sagte, fing er von neuem an und redete in den nächsten zehn bis fünfzehn Minuten, praktisch ohne auch nur einmal Luft zu holen. «Es war vier Uhr morgens», fuhr er fort, «und wir hatten seit sieben Stunden ohne Pause am Tisch gesessen. Wir waren zu sechst, die anderen fünf so richtige Volltrottel, Stümper erster Güte. Du gibst glatt deinen rechten Arm her, um mit solchen Affen ins Spiel zu kommen – reiche Typen aus New York, die nur zum Wochenendvergnügen spielen. Anwälte, Börsenmakler, Managertypen. Solange die ihren Nervenkitzel kriegen, stört es sie nicht, wenn sie verlieren. Gutes Spiel, sagen sie, wenn du gewonnen hast, gutes Spiel, und dann schütteln sie dir die Hand und geben einen aus. Wenn ich solche Typen regelmäßig hätte, könnte ich mich mit Dreißig zur Ruhe setzen. Das sind die besten. Hundertprozentige Republikaner mit ihren Wall Street-Witzen und gottverdammten trockenen Martinis. Alte Knacker mit Fünf-Dollar-Zigarren. Waschechte amerikanische Arschlöcher.

Ich spiele da also mit diesen Stützen der Gesellschaft und amüsiere mich prächtig. Immer schön ruhig, kassiere meine Gewinnanteile, mache aber keine großen Sprüche – spiele einfach schön ruhig weiter und halte sie alle im Spiel. Man schlachtet nicht das Huhn, das goldene Eier legt. Diese Deppen spielen jeden Monat, und ich möchte gern noch mal eingeladen werden. War schon schwer genug, die Einladung für gestern nacht zu kriegen. Mußte ein halbes Jahr lang daran arbeiten und hab mich deshalb von meiner besten Seite gezeigt, ganz höflich und respektvoll, und geredet wie ein Schwuler, der jeden Nachmittag in den Country Club geht, um die hintersten Löcher zu spielen. In diesem Geschäft mußt du ein Schauspieler sein, jedenfalls wenn du an die wahre Action rankommen willst. Sie müssen sich wohl dabei fühlen, wenn du ihnen die Taschen leerst, und das kannst du nur erreichen, wenn du ihnen zeigst, daß du in Ordnung bist. Immer bitte und danke sagen, über ihre bescheuerten Witze lachen, dich bescheiden und würdevoll geben wie ein richtiger Gentleman. Mann, heut nacht hab ich aber eine Glückssträhne, George. Donnerwetter, Ralph, die Karten liegen ja wirklich günstig für mich. All dieser Mist eben.

Jedenfalls bin ich mit gut fünf Riesen in der Tasche da hingekommen, und gegen vier bin ich ungefähr auf neun. In einer Stunde wollen wir aufhören, und ich mach mich fertig zum Einpacken. Hab diese Blödmänner voll im Griff, beherrsche die Lage dermaßen, daß ich ihnen nur in die Augen zu sehen brauche, um zu erkennen, was für Karten sie haben. Ich denke, ich mach noch einen großen Gewinn, zieh mit zwölf- oder vierzehntausend ab und will mit dieser Nacht zufrieden sein.

Bekomme ein astreines Blatt, alle vier Buben, und der Jackpot nimmt langsam Formen an. Es ist still im Zimmer, wir konzentrieren uns auf die Einsätze, und plötzlich fliegt die Tür auf, und diese vier riesigen Arschlöcher stürmen rein. ‹Keine Bewegung›, brüllen sie, ‹keine Bewegung, oder ihr seid tot› – sie schreien aus vollem Hals und fuchteln mit verdammten Schrotflinten vor uns rum. Sind alle schwarz gekleidet und haben Strümpfe überm Kopf, damit du ihre Gesichter nicht erkennen kannst. Das Häßlichste, was ich je gesehen habe – vier Wesen aus der schwarzen Lagune. Ich hatte solchen Bammel, daß ich mir fast in die Hose geschissen hätte. Auf den Boden, sagt einer von ihnen, legt euch flach auf den Boden, dann passiert keinem was.

Manchmal hört man von so was – Pokerrunden überfallen, das ist ein alter Hut. Aber man glaubt nie, daß einem das selbst passieren könnte. Und das schlimmste war, daß wir mit Bargeld spielten. Der ganze Zaster lag offen da auf dem Tisch. Ziemlich blöd, so zu spielen, aber diese reichen Heinis mögen's nun mal so, da kommen sie sich wichtig vor. Wie Desperados in einem miesen Western – der große Showdown im Saloon zum letzten Schnaufer. Man sollte nur mit Chips spielen, jeder weiß das. Man soll nicht ans Geld denken, sondern sich auf das verdammte Spiel konzentrieren. Aber so spielen diese Anwälte eben, und gegen deren alberne Hausregeln kannst du nicht anstinken.

Vierzig-, vielleicht fünfzigtausend Dollar in gesetzlichen Zahlungsmitteln sonnen sich da auf dem Tisch. Ich liege platt auf dem Boden und kann nichts sehen, aber ich höre, wie sie das Geld in Tüten stopfen, um den Tisch gehen und ihn leerfegen – wusch, wusch, fertig. Ich denk mir, bald ist die Sache vorbei, und vielleicht lassen sie uns mit ihren Knarren in Ruhe. An das Geld denk ich überhaupt nicht mehr, ich will bloß noch raus hier, und zwar mit heiler Haut. Scheiß auf das Geld, sag ich mir, bloß erschießt mich nicht. Unheimlich, wie schnell so was gehen kann. Grad noch will ich den Typen links von mir überbieten, und denk noch, was für ein ausgefuchster, toller Kerl ich bin, und gleich darauf lieg ich flach am Boden und hoffe, daß die mir nicht das Hirn rauspusten. Vergrab mein Gesicht in dem verdammten Florteppich und bete wie ein Irrer, daß diese Strauchdiebe abhauen, bevor ich wieder die Augen aufmache.

Ob Sie's glauben oder nicht, meine Gebete werden erhört. Die Banditen tun genau das, was sie angekündigt haben, und drei oder vier Minuten später sind sie weg. Wir hören ihren Wagen losfahren, und wir stehen alle auf und fangen wieder an zu atmen. Mir schlottern die Knie, ich zittere wie Espenlaub, aber es ist vorbei, und alles ist gutgegangen. Jedenfalls bilde ich mir das ein. Wie sich rausstellt, soll der wahre Spaß erst noch losgehen.

George Whitney hat damit angefangen. Das ist der Typ, dem das Haus gehört, einer von diesen Heißluftballons, die in karierten grünen Hosen und weißen Kaschmirpullovern rumlaufen. Als wir erst mal einen getrunken und uns beruhigt haben, sagt der dicke George zu Gil Swanson – das ist der Schlepper, der mir die Einladung organisiert hat: ‹Genau wie ich dir gesagt habe, Gil›, sagt er, ‹man darf eben kein solches Gesindel an so einem Spiel teilnehmen lassen.› – ‹Wovon redest du, George?› fragt Gil, und George sagt: ‹Denk mal drüber nach, Gil. Seit sieben Jahren spielen wir jeden Monat, und noch nie ist was passiert. Und dann erzählst du mir von diesem Rumtreiber, der angeblich ein guter Spieler ist, und machst mir die Hölle heiß, damit ich ihn einlade, und schau, was passiert. Ich hatte achttausend Dollar auf dem Tisch, und es schmeckt mir gar nicht, einen Haufen Gauner damit abschwirren zu sehen.›

Bevor Gil irgendwas sagen kann, bau ich mich vor George auf und mach meine große Klappe auf. Das hätte ich wohl lieber lassen sollen, aber ich war einfach stocksauer und mußte mich schwer zurückhalten, ihm nicht in die Fresse zu schlagen. ‹Verdammte Scheiße, was soll das heißen?› sag ich zu ihm. ‹Das heißt, daß du uns reingelegt hast, du kleiner Schleimscheißer›, sagt er, und dann fängt er an, mich mit dem Finger gegen die Brust zu stoßen, schiebt mich bis in die Zimmerecke. Stochert immer weiter mit diesem dicken Finger auf mich ein und quasselt pausenlos. ‹Das laß ich dir und deinen Gangsterfreunden nicht durchgehen›, sagte er. ‹Dafür wirst du bezahlen, Pozzi. Ich werd dafür sorgen, daß du bekommst, was dir zusteht.› Immer so weiter, sticht mit dem Finger nach mir und schreit mir ins Gesicht, und dann schlag ich einfach seinen Arm zur Seite und sag, er soll mir aus dem Weg gehen. George ist ziemlich groß, bestimmt einsfünfundachtzig oder einsneunzig. Fünfzig Jahre alt, aber gut in Form, und ich seh schon, das gibt Ärger, wenn ich mich mit dem anlege. ‹Finger weg, du Schwein›, sag ich zu ihm, ‹nimm bloß deine Finger weg und verzieh dich.› Aber die Sau ist am Durchdrehen und hört einfach nicht auf. Er packt mich am Hemd, und da verliere ich die Nerven und knall ihm die Faust in den Bauch. Ich will wegrennen, aber nach kaum drei Schritten packt mich einer von diesen Anwälten und dreht mir die Arme auf den Rücken. Ich versuch mich von ihm loszureißen, aber bevor ich die Arme freikriege, steht der dicke George schon wieder vor mir und rammt mir eine in den Magen. Das war furchtbar, Mann, das reinste Trommelfeuer, ein Blutbad in Farbe. Jedesmal wenn ich loskam, fing mich einer von denen wieder ein. Gil war der einzige, der nicht mitgemacht hat, aber gegen die vier anderen konnte er nicht viel ausrichten. Sie droschen immer weiter auf mich ein.

Ich dachte schon, die wollten mich umbringen, aber nach einer Weile ging ihnen die Puste aus. Diese Säcke sind kräftig, haben aber keine Ausdauer, und schließlich konnte ich mich losreißen und durch die Tür rennen. Zwei von denen sind noch hinter mir her, aber die sollten mich kein zweites Mal kriegen. Ich bin wie ein Irrer auf den Wald zugerannt, so schnell ich konnte. Wenn Sie mich nicht mitgenommen hätten, würde ich wahrscheinlich immer noch rennen.»

Pozzi stöhnte angewidert, als wollte er den ganzen gräßlichen Vorfall aus seiner Erinnerung verbannen. «Wenigstens hab ich keinen dauerhaften Schaden davongetragen», fuhr er fort. «Die alten Knochen werden wieder zusammenwachsen, aber ich kann nicht behaupten, daß ich über den Verlust des Geldes allzu begeistert bin. Die Sache hätte zu keiner schlimmeren Zeit passieren können. Ich hatte Großes vor mit diesem kleinen Bündel, und jetzt bin ich blank, jetzt kann ich noch mal von vorn anfangen. Scheiße. Da spielst du fair und anständig, du gewinnst, und am Ende verlierst du doch. Das ist ungerecht. Übermorgen sollte ich an einem der größten Spiele meines Lebens teilnehmen, und jetzt fällt die Sache ins Wasser. Keine verdammte Chance, den nötigen Einsatz bis dahin aufzutreiben. Ansonsten weiß ich an diesem Wochenende bloß von ein paar Spielen, wo's um Pennies geht, alles Kleinscheiß. Selbst wenn ich da Glück habe, kann ich höchstens ein paar Riesen gewinnen. Und das ist wahrscheinlich schon übertrieben.»

Diese letzte Bemerkung brachte Nashe schließlich dazu, den Mund aufzumachen. Ihn hatte ein kleiner Gedankenblitz durchzuckt, und als ihm die Worte über die Lippen kamen, hatte er bereits Mühe, seine Stimme unter Kontrolle zu halten. Das Ganze konnte nur ein paar Sekunden gedauert haben, aber das reichte, um alles zu verändern und ihn mit Schwung über den Rand eines Abgrunds zu stoßen. «Wieviel Geld brauchen Sie denn für dieses Spiel?» fragte er.

«Unter zehntausend läuft da gar nichts», sagte Pozzi. «Und das ist das allerwenigste. Nur einen Penny weniger, und ich brauche gar nicht aufzutauchen.»

«Hört sich nach einer kostspieligen Sache an.»

«Es war die Chance meines Lebens, Freund. Praktisch so was wie eine Einladung nach Fort Knox.»

«Vielleicht wenn Sie gewonnen hätten. Aber Sie hätten ja auch verlieren können. Das Risiko besteht doch immer, oder?»

«Natürlich gibt es ein Risiko. Wir reden hier von Poker, ja, so heißt das Spiel. Aber ich hätte unmöglich verlieren können. Mit den zwei Clowns hab ich schon mal gespielt. Wär der reinste Spaziergang geworden.»

«Was glauben Sie, wieviel hätten Sie gewonnen?»

«Jede Menge. Jede Menge, verdammte Scheiße.»

«Schätzen Sie mal. So über den Daumen.»

«Was weiß ich. Dreißig- oder vierzigtausend, schwer zu sagen. Vielleicht fünfzig.»

«Das ist viel Geld. Viel mehr als das, worum letzte Nacht Ihre Freunde gespielt haben.»

«Das versuche ich Ihnen ja zu verklickern. Diese Typen sind Millionäre. Und von Karten haben die keinen blassen Schimmer. Soll heißen, das sind Schwachköpfe, diese beiden. Mit denen kommst du dir vor, als ob du mit Laurel und Hardy spielen würdest.»

«Laurel und Hardy?»

«So nenn ich die beiden, Laurel und Hardy. Einer fett, der andere dünn, genau wie Stan und Ollie. So richtige blutige Laien, mein Freund, zwei geborene Trottel.»

«Sie machen ja einen sehr selbstsicheren Eindruck. Wie können Sie wissen, daß das keine Falschspieler sind?»

«Weil ich sie überprüft habe. Vor sechs oder sieben Jahren haben sie bei der Staatslotterie von Pennsylvania mit einem gemeinsamen Los siebenundzwanzig Millionen Dollar gewonnen. Einer der größten Gewinne aller Zeiten. Leute mit solchem Geld geben sich nicht damit ab, Schmalspurzocker wie mich reinzulegen.»

«Und das haben Sie nicht jetzt grade erfunden?»

«Wozu sollte ich? Der Dicke heißt Flower, und der Dünne heißt Stone. Komischerweise haben sie denselben Vornamen – William. Aber Flower nennt sich Bill, und Stone läßt sich Willie nennen. Alles nicht so verwirrend, wie es sich anhört. Wenn man einmal mit ihnen zusammen ist, kann man sie mühelos auseinanderhalten.»

«Wie Mutt und Jeff.»

«Ja, genau. Ein echtes Komikergespann. So ähnlich wie diese lustigen kleinen Kerlchen im Fernsehen. Ernie und Bert. Nur daß diese beiden Willie und Bill heißen. Klingt doch nett, wie? Willie und Bill.»

«Und wie haben Sie die kennengelernt?»

«Letzten Monat in Atlantic City, rein zufällig. Manchmal fahr ich da zu einem Spielchen hin, und die beiden sind mal kurz mit eingestiegen. Nach zwanzig Minuten hatten sie jeder fünftausend Dollar verloren. So was Dämliches, wie die gesetzt haben, ist mir noch nie untergekommen. Die dachten, mit Bluffen könnten sie alles machen – als ob sie die einzigen wären, die spielen könnten, und wir anderen hätten nichts anderes im Kopf, als auf ihre plumpen Tricks reinzufallen. Ein paar Stunden später bin ich auf ein Spiel in eins der Kasinos rüber, und da waren sie wieder, diesmal am Roulettetisch. Der Dicke kommt auf mich zu –»

«Flower.»

«– genau, Flower. Der kommt also auf mich zu und sagt: Sie haben Format, gefällt mir, mein Sohn, Sie sind ein beachtlicher Pokerspieler. Und dann meint er weiter, falls ich mal Lust hätte, in aller Freundschaft ein Spielchen mit ihnen zu machen, sei ich jederzeit in ihrem Haus willkommen. So war das. Ich sagte, aber ja, ich würde gern mal mit ihnen spielen, und letzte Woche hab ich sie angerufen und mich für kommenden Montag angemeldet. Deshalb bin ich ja so sauer wegen heute nacht. Wäre ein herrliches Erlebnis geworden, ein echter Spaziergang auf der Siegerstraße.»

«Sie sagten eben ‹ihr Haus›. Soll das heißen, daß die beiden zusammenleben?»

«Sie sind ja ein ganz Schlauer. Tja, das hab ich gesagt – ‹ihr Haus›. Hört sich ein bißchen seltsam an, aber ich glaub nicht, daß das Tucken sind oder so was. Sind beide über fünfzig, und waren beide verheiratet. Stones Frau ist tot, Flower und seine Frau sind geschieden. Beide haben ein paar Kinder, und Stone ist sogar schon Großvater. War vor seinem Lottogewinn Optometriker, und Flower Wirtschaftsprüfer. Ganz normale Mittelklassetypen. Leben bloß zufällig in einer Zwanzig-Zimmer-Villa und kriegen jedes Jahr steuerfreie eins Komma drei fünf Millionen Dollar.»

«Ich schätze, Sie haben Ihre Hausaufgaben gemacht.»

«Sag ich doch, ich hab sie überprüft. Ich spiele nicht gern, wenn ich nicht weiß, mit wem.»

«Machen Sie noch irgend etwas anderes außer Pokerspielen?»

«Nein, nichts. Nur Poker.»

«Kein Job? Nichts, was Ihnen durchhilft, wenn Sie mal eine Pechsträhne haben?»

«Ich hab mal in einem Kaufhaus gearbeitet. Das war in dem Sommer, als ich von der High-School weg bin. Die haben mich in die Abteilung für Herrenschuhe gesteckt. Die reinste Hölle, kann ich Ihnen flüstern, der totale Scheiß. Auf Händen und Knien rumrutschen wie ein Hund, und dauernd den Gestank von dreckigen Socken einatmen. War immer kurz vorm Kotzen. Hab nach drei Wochen gekündigt, und seither hatte ich keinen festen Job mehr.»

«Und Sie kommen allein gut zurecht?»

«Ja, allerdings. Natürlich hab ich gute und schlechte Zeiten, aber es gibt nichts, womit ich nicht fertig werde. Hauptsache, ich kann tun, was ich will. Wenn ich verliere, geht's mir an den eigenen Arsch. Wenn ich gewinne, kann ich das Geld behalten. Ich muß mir von keinem was sagen lassen.»

«Sie sind Ihr eigener Boss.»

«Genau. Ich bin mein eigener Boss. Ich zahle meine Zeche selbst.»

«Da müssen Sie ja ein ziemlich guter Spieler sein.»

«Das bin ich, aber ich muß noch besser werden. Denken Sie mal an die Großen – Leute wie Johnny Moses, Amarillo Slim, Doyle Brunson. Mit diesen Typen will ich in eine Liga. Schon mal vom Binion's Horseshoe Club in Las Vegas gehört? Da wird die Weltmeisterschaft im Poker ausgetragen. In ein paar Jahren werde ich soweit sein, da mitzumachen, denke ich. Das ist mein Ziel. Genug Bargeld zusammenkriegen, um mich da reinzukaufen und mit den Besten auf einer Stufe zu stehen.»

«Das hört sich ja alles ganz nett an, Mann. Es ist gut, Träume zu haben, die helfen einem weiterzukommen. Aber das kommt erst später, ist doch so was wie eine langfristige Planung. Was mich jetzt interessiert ist, was Sie für heute vorhaben. In einer guten Stunde sind wir in New York, und was wollen Sie dann anfangen?»

«Ich kenn da jemanden in Brooklyn. Wenn wir in der Stadt sind, werd ich ihn anrufen, mal sehen, ob er da ist. Wenn ja, wird er mich wohl für eine Weile beherbergen. Ist ein verrückter Kerl, aber wir kommen ganz gut miteinander aus. Crappy Manzola. Irrer Name, wie? Hat man ihm angehängt, als er noch ein Kind war, weil er so beschissene faule Zähne hatte. Jetzt hat er ein schönes künstliches Gebiß, aber den Namen Crappy wird er nicht mehr los.»

«Und was, wenn Crappy zufällig nicht da ist?»

«Scheiße, wie soll ich das wissen. Dann werd ich mir was ausdenken.»

«Mit anderen Worten, Sie haben keine Ahnung. Sie wollen es einfach nehmen, wie es kommt.»

«Keine Sorge, ich kann schon auf mich aufpassen. Bin schon in schlimmeren Situationen gewesen.»

«Ich mache mir keine Sorgen. Mir ist da nur etwas eingefallen, und ich habe das Gefühl, es könnte Sie interessieren.»

«Und das wäre?»

«Sie haben mir erzählt, Sie brauchen zehntausend Dollar, um mit Flower und Stone zu spielen. Wenn ich nun jemanden wüßte, der bereit wäre, Ihnen das Geld zur Verfügung zu stellen? Was wären Sie bereit, ihm dafür anzubieten?»

«Ich würde ihm gleich nach dem Spiel das Geld zurückzahlen, mit Zinsen.»

«Dieser Mann ist kein Geldverleiher. Er dürfte sich die Sache eher als geschäftliche Partnerschaft vorstellen.»

«Und was sind Sie für einer, so 'ne Art Finanzmakler oder was?»

«Mich lassen Sie da raus. Ich bin bloß ein Mann, der Auto fährt. Ich möchte nur wissen, was Sie dafür anzubieten haben. Sagen wir, in Prozenten.»

«Scheiße, was weiß ich. Ich würde ihm die zehn Riesen zurückzahlen, und dann noch einen fairen Anteil vom Gewinn. Zwanzig Prozent, fünfundzwanzig Prozent, so was in der Richtung.»

«Ist das nicht ein bißchen knausrig? Immerhin übernimmt der Mann das Risiko. Wenn Sie nicht gewinnen, ist er der Verlierer, nicht Sie. Verstehen Sie, was ich meine?»

«Tja, ich versteh schon, was Sie meinen.»

«Also halbe-halbe. Fünfzig Prozent für Sie, fünfzig Prozent für ihn. Die zehntausend natürlich abgerechnet. Was halten Sie davon? Ist das nicht fair?»

«Könnte damit leben. Wenn es die einzige Möglichkeit ist, das Spiel mit diesen Komikern durchzuziehen, ist es das wohl wert. Aber was haben Sie damit zu tun? Soviel ich sehe, reden nur wir zwei hier in diesem Wagen. Wo soll dieser andere Typ denn sein? Der mit den zehntausend Dollar.»

«Er ist da. Wird nicht schwer sein, ihn zu finden.»

«Ja, das dachte ich mir. Und wenn dieser Typ zufällig grad neben mir sitzt, möcht ich gern wissen, warum er sich auf so eine Sache einlassen will. Ich meine, er kennt mich ja gar nicht.»

«Es gibt kein Warum. Er hat einfach Lust dazu.»

«Das reicht mir nicht. Er muß doch irgendeinen Grund haben. Wenn ich den nicht erfahre, mach ich nicht mit.»

«Weil er das Geld braucht. Das sollte doch eigentlich klar sein.»

«Aber er hat doch schon zehntausend Dollar.»

«Er braucht mehr. Und ihm geht die Zeit aus. Das ist wahrscheinlich seine letzte Chance.»

«Tja, okay, das kann ich akzeptieren. Also so was wie eine verzweifelte Situation.»

«Aber dumm ist er auch nicht, Jack. Er verschenkt sein Geld nicht an Betrüger. Also bevor ich Klartext mit Ihnen rede, muß ich mich davon überzeugen, daß Sie in Ordnung sind. Sie können ein phantastischer Kartenspieler sein, aber genausogut auch ein absoluter Stümper. Bevor wir irgend etwas abmachen, muß ich mit eigenen Augen sehen, was Sie können.»

«Kein Problem, Partner. Sobald wir in New York sind, zeig ich's Ihnen. Überhaupt kein Problem. Sie werden so beeindruckt sein, daß Ihnen die Kinnladen runterklappen. Garantiert. Ihnen werden die Augen aus dem verdammten Kopf fallen.»

3

Nashe erkannte sich selbst nicht wieder. Er hörte die Worte aus seinem Mund kommen, hatte dabei aber das Gefühl, sie drückten die Gedanken eines anderen aus, als wäre er nichts als ein Schauspieler auf der Bühne eines imaginären Theaters und sage einen für ihn geschriebenen Text auf. So etwas hatte er noch nie erlebt, und das Erstaunliche daran war, wie wenig es ihn beunruhigte, wie mühelos er in seine Rolle geschlüpft war. Jetzt zählte nur noch das Geld, und wenn dieser vulgäre Kerl es ihm verschaffen konnte, war Nashe bereit, alles zu riskieren, um dafür zu sorgen, daß es klappte. Eine verrückte Idee, mag sein, aber das Risiko an sich war schon eine Motivation, ein Sprung ins Ungewisse, der beweisen würde, daß er endlich soweit war, sich mit jedem Schicksal abzufinden.

Zu diesem Zeitpunkt war Pozzi einfach ein Mittel zum Zweck, das Loch in der Wand, durch das er auf die andere Seite gelangen konnte. Er war eine Gelegenheit in Gestalt eines Menschen, ein kartenspielendes Gespenst mit dem einzigen Daseinszweck, Nashe zu helfen, seine Freiheit zurückzugewinnen. Sobald das erledigt wäre, würden sie beide ihrer Wege gehen. Nashe wollte ihn benutzen, aber das bedeutete nicht, daß er Pozzi für ganz und gar unausstehlich hielt. Trotz seiner klugscheißerischen Attitüde hatte der Junge etwas Faszinierendes an sich, und es fiel schwer, ihm nicht einen gewissen widerwilligen Respekt zu zollen. Immerhin handelte er nach seinen Überzeugungen, was sich längst nicht von allen Menschen sagen ließ. Pozzi hatte den Sprung in sich selbst hinein gewagt; er improvisierte sein Leben, wie es sich ergab, vertraute auf nichts als seinen Verstand, um sich über Wasser zu halten, und selbst nach den Prügeln, die er gerade bezogen hatte, machte er keinen demoralisierten oder niedergeschlagenen Eindruck. Der Junge war ungehobelt, bisweilen geradezu widerlich, aber er strahlte eine Zuversicht aus, die auf Nashe beruhigend wirkte. Noch konnte er natürlich nicht wissen, ob er Pozzi glauben durfte, aber in Anbetracht der Tatsache, wie wenig Zeit er gehabt hatte, sich eine Geschichte auszudenken, in Anbetracht der ziemlich geringen Glaubwürdigkeit der ganzen Situation schien es zweifelhaft, daß er irgend etwas anderes war als das, was er zu sein vorgab. Jedenfalls nahm Nashe das an. So oder so, er würde nicht lange brauchen, es herauszufinden.

Jetzt kam es darauf an, einen ruhigen Eindruck zu machen, seine Erregung zu zügeln und Pozzi davon zu überzeugen, daß er genau wußte, was er tat. Er wollte ihn nicht unbedingt beeindrucken, spürte aber instinktiv, daß er die Oberhand behalten mußte, daß er der Aufschneiderei des Jungen mit einem ruhigen, unerschütterlichen Selbstvertrauen begegnen mußte. Der Arroganz Pozzis würde er die Gelassenheit des alten Herrn entgegensetzen, seine Vorteile an Größe und Alter wollte er benutzen, um eine Aura redlich verdienter Weisheit auszustrahlen, eine Nüchternheit, die das nervöse, impulsive Gebaren des Jungen ausgleichen sollte. Als sie die nördlichen Bezirke der Bronx erreichten, hatte Nashe sich auf eine Vorgehensweise festgelegt. Sie würde ihn vielleicht zwar etwas mehr kosten, als ihm lieb war, aber er fand, auf lange Sicht könnte das Geld gut angelegt sein.

Der Trick bestand darin, nur dann etwas zu sagen, wenn Pozzi ihm Fragen stellte, und dann aber gleich gute Antworten parat zu haben. Das war die sicherste Methode, die Lage unter Kontrolle zu behalten: den Jungen immer ein wenig im ungewissen lassen, den Eindruck erwecken, daß er ihm stets einen Schritt voraus war. Ohne ein Wort zu sagen, lenkte Nashe den Wagen auf den Henry Hudson Parkway, und als Pozzi (auf der Höhe der Ninety-sixth Street) endlich fragte, wohin sie denn eigentlich führen, sagte Nashe: «Sie sind doch völlig erschöpft, Jack. Sie müssen etwas essen und brauchen Schlaf, und auch ich könnte einen kleinen Lunch vertragen. Wir nehmen ein Zimmer im Plaza und essen dann dort.»

«Sie meinen das Plaza Hotel?» sagte Pozzi.

«Ganz recht, das Plaza Hotel. Dort wohne ich immer, wenn ich in New York bin. Irgendwelche Einwände?»

«Keine Einwände. Hab nur so gefragt. Scheint mir eine gute Idee zu sein.»

«Ich dachte mir, daß Ihnen das gefallen würde.»

«Ja, gefällt mir. Ich lebe gern stilvoll. Das tut der Seele gut.»

Sie stellten den Wagen in einem unterirdischen Parkhaus an der East Fifty-eighth Street ab, holten Nashes Taschen aus dem Kofferraum und gingen dann um die Ecke zu dem Hotel. Nashe verlangte zwei Einzelzimmer mit gemeinsamem Bad, und während er sich ins Gästebuch eintrug, beobachtete er Pozzi aus den Augenwinkeln und bemerkte das zufriedene kleine Grinsen auf dem Gesicht des Jungen. Das gefiel ihm, denn es schien anzudeuten, daß Pozzi von seinem glücklichen Los hinreichend eingeschüchtert war, um zu würdigen, was Nashe für ihn tat. Letztlich war alles bloß eine Frage der Inszenierung. Nur zwei Stunden zuvor war Pozzis Leben noch ein Scherbenhaufen gewesen, und jetzt stand er in einem Palast und strengte sich an, den Prunk um ihn her nicht anzugaffen. Wäre der Kontrast weniger auffallend gewesen, hätte er nicht die gewünschte Wirkung erzielt; so aber brauchte Nashe nur den zuckenden Mund des Jungen zu sehen, um sicher zu sein, daß er sein Ziel erreicht hatte.

Sie bekamen Zimmer in der siebten Etage («Glückszahl Sieben», wie Pozzi im Aufzug bemerkte), und nachdem der Page sein Trinkgeld bekommen hatte und sie sich eingerichtet hatten, rief Nashe den Zimmerservice an und bestellte einen Lunch. Zwei Steaks, zwei Salate, zwei gebackene Kartoffeln, zwei Flaschen Beck's. Unterdessen ging Pozzi ins Bad, um zu duschen; er machte die Tür hinter sich zu, schloß aber nicht ab. Nashe nahm auch dies als gutes Zeichen. Er lauschte kurz dem Zischen des Wassers in der Wanne, dann zog er sich ein sauberes weißes Hemd an und holte das Geld heraus, das er vom Handschuhfach in einen seiner Koffer verlagert hatte (vierzehntausend Dollar in einer kleinen Plastiktüte). Ohne Pozzi Bescheid zu sagen, schlich er aus dem Zimmer, fuhr mit dem Aufzug ins Erdgeschoß und deponierte dreizehntausend Dollar im Hotelsafe. Bevor er zurückging, machte er einen kleinen Umweg und kaufte am Zeitungsstand einen Satz Spielkarten.

Pozzi saß in seinem Zimmer, als Nashe zurückkam. Die beiden Badezimmertüren standen offen, und Nashe konnte den Jungen in einem Sessel liegen sehen, den Körper in zwei oder drei weiße Handtücher gewickelt. Im Fernsehen lief der samstagnachmittägliche Kung Fu-Film, und als Nashe den Kopf hereinsteckte und hallo sagte, zeigte Pozzi auf den Bildschirm und meinte, daß er vielleicht bei Bruce Lee Unterricht nehmen sollte. «Der Gartenzwerg ist nicht größer als ich», sagte er, «aber sehen Sie, wie der mit diesen Arschlöchern fertig wird. Wenn ich wüßte, wie das geht, wär mir das heute nacht nicht passiert.»

«Fühlen Sie sich besser?» fragte Nashe.

«Mir tut alles mögliche weh, aber gebrochen ist anscheinend nichts.»

«Schätze also, Sie werden's überleben.»

«Tja, anzunehmen. Ich werd vielleicht nie mehr Geige spielen können, aber überleben werd ich's schon.»

«Das Essen muß gleich kommen. Wenn Sie wollen, können Sie eine von meinen Hosen anziehen. Nach dem Essen gehen wir Ihnen ein paar neue Sachen kaufen.»

«Keine schlechte Idee. Habe eben noch gedacht, daß ich nicht allzu scharf darauf bin, noch länger wie ein römischer Senator rumzulaufen.»

Nashe warf ihm eine Jeans hin, passend zu dem Red Sox-T-Shirt, und wieder schien Pozzi zu einem kleinen Kind zu schrumpfen. Um nicht über seine eigenen Füße zu stolpern, schlug er die Hosenbeine bis zu den Knöcheln hoch. «Sie haben aber wirklich schnieke Klamotten», sagte er, als Nashe ins Zimmer kam, und hielt die Jeans oben an der Hüfte fest. «Wer sind Sie, der Cowboy von Boston oder was?»

«Eigentlich wollte ich Ihnen meinen Smoking leihen, aber dann dachte ich, warte lieber ab und sieh erst mal, was er für Tischmanieren hat. Am Ende ruinieren Sie mir den noch, nur weil Ihnen ständig Ketchup aus dem Mund kleckert.»

Das Essen wurde auf einem scheppernden Wagen hereingeschoben, und die beiden setzten sich zum Lunch. Pozzi arbeitete mit Genuß an seinem Steak, aber nach mehreren Minuten stetigen Kauens und Schluckens legte er Messer und Gabel weg, als hätte er plötzlich die Lust verloren. Er lehnte sich auf seinen Stuhl zurück und sah sich im Zimmer um. «Komisch, wie einem plötzlich die Erinnerungen kommen», sagte er mit gedämpfter Stimme. «Ich war schon mal in diesem Hotel, hab aber lange nicht mehr dran gedacht. Jahrelang.»

«Da müssen Sie ja noch sehr jung gewesen sein, wenn es so lange her ist», sagte Nashe.

«Tja, da war ich noch ein kleines Kind. Mein Vater war

mal mit mir hier, an einem Wochenende im Herbst. Da muß ich elf oder zwölf gewesen sein.»

«Nur Sie beide? Ohne Ihre Mutter?»

«Sie waren geschieden. Haben sich getrennt, als ich noch ein Baby war.»

«Und Sie haben bei ihr gelebt?»

«Ja, in Irvington, New Jersey. Da bin ich aufgewachsen. Traurige, schäbige Kleinstadt.»

«Haben Sie Ihren Vater öfter gesehen?»

«Ich kannte ihn kaum.»

«Und dann ist er eines Tages aufgetaucht und hat Sie ins Plaza mitgenommen.»

«Ja, so ungefähr. Vorher hatte ich ihn aber auch schon mal gesehen. Das erste Mal war seltsam, ich glaub, das war das gruseligste Erlebnis meines Lebens. Ich war damals acht, es war Hochsommer, und ich sitze auf der Vordertreppe unseres Hauses. Meine Mutter war zur Arbeit, und ich sitz da ganz allein, lutsche an so einem Orangeneis und seh über die Straße. Fragen Sie mich nicht, wieso ich weiß, daß es Orangeneis war, ich weiß es eben. Kommt mir vor, als hätte ich das verdammte Ding noch immer in der Hand. Es war ein heißer Tag, und ich sitz da mit meinem Orangeneis und überlege, ob ich, wenn ich damit fertig bin, aufs Fahrrad steigen und zu meinem Freund Walt fahren soll; der könnte den Gartenschlauch hinterm Haus andrehen. Das Eis fängt schon an, mir aufs Bein zu tropfen, und plötzlich kommt da so ein großer weißer Cadillac ganz langsam die Straße runter. Ein irrer Schlitten. Nagelneu und blitzsauber, mit Spinnweb-Radkappen und Weißwandreifen. Der Typ hinterm Steuer sieht aus, als ob er sich verfahren hätte. Bremst vor jedem Haus ab, reckt den Hals aus dem Fenster und sieht nach den Hausnummern. Während ich mich also überall mit dem dämlichen Eis bekleckere, beobachte ich das alles, und plötzlich bleibt der Wagen stehen, und der Typ stellt den Motor ab. Genau vor unserem Haus. Er steigt aus und kommt auf mich zu – hat einen grellweißen Anzug an und lächelt breit und freundlich. Erst dachte ich, das ist Billy Martin, er sah ihm ziemlich ähnlich. Sie wissen schon, der Baseballmanager. Und ich denke: warum kommt Billy Martin mich besuchen? Will er mich als seinen neuen Schlägerträger engagieren oder was? Mann, was für ein Scheiß einem als Kind so durch die Birne geht. Na ja, als er noch näher kommt, sehe ich, daß es doch nicht Billy Martin ist. Jetzt bin ich richtig verwirrt, und ehrlich gesagt, ich kriege es mit der Angst zu tun. Ich werf das Eis in die Büsche, aber bevor ich mir überlegen kann, was ich sonst noch machen könnte, steht der Typ auch schon vor mir. ‹Hallo, Jack›, sagt er. ‹Lange nicht gesehen.› Ich weiß gar nicht, wovon er redet, aber da er meinen Namen kennt, denke ich, er ist ein Freund von meiner Mutter oder so was. Also sag ich ihm, meine Mutter ist auf der Arbeit, versuche ganz höflich zu sein, aber er sagt, ja, das wüßte er, er hätte grad mit ihr drüben im Restaurant gesprochen. Da hat meine Mutter damals gearbeitet, als Kellnerin. Und darauf ich: ‹Sie wollen also zu mir?› Und er: ‹Erraten, Junge. Ich dachte, es wär mal wieder Zeit, daß wir voneinander hören. Als ich dich das letzte Mal gesehen hab, hattest du noch Windeln an.› Das ganze Gespräch kommt mir immer spanischer vor, und ich kann mir nur noch vorstellen, daß der Typ mein Onkel Vince sein muß, der nach Kalifornien abgehauen ist, als meine Mutter noch ein Kind war. ‹Du bist Onkel Vince, stimmt's?› sage ich, aber er schüttelt nur den Kopf und grinst. ‹Halt deinen Hut fest, Kleiner›, sagt er, oder so was ähnliches, ‹aber ob du's glaubst oder nicht, du siehst deinen Vater vor dir.› Tatsache ist, daß ich ihm keine Sekunde lang glaube. ‹Sie können nicht mein Vater sein›, sage ich. ‹Mein Vater ist in Vietnam gefallen.› – ‹Klar, sicher›, sagt er, ‹das haben alle gedacht. Aber ich bin nicht gefallen, wie du siehst. Bin geflohen. Sie hatten mich gefangengenommen, aber ich hab mir einen Tunnel gegraben und bin getürmt. Hab lange gebraucht, hierherzukommen.› Jetzt wird's langsam überzeugender, aber ich habe noch immer meine Zweifel. ‹Soll das heißen, Sie wollen jetzt bei uns wohnen?› frage ich. ‹Nicht unbedingt›, sagt er, ‹aber das sollte uns nicht hindern, einander kennenzulernen.› Das kommt mir alles sehr unwahrscheinlich vor, und jetzt bin ich ziemlich sicher, daß er mich übers Ohr hauen will. ‹Sie können nicht mein Vater sein›, sage ich noch einmal. ‹Väter gehen nicht einfach weg. Die leben zu Hause bei ihren Familien.› – ‹Manche Väter schon›, sagt er, ‹aber nicht alle. Schau mal. Wenn du mir nicht glaubst, beweis ich es dir. Du heißt doch Pozzi, ja? John Anthony Pozzi. Und dein Vater muß ebenfalls Pozzi heißen. Stimmt's?› Ich nicke bloß, und dann greift er in sein Jackett und zieht eine Brieftasche raus. ‹Sieh dir das an, Junge›, sagt er, und dann nimmt er seinen Führerschein aus der Brieftasche und gibt ihn mir. ‹Lies mal vor, was auf diesem Papier steht.› Also lese ich es ihm vor: ‹John Anthony Pozzi.› Und Donnerwetter, da steht die ganze Sache tatsächlich schwarz auf weiß.»

Pozzi unterbrach sich und trank einen Schluck Bier. «Also ich weiß nicht», fuhr er fort. «Wenn ich jetzt drüber nachdenke, kommt es mir vor wie ein Traum oder so was. An einzelne Stellen kann ich mich erinnern, aber der Rest ist ganz undeutlich, als ob es vielleicht gar nicht wirklich passiert wär. Ich weiß noch, daß mein Alter mich auf eine Spritztour in seinem Caddy mitgenommen hat, aber ich weiß nicht, wie lange das ging, und ich kann mich auch nicht erinnern, worüber wir da gesprochen haben. Aber ich erinnere mich an die Klimaanlage in dem Schlitten und an den Geruch der Lederpolster, ich erinnere mich, wie peinlich es mir war, daß meine Hände so von dem Eis klebten. Vor allem aber hatte ich wohl noch immer Schiß. Obwohl ich seinen Führerschein gesehen hatte, kamen mir jetzt neue Zweifel. Da stimmt was nicht, sagte ich mir immer wieder. Wenn der Typ behauptet, er ist mein Vater, muß das noch lange nicht stimmen. Könnte auch irgendein Trick sein, ein Schwindel. All das geht mir durch den Kopf, während wir in der Stadt rumfahren, und dann sind wir plötzlich wieder vor unserem Haus. Kommt mir vor, als hätte das Ganze höchstens eine halbe Sekunde gedauert. Mein Alter steigt noch nicht mal aus dem Wagen. Er greift bloß in seine Tasche, zieht einen Hundert-Dollar-Schein raus und klatscht ihn mir in die Hand. ‹Hier, Jack›, sagt er, ‹eine Kleinigkeit, damit du weißt, daß ich an dich denke.› Scheiße. Soviel Geld hatte ich noch nie im Leben gesehen. Ich hatte noch nicht mal gewußt, daß so was wie Hundert-Dollar-Scheine überhaupt hergestellt wird. Also steige ich mit diesem Hunderter in der Hand aus dem Wagen, und ich weiß noch, wie ich bei mir dachte: Tja, das heißt ja wohl, er ist wirklich mein Vater. Aber bevor mir irgendwas einfällt, was ich sagen könnte, drückt er mir die Schultern und verabschiedet sich. ‹Bis später mal, Junge›, sagt er, oder so was ähnliches, und dann startet er den Wagen und fährt davon.»

«Komische Art, seinen Vater kennenzulernen», sagte Nashe.

«Was Sie nicht sagen.»

«Aber wie war das, als Sie hier ins Plaza kamen?»

«Das war erst drei oder vier Jahre später.»

«Und in der ganzen Zeit haben Sie ihn nicht gesehen?»

«Nicht ein einziges Mal. Als ob er einfach wieder verschwunden wäre. Ich hab dauernd meine Mutter nach ihm gefragt, aber sie war da immer ziemlich kurz angebunden, wollte nicht mit der Sprache raus. Später erfuhr ich dann, daß er ein paar Jahre im Bau gesessen hatte. Daher auch die Scheidung, erzählte sie mir. Er hatte Dreck am Stecken.»

«Was hat er denn angestellt?»

«Hatte mit irgendeinem Aktienschwindel zu tun. Sie wissen schon, so Aktien einer Phantomfirma verhökern. Betrügereien der gehobenen Klasse.»

«Nachdem er rausgekommen ist, muß es ihm aber doch gutgegangen sein. Jedenfalls gut genug, um einen Cadillac zu fahren.»

«Tja, anzunehmen. Ich glaub, er hat in Florida Immobilien verkauft. Hat im Land der Eigentumswohnungen das große Geld gemacht.»

«Aber Sie sind sich nicht sicher.»

«Ich weiß überhaupt nichts sicher. Hab schon lange nichts mehr von ihm gehört. Könnte genausogut längst tot sein.»

«Aber drei oder vier Jahre später ist er noch mal aufgetaucht.»

«Aus heiterem Himmel, genau wie beim erstenmal. Inzwischen hatte ich ihn längst aufgegeben. Vier Jahre Warten sind eine lange Zeit, wenn man ein Kind ist. Kommt einem vor wie eine verdammte Ewigkeit.»

«Und was haben Sie mit den hundert Dollar gemacht?»

«Komisch, daß Sie danach fragen. Zuerst wollte ich sie ausgeben. Einen schicken neuen Baseballhandschuh kaufen oder so was, aber nichts wollte mir so richtig zusagen, ich konnte mich einfach nicht davon trennen. Also hab ich sie die ganzen Jahre aufbewahrt, in einer kleinen Schachtel in der Schublade mit meiner Unterwäsche. Und jeden Abend hab ich sie rausgeholt und mir angesehen – bloß um sicher zu sein, daß sie auch wirklich da waren.»

«Und wenn sie da waren, bedeutete das, daß Sie wirklich Ihren Vater getroffen hatten.»

«So hab ich das nie gesehen. Aber, ja, könnte schon sein. Wenn ich das Geld behielt, dann sollte das wohl bedeuten, daß mein Vater zurückkommen würde.»

«Kinderlogik.»

«Zum Heulen, wie blöd man als Kind ist. Nicht zu glauben, daß ich damals so gedacht habe.»

«Haben wir alle. Das gehört zum Erwachsenwerden.»

«Tja, das war alles ziemlich kompliziert. Meiner Mutter hab ich das Geld nie gezeigt, nur ab und zu hab ich es aus der Schachtel genommen und meinem Freund Walt zum Halten gegeben. Das fand ich gut, weiß auch nicht warum. Als ob ich gewußt hätte, wenn er es anfaßt, ist es keine Erfindung von mir. Aber das Komische dabei war, nach ungefähr sechs Monaten kam mir die fixe Idee, das Geld sei falsch, der Schein sei eine Blüte. Vielleicht hatte Walt was in der Richtung gesagt, ich weiß nicht mehr, erinnere mich aber noch genau, daß ich dachte, wenn das Geld falsch ist, dann kann der Typ, der es mir gegeben hat, auch nicht mein Vater gewesen sein.»

«Immer im Kreis.»

«Ja. Immer weiter im Kreis herum. Eines Tages kamen Walt und ich darauf zu sprechen, und er sagte, wir könnten das nur rausfinden, wenn wir mit dem Geld zur Bank gingen. Ich wollte es erst nicht aus dem Zimmer lassen, aber da ich es sowieso für Falschgeld hielt, spielte das eigentlich keine Rolle mehr. Also gehen wir zur Bank, und wir haben solchen Bammel vor einem Raubüberfall, daß wir über die Straße schleichen, als ob wir irgendeinen gefährlichen Auftrag zu erledigen hätten. Der Kassierer in der Bank war dann sehr nett. Walt sagt zu ihm: ‹Mein Freund hier will wissen, ob dieser Hundert-Dollar-Schein echt ist›, und der Kassierer nimmt ihn und sieht ihn sich sehr sorgfältig an. Hat sogar eine Lupe benutzt, um ganz sicherzugehen.»

«Und was hat er gesagt?»

«‹Der ist echt, Jungs›, sagte er. ‹Eine echte U. S.-Banknote.›»

«Also war der Mann, der Ihnen den Schein gegeben hat, wirklich Ihr Vater.»

«Korrekt. Aber was hab ich jetzt davon? Wenn der Typ wirklich mein Vater ist, warum kommt er dann nicht zurück und besucht mich mal? Wenigstens einen Brief oder so was könnte er doch schreiben. Aber anstatt deswegen die Wut zu bekommen, erfinde ich Geschichten, die erklären sollen, warum er sich nicht meldet. Ich stell mir vor, Scheiße, ich stell mir vor, er ist so 'ne Art James Bond, einer von diesen Geheimagenten, die für die Regierung arbeiten, und wenn er mich besucht, würde seine Tarnung auffliegen. Immerhin glaub ich inzwischen den ganzen Scheiß von seinem Ausbruch aus dem Gefangenenlager in Vietnam, und wenn er das geschafft hat, muß er ja ein ungeheurer Draufgänger gewesen sein, stimmt's? Ein Supermann. Meine Fresse, wie hab ich nur einen solchen Schwachsinn denken können.»

«Sie mußten sich irgend etwas zurechtlegen. So was kann man unmöglich unausgefüllt lassen. Da macht der Verstand nicht mit.»

«Kann sein. Aber ich hab mir wirklich einen Haufen Mist zusammengesponnen. Bin gar nicht mehr davon losgekommen.»

«Und wie war das, als er dann schließlich wieder aufgetaucht ist?»

«Diesmal rief er vorher an und sprach mit meiner Mutter. Ich erinnere mich, daß ich schon oben im Bett war, und sie kam in mein Zimmer und erzählte mir davon. ‹Er will das Wochenende mit dir in New York verbringen›, sagte sie, und es war leicht zu merken, daß sie sauer war. ‹Dieser Mistkerl hat vielleicht Nerven›, sagte sie andauernd. ‹Dieser Mistkerl hat vielleicht Nerven.› Am Freitagnachmittag kommt er vor unserem Haus vorgefahren; er hat einen neuen Cadillac, einen schwarzen, und ich weiß noch, daß er so einen forschen Kamelhaarmantel trug und eine dicke Zigarre rauchte. Von wegen James Bond. Er sah aus wie aus einem Al Capone-Film.»

«Diesmal war es Winter.»

«Tiefster Winter, und saumäßig kalt. Wir sind durch den Lincoln-Tunnel, dann ins Plaza und von dort zu Gallagher's an der Fifty-second Street. Kann mich noch gut an den Laden erinnern. Von draußen das reinste Schlachthaus. Hunderte von rohen Steaks im Schaufenster, da könnte man glatt Vegetarier werden. Aber drinnen ist es nicht übel. An den Wänden hängen lauter Fotos von Politikern, Sportlern und Filmstars, und ich muß zugeben, daß ich ganz schön beeindruckt war. Das war wohl der ganze Sinn dieses Wochenendes, nehme ich an. Mein Vater wollte mich beeindrucken, und das ist ihm nicht schlecht gelungen. Nach dem Essen sind wir zu einer Boxveranstaltung im Garden gegangen. Am nächsten Tag wieder dorthin und zwei College-Basketballspiele angesehen, und am Sonntag ins Stadion, wo die Giants gegen die Redskins spielten. Und glauben Sie nicht, wir hätten oben unterm Dach gesessen. Fünfzig-Yard-Linie, mein Freund, die besten Plätze des Hauses. Tja, ich war beeindruckt, hat mich glatt umgehauen. Und wo wir auch hinkommen, blättert mein Alter die Scheine von dem dicken Bündel, das er in der Tasche mit sich rumträgt. Zehner, Zwanziger, Fünfziger – er hat überhaupt nicht richtig hingesehen. Hat Trinkgelder verteilt, als wär das gar nichts, verstehen Sie, was ich meine? Platzanweiser, Oberkellner, Pagen. Alle streckten sie die Hand aus, und er schnippte ihnen die Dollars hin, als gäbe es kein Morgen mehr.»

«Sie waren beeindruckt. Aber haben Sie sich auch amüsiert?»

«Nicht so richtig. Ich meine, wenn das das Leben war, wo war ich dann all die Jahre gewesen? Verstehen Sie, was ich damit sagen will?»

«Ich denke schon.»

«Es war schwer, mit ihm zu reden, und die meiste Zeit

hatte ich einen Kloß im Hals, war völlig verkrampft. Das ganze Wochenende hat er sich aufgespielt – mir von seinen Geschäften erzählt, mich mit der Nase darauf stoßen wollen, was für ein toller Hecht er wär, dabei hab ich überhaupt nicht kapiert, wovon zum Teufel er da eigentlich redete. Und dazu hat er mir einen Haufen Ratschläge gegeben. ‹Versprich mir, daß du die High-School zu Ende machst› – das hat er zwei-, dreimal gesagt – ‹Versprich mir, daß du die High-School zu Ende machst, damit du nicht in der Gosse landest.› Und ich, so ein Bengel von Sechstkläßler, was weiß denn ich von High-School und diesem ganzen Scheiß? Aber er wollte, daß ich es ihm versprach, also hab ich ihm mein Wort gegeben. Wurde richtig unheimlich. Aber das Schlimmste kam, als ich ihm von den hundert Dollar erzählte, die er mir beim letztenmal geschenkt hatte. Ich dachte, es würde ihm gefallen, daß ich das Geld nicht ausgegeben hatte, aber das hat ihn geradezu schockiert, das konnte ich ihm ansehen, er führte sich auf, als ob ich ihn beleidigt hätte. ‹Nur Trottel sitzen auf ihrem Geld›, sagte er. ‹Ist doch bloß ein Stück Papier, Junge, und solange es in einer Schachtel liegt, kann es dir kein bißchen nützen.›»

«Machogeschwätz.»

«Ja, er wollte mir zeigen, was für ein harter Bursche er war. Aber vielleicht ist es nicht so angekommen, wie er sich das vorgestellt hat. Ich weiß noch, als ich am Sonntagabend nach Hause kam, war ich ziemlich aufgewühlt. Er gab mir noch einen Hundert-Dollar-Schein, und am nächsten Tag nach der Schule hab ich das ganze Geld ausgegeben – einfach so. Er hatte gesagt, gib das Geld aus, und das hab ich getan. Nur, das Komische war, ich hatte gar keine Lust, das Geld für mich selbst zu verwenden. Ich bin in einen Schmuckladen gegangen und hab meiner Mutter ein Perlenhalsband gekauft. Ich weiß heute noch, was es gekostet hat. Einhundertneunundachtzig Dollar, einschließlich Steuer.»

«Und was haben Sie mit den restlichen elf Dollar angefangen?»

«Eine große Schachtel Pralinen gekauft. Eine von diesen schicken roten Schachteln in Herzform.»

«Da muß Ihre Mutter sehr glücklich gewesen sein.»

«Ja, sie ist in Tränen ausgebrochen, als ich ihr das Zeug geschenkt habe. Ich war froh, daß ich es getan hatte. Gab mir ein gutes Gefühl.»

«Und was war mit der High-School? Haben Sie Ihr Versprechen gehalten?»

«Halten Sie mich eigentlich für bescheuert? Natürlich hab ich die High-School beendet. Und gar nicht mal schlecht. Durchschnittsnote Zwei minus, und ich hab im Basketballteam mitgespielt. War ein richtiges As.»

«Wie denn, haben Sie auf Stelzen gespielt?»

«Ich war Verteidiger, Mann, und ich hab meine Sache gut gemacht, das sag ich Ihnen. Maus nannten sie mich. Ich war so schnell, daß ich den anderen den Ball zwischen den Beinen durchspielen konnte. Bei einem Spiel hab ich mit fünfzehn Vorlagen einen neuen Schulrekord aufgestellt. Ich war ein zäher kleiner Bursche da auf dem Platz.»

«Aber Angebote für College-Stipendien haben Sie nicht bekommen.»

«Nur Kleinkram, aber nichts, was mich so richtig interessiert hätte. Außerdem dachte ich, mit dem Pokerspielen mehr erreichen zu können, als wenn ich an irgendeinem beschissenen Technikum Wirtschaftswissenschaften oder so studiert hätte.»

«Und da haben Sie den Job im Kaufhaus gefunden.»

«Vorübergehend. Aber dann hat mein Alter mir was zum Schulabschluß geschenkt. Er hat mir einen Scheck über fünftausend Dollar geschickt. Wie finden Sie das? Sechs oder sieben Jahre lang bekomme ich den Arsch nicht zu sehen, und dann denkt er an meinen High-School-Abschluß.

Hatte ziemlich gemischte Gefühle. Hätte vor Glück sterben können, aber gleichzeitig hatte ich nicht übel Lust, dem Saukerl in die Eier zu treten.»

«Haben Sie ihm einen Dankesbrief geschrieben?»

«Aber sicher. Das wird doch von einem erwartet, oder? Aber er hat mir nie geantwortet. Seither habe ich keinen Mucks mehr von ihm gehört.»

«Ich denke, es gibt Schlimmeres.»

«Scheiße, das kümmert mich längst nicht mehr. Wahrscheinlich ist es besser so.»

«Und das war der Beginn Ihrer Karriere.»

«Sie haben's erfaßt, Mann. Das war der Beginn meiner phantastischen Karriere, meines ununterbrochenen Marschs zu den Höhen von Ruhm und Vermögen.»

Nach diesem Gespräch stellte Nashe eine Veränderung seiner Gefühle Pozzi gegenüber fest. Eine gewisse Besänftigung setzte ein, und wenn auch zögernd, gab er doch langsam zu, daß der Junge etwas von Natur aus Liebenswertes an sich hatte. Was nicht bedeutete, daß Nashe bereit war, ihm zu vertrauen, aber bei allem Argwohn verspürte er den neuen und stärker werdenden Drang, sich um ihn zu kümmern, die Rolle seines Führers und Beschützers zu übernehmen. Vielleicht lag es an Pozzis Größe, an seinem unterernährten, fast verkümmerten Körper – als ob sein Kleinwuchs auf etwas noch Unfertiges hinwiese –, vielleicht lag es aber auch an der Geschichte, die er von seinem Vater erzählt hatte. Als Pozzi seine Erinnerungen hervorholte, hatte Nashe unweigerlich an seine eigene Kindheit denken müssen, und die seltsamen Übereinstimmungen, die er zwischen ihren beiden Leben entdeckte, hatten eine Saite in ihm zum Schwingen gebracht: das frühzeitige Alleinsein, das unerwartete Geldgeschenk, die bleibende Wut. Sobald ein Mensch sich in einem anderen wiedererkennt, kann er ihn nicht mehr als Fremden betrachten. Ob es einem gefällt oder nicht, es entsteht eine Beziehung. Nashe sah die Tücke solcher Gedanken, aber er konnte sich einfach nicht dagegen wehren, sich zu diesem verlorenen, ausgemergelten Wesen hingezogen zu fühlen. Mit einemmal war der Abstand zwischen ihnen kleiner geworden.

Nashe beschloß, den Kartentest fürs erste zu verschieben und sich dafür um Pozzis Garderobe zu kümmern. Die Geschäfte würden in einigen Stunden schließen, und es war nicht einzusehen, warum der Junge den Rest des Tages in diesem schlabbrigen Clownskostüm herumlaufen sollte. Nashe merkte, daß er diesbezüglich hartnäckiger hätte sein sollen, aber Pozzi war offensichtlich erschöpft, und er brachte es nicht übers Herz, ihn jetzt gleich vorzuführen. Das war natürlich ein Fehler. Wenn es beim Poker auf Ausdauer ankam, auf schnelles Denken unter Stress – wann gab es dann einen besseren Zeitpunkt, jemandes Fähigkeiten zu testen, als wenn ihm der Kopf vor Erschöpfung ganz vernebelt war? Aller Wahrscheinlichkeit nach hätte Pozzi den Test nicht bestanden, und damit wäre das Geld, das Nashe jetzt für die Kleidung des Jungen ausgeben würde, zum Fenster rausgeworfen. Angesichts dieser drohenden Enttäuschung hatte Nashe es jedoch nicht eilig, zur Sache zu kommen. Er wollte seine Vorfreude ein wenig länger genießen, sich in dem Glauben wiegen, es gebe noch Grund zur Hoffnung. Im übrigen freute er sich auf den kleinen Einkaufsbummel, den er geplant hatte. Ein paar hundert Dollar würden auf lange Sicht keinen großen Unterschied machen, und Pozzi durch Saks an der Fifth Avenue spazieren zu sehen, war ein Vergnügen, das er sich nicht vorenthalten wollte. Die Situation barg jede Menge komisches Potential, und wenn er auch sonst nichts davon hätte, würde er immerhin die Erinnerung an ein paar gute Lacher behalten. Und genau betrachtet wäre auch das schon mehr, als er beim Aufwachen in Saratoga von diesem Tag erwartet hatte.

Kaum hatten sie das Geschäft betreten, fing Pozzi an zu meckern. Das seien ja alles Schwulenklamotten in der Herrenabteilung, sagte er, und er werde eher in seinen Badetüchern rumlaufen, als sich in irgendwelchen von diesen affigen Fummeln blicken zu lassen. So ein Zeug könne man vielleicht tragen, wenn man H. W. G. Hinterlader der Dritte heiße und an der Park Avenue wohne, aber er sei Jack Pozzi aus Irvington, und er denke nicht im Schlaf daran, eines dieser rosa Krokodilhemden anzuziehen. Da, wo er herkomme, bekäme man einen Tritt in den Arsch, wenn man in so einem Aufzug auf die Straße ginge. Die würden einen in Stücke reißen und das Klo runterspülen. Während Pozzi so herumzeterte, sah er unablässig den Frauen nach, die an ihnen vorbeigingen, und wenn eine davon zufällig jung oder attraktiv war, unterbrach er sich und versuchte Blickkontakt herzustellen, oder er verrenkte den Kopf und beobachtete den Schwung ihrer Pobacken, wenn sie über den Gang entschwanden. Zweien blinzelte er zu, und eine andere, die ihn unabsichtlich am Arm gestreift hatte, sprach er sogar an: «Hey, Baby», sagte er. «Heute abend schon was vor?»

«Ruhig, Jack», ermahnte ihn Nashe ein paarmal. «Ganz ruhig. Man wird Sie noch rauswerfen, wenn Sie so weitermachen.»

«Ich bin ja ruhig», sagte Pozzi. «Darf man denn nicht mal die hiesigen Bräute testen?»

Im Grunde schien es fast so, als machte Pozzi das Theater nur deshalb, weil er wußte, daß Nashe nichts anderes von ihm erwartete. Ihm war unbehaglich zumute, und deshalb veranstaltete er einen Wirbelwind vorhersehbarer Mätzchen, die er seinem neuen Freund und Wohltäter als Ausdruck seines Dankes anbot, und wenn er gespürt hätte, daß es Nashe reichte, würde er ohne ein weiteres Wort damit aufgehört haben. Zumindest kam Nashe hinterher zu diesem Schluß, denn sobald sie die Kleider im Ernst zu mustern begannen, setzte der Junge seinen Argumenten überraschend wenig Widerstand entgegen. Pozzi begriff offenbar irgendwie, daß er hier die Gelegenheit bekam, etwas zu lernen, und dies wiederum bedeutete, daß Nashe bereits seinen Respekt gewonnen hatte.

«Die Sache ist doch die, Jack», sagte Nashe. «In zwei Tagen werden Sie mit zwei Millionären zusammentreffen. Und Sie werden nicht in irgendeinem verlotterten Billardzimmer spielen, sondern Sie sind zu denen nach Hause eingeladen. Wahrscheinlich werden die Sie bewirten und Sie dort schlafen lassen. Da wollen Sie doch keinen schlechten Eindruck machen? Sie können da nicht wie irgendein ungehobelter Ganove reinschneien. Ich habe ja gesehen, was für Kleider Sie tragen. Die sind verräterisch, damit sehen Sie aus wie ein schäbiger Pfuscher. Wenn man einen Mann in solchen Klamotten sieht, sagt man sich, der läuft Reklame für die Anonymen Verlierer. Die haben keinen Stil, keine Klasse. Im Auto haben Sie mir gesagt, bei Ihrer Arbeit müsse man Schauspieler sein. Nun, ein Schauspieler braucht ein Kostüm. Vielleicht gefallen Ihnen diese Kleider nicht, aber reiche Leute tragen so was, und Sie müssen der Welt zeigen, daß Sie Geschmack haben, daß Sie ein Mann von Diskretion sind. Wird Zeit, daß Sie erwachsen werden, Jack. Sie müssen sich endlich ernst nehmen.»

Ganz allmählich klopfte Nashe ihn weich, und am Ende gingen sie mit bürgerlicher Zucht und Gesetztheit im Wert von fünfhundert Dollar aus dem Laden; eine so konventionelle Ausstattung, daß ihr Träger in jeder Menschenmenge unsichtbar blieb: marineblauer Blazer, hellgraue Hose, kupferbraune Halbschuhe, weißes Baumwollhemd. Nashe meinte, da es noch warm sei, könnten sie auf eine Krawatte verzichten, und Pozzi stimmte dieser Auslassung zu: genug sei genug, sagte er. «Ich fühle mich auch so schon wie der letzte Heini», erklärte er. «Nicht nötig, mich auch noch zu erwürgen.»

Es war kurz vor fünf, als sie ins Plaza zurückkamen. Nachdem sie die Pakete in die siebte Etage gebracht hatten, gingen sie nach unten auf einen Drink in die Oyster Bar. Nach einem Bier schien Pozzi plötzlich ganz erschlagen vor Erschöpfung, als könnte er nur noch mit Mühe die Augen aufhalten. Nashe spürte, daß er auch Schmerzen hatte, und anstatt ihn zu zwingen, noch länger durchzuhalten, rief er nach der Rechnung.

«Sie machen bald schlapp», sagte er. «Sie sollten jetzt nach oben gehen und sich ein wenig hinlegen.»

«Ich fühle mich wie ein Haufen Scheiße», sagte Pozzi, ohne Einspruch zu erheben. «Samstagabend in New York, aber es sieht nicht so aus, als ob ich den erleben würde.»

«Schlafen Sie lieber, mein Freund. Wenn Sie rechtzeitig aufwachen, können Sie noch ein spätes Abendessen zu sich nehmen, aber das beste wäre es wohl, einfach bis morgen durchzuschlafen. Dann werden Sie sich zweifellos wesentlich besser fühlen.»

«Du mußt für den großen Kampf in Form bleiben. Finger weg von den Weibern. Behalt den Schwanz in der Hose, und iß keine fetten Sachen. Lauftraining um fünf, Sparring um zehn. Denk an was Böses. Immer an was Böses denken.»

«Freut mich, daß Sie so schnell kapieren.»

«Es geht um die Meisterschaft, Jimbo, und der Junge braucht seine Ruhe. Im Training muß man zu jedem Opfer bereit sein.»

Also gingen sie nach oben, und Pozzi schleppte sich ins Bett. Bevor er das Licht ausmachte, ließ Nashe ihn drei Aspirin schlucken und stellte ein Glas Wasser und die Aspirinflasche auf den Nachttisch. «Falls Sie mal aufwachen», sagte er, «nehmen Sie noch ein paar davon. Die lindern den Schmerz.»

«Danke, Mami», sagte Pozzi. «Ich hoffe, du hast nichts dagegen, wenn ich das Abendgebet heute auslasse. Sag Gott einfach, ich wäre zu müde gewesen, okay?»

Nashe ging durch das Bad rüber, verschloß beide Türen und setzte sich auf sein Bett. Plötzlich wußte er nicht mehr weiter, hatte keine Ahnung, was er mit dem Rest des Abends anfangen sollte. Er überlegte, ob er ausgehen und irgendwo etwas essen sollte, aber am Ende entschied er sich dagegen. Er wollte sich nicht allzu weit von Pozzi entfernen. Es würde zwar nichts passieren (da war er ziemlich sicher), aber zugleich hatte er das Gefühl, es wäre falsch, alles als selbstverständlich zu betrachten.

Um sieben bestellte er beim Zimmerservice ein Sandwich und ein Bier und stellte den Fernseher an. Die Mets spielten an diesem Abend in Cincinnati, und er verfolgte das Spiel bis zum neunten Inning, wobei er auf dem Bett saß und immer wieder die neuen Karten mischte, um eine Patience nach der anderen zu legen. Um halb elf machte er den Fernseher aus und legte sich mit einer Taschenbuchausgabe von Rousseaus *Bekenntnissen* ins Bett, mit deren Lektüre er während seines Aufenthalts in Saratoga angefangen hatte. Kurz vor dem Einschlafen kam er an die Stelle, wo der Verfasser in einem Wald steht und mit Steinen nach Bäumen wirft. Wenn ich diesen Baum mit diesem Stein treffe, sagt Rousseau zu sich selbst, dann wird von jetzt an alles in meinem Leben gutgehen. Er wirft den Stein, trifft aber nicht. Der zählt nicht, sagt er, hebt einen anderen Stein auf und geht ein paar Meter näher an den Baum heran. Wieder trifft er daneben. Auch der zählt nicht, sagt er, und dann tritt er noch näher an den Baum heran und nimmt einen neuen Stein. Wieder daneben. Das war nur der letzte Wurf zum Aufwärmen, sagt er, der nächste gilt dann aber wirklich. Zur Sicherheit stellt er sich nun direkt vor den Baum, geht unmittelbar vor dem Ziel in Stellung. Er ist jetzt keinen halben

Meter mehr davon entfernt, so nahe, daß er ihn mit der Hand erreichen kann. Dann wirft er den Stein genau gegen den Stamm. Erfolg, sagt er, ich hab's geschafft. Von diesem Augenblick an wird das Leben mir nicht mehr so übel mitspielen wie bisher.

Nashe fand diese Stelle amüsant, zugleich aber so peinlich, daß er nicht darüber lachen konnte. Eine solche Ehrlichkeit war letzten Endes furchtbar, und er fragte sich, wo Rousseau den Mut hergenommen hatte, so etwas über sich selbst zu offenbaren, einen derart nackten Selbstbetrug einzugestehen. Nashe knipste die Lampe aus, schloß die Augen und lauschte dem Summen der Klimaanlage, bis er es nicht mehr hören konnte. Irgendwann im Lauf der Nacht träumte er von einem Wald, wo der Wind mit dem Geräusch von Karten, die gemischt werden, durch die Bäume fuhr.

Am nächsten Morgen zögerte Nashe den Test weiter hinaus. Inzwischen war das fast zu einer Ehrensache geworden, als stünde in Wahrheit er selbst und nicht Pozzis Können beim Kartenspiel auf dem Prüfstand. Es ging darum festzustellen, wie lange er es im Zustand der Ungewißheit aushalten konnte: so zu tun, als hätte er die Sache vergessen, und Pozzi mit der Macht des Schweigens dazu zu bringen, den ersten Schritt zu machen. Wenn Pozzi nichts sagte, würde das bedeuten, daß der Junge nur ein Schwätzer war. Nashe gefiel die Symmetrie dieses Orakelspruchs. *Keine Worte* würde *nur Worte* bedeuten, und *nur Worte* würde bedeuten, daß das Ganze bloß leeres Gerede, Bluff und Betrug wäre. Wenn Pozzi es ernst meinte, würde er das Thema früher oder später zur Sprache bringen müssen, und je mehr Zeit verging, desto geneigter war Nashe zu warten. Es war ein wenig so, als wenn man versuchte, gleichzeitig zu atmen und die Luft anzuhalten, stellte er fest, aber da er das Experiment nun einmal angefangen hatte, würde er es auf jeden Fall auch zu Ende führen.

Pozzi machte nach dem langen Schlaf einen sehr erholten Eindruck. Kurz vor neun hörte Nashe ihn die Dusche andrehen, und zwanzig Minuten später stand er, wieder in weiße Handtücher gehüllt, in seinem Zimmer.

«Wie fühlt sich der Senator heute morgen?» fragte Nashe.

«Besser», sagte Pozzi. «Die Knochen tun noch weh, aber Jackus Pozzius nimmt seine Geschäfte wieder auf.»

«Dann dürfte ein kleines Frühstück angebracht sein.»

«Sagen wir, ein großes. Mein armer Magen schreit nach Nahrung.»

«Also ein Sonntagsbrunch.»

«Brunch, Lunch, mir egal, wie Sie das nennen. Ich bin am Verhungern.»

Nashe bestellte das Frühstück aufs Zimmer, und eine weitere Stunde verging, ohne daß von dem Test die Rede war. Nashe fragte sich allmählich, ob Pozzi womöglich das gleiche Spiel spielte wie er selbst: sich zu weigern, als erster davon anzufangen, und sich für einen Nervenkrieg zu verschanzen. Aber kaum war ihm dieser Gedanke gekommen, mußte er feststellen, daß er falsch getippt hatte. Nach dem Essen ging Pozzi in sein Zimmer und zog sich an. Als er zurückkam (bekleidet mit dem weißen Hemd, der grauen Hose und den Halbschuhen – so konnte man sich durchaus mit ihm sehen lassen, dachte Nashe), kam er umgehend zur Sache. «Ich dachte, Sie wollten sehen, was für ein Pokerspieler ich bin», sagte er. «Vielleicht sollten wir irgendwo Karten kaufen und mit dem Spiel anfangen.»

«Die Karten habe ich», sagte Nashe. «Ich habe bloß gewartet, bis Sie soweit sind.»

«Ich bin soweit. Ich bin schon die ganze Zeit soweit.»

«Schön. Dann ist das jetzt wohl der Augenblick der Wahrheit. Setzen Sie sich, Jack, und zeigen Sie mir, was Sie draufhaben.»

In den nächsten drei Stunden spielten sie Studpoker mit

sieben Karten; als Chips benutzten sie Plaza-Briefpapier, das sie in Schnipsel gerissen hatten. Bei nur zwei Spielern konnte Nashe Pozzis wahres Talent nur schwer beurteilen, doch selbst unter diesen verzerrten Bedingungen (die die Rolle des Zufalls vergrößerten und richtiges Setzen praktisch unmöglich machten) schlug der Junge ihn nach Strich und Faden und jagte ihm die Papierchips ab, bis der ganze Stapel aufgebraucht war. Natürlich war Nashe kein Meisterspieler, aber er war auch keineswegs unerfahren. Während seiner zwei Jahre am Bowdoin College hatte er fast jede Woche gespielt, und auch noch nach seinem Eintritt in die Bostoner Feuerwehr hatte er an genug Spielen teilgenommen, um zu wissen, daß er gegen die meisten passablen Spieler mithalten konnte. Aber der Junge war etwas ganz anderes, das wurde Nashe sehr schnell klar. Er schien sich besser zu konzentrieren, Situationen schneller zu analysieren, seiner selbst sicherer zu sein als jeder andere, mit dem Nashe es in der Vergangenheit zu tun gehabt hatte. Nach dem ersten Debakel machte Nashe den Vorschlag, daß er die Stelle von zwei Spielern vertreten sollte, aber das Ergebnis war im wesentlichen das gleiche. Wenn überhaupt etwas anders war, fertigte Pozzi ihn diesmal noch schneller ab als beim erstenmal. Nashe gewann auch ein paar Spiele, aber die Einnahmen aus diesen Gewinnen waren immer nur gering, beträchtlich kleiner als die Beträge, die Pozzis Gewinnspiele ihm jedesmal einbrachten. Der Junge wußte mit unfehlbarer Sicherheit, wann er aufhören und wann er weitermachen mußte, und nie ging er mit einem schlechten Blatt zu weit: oft stieg er schon nach dem Austeilen der dritten oder vierten Karte aus. Anfangs ergatterte Nashe ein paar Runden mit wilden Bluffs, aber nach zwanzig, dreißig Minuten ging diese Strategie nach hinten los. Pozzi war ihm auf die Schliche gekommen, und am Ende schien er geradezu Nashes Gedanken lesen zu können, als säße er in seinem Kopf und sähe ihm beim Denken zu. Das machte Nashe Mut, schließlich wollte er ja, daß Pozzi ein guter Spieler sei; aber es war trotzdem beunruhigend, und dieses unangenehme Gefühl verließ ihn auch später eine ganze Weile nicht. Er begann zu bieder zu spielen, agierte übervorsichtig, und von da an übernahm Pozzi die Kontrolle über das Spiel, bluffte und manipulierte ihn fast nach Belieben. Schadenfreude zeigte der Junge jedoch nicht. Er spielte vollkommen ernst, ließ nichts von seinem gewöhnlichen Sarkasmus und Humor erkennen. Erst als Nashe meinte, es sei genug, schien Pozzi wieder er selbst zu werden – er lehnte sich abrupt in seinem Sessel zurück und stellte ein breites, zufriedenes Lächeln zur Schau.

«Nicht übel, Junge», sagte Nashe. «Sie haben mir die Hosen ausgezogen.»

«Hab ich doch gesagt», erwiderte Pozzi. «Beim Pokern stümpere ich nicht herum. In neun von zehn Fällen komme ich als Sieger raus. Das ist wie ein Naturgesetz.»

«Hoffen wir, daß morgen einer von diesen neun Fällen eintritt.»

«Keine Sorge, diese Laffen mach ich fertig. Garantiert. Die sind nicht halb so gut wie Sie, und Sie haben ja gesehen, was ich mit Ihnen angestellt habe.»

«Totale Vernichtung.»

«Ganz recht. Das war ein nuklearer Holocaust. Ein Hiroshima für Sie.»

«Sind Sie bereit, das Geschäft abzuschließen, das wir im Auto besprochen haben?»

«Halbe-halbe? Ja, bin ich bereit.»

«Abzüglich die zehntausend natürlich.»

«Abzüglich die zehn Riesen. Aber über das andere müssen wir noch reden.»

«Das andere?»

«Das Hotel. Das Essen. Die Klamotten, die Sie mir gestern gekauft haben.»

«Da seien Sie mal ganz ruhig. Das sind Abschreibungen, was man so normale Geschäftsausgaben nennt.»

«Pah. Das brauchen Sie nicht zu tun.»

«Ich brauche überhaupt nichts zu tun. Aber ich habe es getan, stimmt's? Das war ein Geschenk, Jack, und dabei soll es bleiben. Wenn Sie wollen, betrachten Sie es als Prämie dafür, daß Sie mich mitmachen lassen.»

«So eine Art Finderlohn.»

«Ganz recht. Eine Provision für geleistete Dienste. Jetzt brauchen Sie nur noch den Hörer abzunehmen und nachzufragen, ob Laurel und Hardy Sie noch immer erwarten. Schließlich wollen wir doch nicht umsonst hinfahren. Und sehen Sie zu, daß die Ihnen eine genaue Wegbeschreibung geben. Wär nicht so gut, da zu spät aufzutauchen.»

«Ich sag auch lieber, daß Sie mich begleiten. Nur damit die wissen, was sie erwartet.»

«Sagen Sie ihnen, Ihr Auto sei in der Werkstatt und ein Freund würde Sie mitnehmen.»

«Ich werd ihnen erzählen, daß Sie mein Bruder sind.»

«Wir wollen es nicht übertreiben.»

«Aber klar, ich gebe Sie für meinen Bruder aus. Dann werden sie keine Fragen stellen.»

«Na schön, erzählen Sie, was Sie wollen. Nur machen Sie's nicht zu kompliziert. Man sollte nicht gleich mit einem Lügenmärchen anfangen.»

«Keine Sorge, Kumpel, Sie können mir vertrauen. Mein Name ist Jackpot, wissen Sie noch? Was ich sage, ist ganz egal. Solange ich es bin, der es sagt, kann überhaupt nichts schiefgehen.»

Am nächsten Mittag um halb zwei brachen sie nach Ockham auf. Das Spiel sollte erst nach Einbruch der Dunkelheit beginnen, aber Flower und Stone erwarteten sie bereits um vier. «Als ob sie gar nicht genug für uns tun könnten», sagte

Pozzi. «Erst laden sie uns zum Tee ein. Dann zeigen sie uns das Haus. Und bevor wir uns zum Spielen niederlassen, gibt's ein gemeinsames Abendessen. Wie gefällt Ihnen das? Tee! Scheiße, einfach unglaublich.»

«Es gibt für alles ein erstes Mal», sagte Nashe. «Vergessen Sie nur nicht, sich zu benehmen. Nicht schlürfen. Und wenn man Sie fragt, wieviel Stück Zucker Sie nehmen, bitten Sie nur um eins.»

«Die beiden mögen ja bescheuert sein, aber das Herz haben sie anscheinend am rechten Fleck. Wenn ich nicht so ein gieriger Mistkerl wäre, könnten sie mir fast schon leid tun.»

«Sie sind der letzte, von dem ich Mitleid mit Millionären erwartet hätte.»

«Na ja, Sie wissen schon, was ich meine. Erst laden sie uns zum Essen und Trinken ein, und dann verschwinden wir mit ihrem Geld. Mit solchen Trotteln muß man einfach Mitleid haben. Jedenfalls ein bißchen.»

«Nun übertreiben Sie mal nicht. Niemand läßt sich auf ein Spiel ein in der Erwartung zu verlieren; nicht einmal Millionäre mit guten Manieren. Man kann nie wissen, Jack. Genausogut können die jetzt in Pennsylvania sitzen und Mitleid mit uns haben.»

Der Nachmittag war warm und diesig, dicke Wolken klumpten sich am Himmel, und es lag Regen in der Luft. Sie fuhren durch den Lincoln-Tunnel, kamen nach New Jersey und steuerten über eine Reihe von Highways auf den Delaware zu. In den ersten fünfundvierzig Minuten sprachen beide nicht viel. Nashe fuhr, Pozzi sah aus dem Fenster und studierte die Straßenkarte. Nashe konnte nur an eins denken, nämlich daß er an einem Wendepunkt angelangt war, daß seine Tage unterwegs gezählt waren, ganz gleich, wie das Spiel am Abend verlaufen würde. Beweis für die Unausweichlichkeit dieses Endes war schon die bloße Tatsache, daß er jetzt mit Pozzi im Auto saß. Irgend etwas war abgeschlossen, und irgend etwas anderes würde anfangen; und vorläufig hing Nashe in der Luft, war weder hier noch dort. Er wußte, daß Pozzi eine gute Gewinnchance hatte, daß die Aussichten wahrlich besser als gut waren, aber eben das kam ihm viel zu einfach vor, der Gewinn schien ihm zu schnell und selbstverständlich in den Schoß zu fallen, als daß er irgendwelche dauerhaften Konsequenzen haben könnte. Er sagte sich, mit dem Schlimmsten zu rechnen sei in jedem Fall besser, als von irgend etwas überrumpelt zu werden, und konzentrierte sich daher auf die Möglichkeit des Verlierens. Was würde er tun, wenn die Sache schiefginge? Was würde er anfangen, wenn das Geld weg wäre? Merkwürdig daran war nicht, daß er sich diese Möglichkeit vorstellen konnte, sondern daß er dabei so gleichgültig und distanziert blieb und kaum inneren Schmerz empfand. Es war, als nähme er an dem, was mit ihm geschehen würde, letzten Endes überhaupt nicht teil. Und wenn er an seinem Schicksal nicht mehr beteiligt war, wo war er dann eigentlich, was war aus ihm geworden? Vielleicht hatte er zu lange in der Schwebe gelebt, dachte er, und jetzt, da er sich selbst wiederfinden mußte, hatte er keinerlei Anhaltspunkte mehr. Plötzlich fühlte Nashe sich innerlich vollkommen leer, als wären seine Gefühle aufgebraucht. Er wollte wenigstens Angst empfinden, aber nicht einmal die drohende Katastrophe konnte ihn schrecken.

Nachdem sie eine knappe Stunde gefahren waren, begann Pozzi wieder zu reden. Sie fuhren jetzt durch ein Gewitter (irgendwo zwischen New Brunswick und Princeton), und zum erstenmal in den drei Tagen ihrer Bekanntschaft schien er so etwas wie Interesse für seinen Retter zu zeigen. Nashe war mit seinen Gedanken ganz woanders, Pozzis unverblümte Fragen trafen ihn völlig unvorbereitet, und daher redete er viel offener, als er erwartet haben würde, und lud sich Dinge von der Seele, von denen er normalerweise mit keinem Menschen gesprochen hätte. Als ihm bewußt wurde, was er da tat, hätte er sich beinahe unterbrochen, entschied dann aber, daß es keine Rolle spielte. Am nächsten Tag wäre Pozzi aus seinem Leben verschwunden, und warum sollte er einem, den er nie mehr wiedersehen würde, irgend etwas verheimlichen?

«Also, Professor», sagte der Junge, «was haben Sie vor, wenn wir das große Geld gemacht haben?»

«Das habe ich noch nicht entschieden», sagte Nashe. «Wahrscheinlich werde ich morgen als erstes zu meiner Tochter fahren und ein paar Tage bei ihr verbringen. Und dann werde ich mir überlegen, wie es weitergehen soll.»

«Ach, Sie sind Vater? Hätte Sie nicht für so einen Familienmenschen gehalten.»

«Bin ich auch nicht. Aber ich habe in Minnesota eine kleine Tochter. In ein paar Monaten wird sie vier.»

«Und keine Ehefrau?»

«Es gab mal eine, jetzt aber nicht mehr.»

«Lebt sie mit dem Kind da in Michigan?»

«Minnesota. Nein, das Mädchen wohnt bei meiner Schwester. Bei meiner Schwester und meinem Schwager. Der hat früher mal bei den Vikings Verteidiger gespielt.»

«Echt? Wie heißt er denn?»

«Ray Schweikert.»

«Nie gehört.»

«War nur zwei Spielzeiten lang dabei. Der arme Tolpatsch hat sich im Trainingslager das Knie zertrümmert, und damit war die Sache für ihn gelaufen.»

«Und was ist mit Ihrer Frau? Ist sie Ihnen abgekratzt oder was?»

«Das nicht gerade. Sie wird wohl noch irgendwo am Leben sein.»

«Abgehauen, wie?»

«So könnte man es nennen.»

«Sie meinen, sie hat Sie verlassen und das Kind nicht mitgenommen? Welches Weibsstück macht denn so was?»

«Diese Frage habe ich mir oft selbst gestellt. Immerhin hat sie mir einen Brief hinterlassen.»

«Wie nett von ihr.»

«Ja, das hat mich mit ungeheurer Dankbarkeit erfüllt. Nur hat sie ihn dummerweise auf den Küchentisch gelegt. Und da sie sich nach dem Frühstück nicht mit Saubermachen aufgehalten hatte, war der Tisch naß. Als ich am Abend nach Hause kam, war das Papier durchgeweicht. Es ist schwer, einen Brief zu lesen, wenn die Tinte verlaufen ist. Sie hat sogar den Namen des Kerls erwähnt, mit dem sie durchgebrannt ist, aber den konnte ich kaum erkennen. Gorman oder Corman, glaube ich, aber Genaueres weiß ich bis heute nicht.»

«Hoffentlich hat sie wenigstens gut ausgesehen. Irgendwas muß schließlich an ihr drangewesen sein, wenn Sie sie geheiratet haben.»

«Jaja, sie hat schon gut ausgesehen. Als ich Thérèse das erste Mal sah, hielt ich sie für die schönste Frau, die mir je untergekommen war. Ich konnte kaum die Finger von ihr lassen.»

«Hatte einen hübschen Arsch.»

«Auch das. Nur habe ich eine Weile gebraucht, bis ich merkte, daß sie da unten auch ihr ganzes Hirn sitzen hatte.»

«Immer dasselbe, Kumpel. Man überläßt seinem Schwanz das Denken, und das kommt dabei raus. Trotzdem, wenn das meine Frau gewesen wäre, hätte ich sie zurückgeschleift und ihr ein bißchen Verstand eingeprügelt.»

«Das hätte überhaupt keinen Sinn gehabt. Im übrigen hatte ich meine Arbeit. Ich konnte mir nicht einfach freinehmen und sie suchen gehen.»

«Arbeit? Soll das heißen, Sie haben einen Job?»

«Jetzt nicht mehr. Ich habe vor etwa einem Jahr gekündigt.»

«Was haben Sie denn gemacht?»

«Ich war immer da, wo es brannte.»

«So ein Mann für Notfälle, ja? Irgendeine Firma fordert Sie an, wenn's Probleme gibt, und Sie suchen dann da nach Löchern, die man stopfen könnte. Also so was wie ein Topmanager. Da müssen Sie nicht schlecht verdient haben.»

«Nein, ich rede von echten Bränden. Gegen die man mit Wasserschläuchen vorgeht – mit Haken und Leitern und Äxten. Brennende Häuser, Leute, die aus Fenstern springen. Wovon dann die Zeitungen berichten.»

«Sie nehmen mich auf den Arm.»

«Nein, wirklich. Ich bin fast sieben Jahre lang bei der Bostoner Feuerwehr gewesen.»

«Klingt, als wären Sie ziemlich stolz auf sich.»

«Bin ich wohl auch. Ich habe meinen Job gut gemacht.»

«Wenn es Ihnen so gut gefallen hat, warum haben Sie dann gekündigt?»

«Plötzlich Glück gehabt. Das große Los gezogen.»

«Im Toto gewonnen oder so was?»

«Eher so was wie das Geschenk zu Ihrem Schulabschluß, von dem Sie mir erzählt haben.»

«Aber mehr.»

«Sollte man meinen.»

«Und jetzt? Was treiben Sie jetzt?»

«Augenblicklich sitze ich mit Ihnen in diesem Wagen, junger Mann, und hoffe, daß Sie heute abend für mich gewinnen.»

«Also ein richtiger Glücksritter.»

«Ganz recht. Ich folge einfach meiner Nase und warte ab, was sich so ergibt.»

«Willkommen im Club.»

«Club? Was für ein Club?»

«Die Internationale Bruderschaft der verlorenen Hunde. Was sonst? Sie sind als beglaubigtes und eingetragenes Mitglied aufgenommen. Fortlaufende Nummer null null null null.»

«Ich dachte, das wäre Ihre Nummer.»

«Ist sie auch. Aber es ist auch Ihre. Das ist einer der schönen Züge dieser Bruderschaft. Jeder, der ihr beitritt, bekommt dieselbe Nummer.»

Als sie nach Flemington kamen, hatte das Gewitter aufgehört. Die Sonne brach durch die sich auflösenden Wolken, und das nasse Land erglänzte in jäher, fast übernatürlicher Klarheit. Die Bäume hoben sich schärfer vom Himmel ab, und selbst ihre Schatten schienen tiefer in den Boden gegraben, als wären ihre dunklen, komplizierten Umrisse mit der Präzision von Skalpellen dort hineingeschnitzt worden. Nashe war trotz des Gewitters gut vorangekommen, sie waren ihrem Zeitplan sogar ein Stück voraus. Sie beschlossen anzuhalten und eine Tasse Kaffee zu trinken, und als sie in der Stadt waren, nutzten sie auch noch gleich die Gelegenheit, ihre Blasen zu leeren und eine Stange Zigaretten zu kaufen. Pozzi erklärte, normalerweise rauche er nicht, aber wenn er Karten spiele, habe er immer gern Zigaretten zur Hand. Tabak sei eine praktische Stütze, und der Rauch hindere seine Gegenspieler, ihn allzu genau zu beobachten, meinte er, als könnte er seine Gedanken buchstäblich hinter einer Qualmwolke verstecken. Vor allem müsse man unergründlich bleiben, eine Mauer um sich aufbauen und niemanden an sich heranlassen. Bei dem Spiel gehe es um mehr, als bloß auf seine Karten zu setzen, man müsse seine Gegner auf Schwächen abklopfen, ihre Gesten studieren, nach Zuckungen und verräterischen Reaktionen suchen. Sobald man da ein Muster entdecke, sei man beträchtlich im Vorteil. Eben daher bemühe sich der gute Spieler mit allen Kräften, diesen Vorteil jedem anderen zu verwehren.

Nashe bezahlte die Zigaretten und gab sie Pozzi, der sich die Marlborostange unter den Arm klemmte. Dann verließen die beiden den Laden und machten einen kurzen Spaziergang über die Hauptstraße, schlängelten sich durch die kleinen Gruppen von Sommertouristen, die mit der Sonne wieder hervorgekommen waren. Nach ein paar Blocks stießen sie auf ein altes Hotel mit einer Tafel an der Fassade, die ihnen mitteilte, in diesem Haus hätten in den dreißiger Jahren die Reporter gewohnt, die über den Entführungsprozeß Lindbergh berichtet hatten. Nashe erzählte Pozzi, Bruno Hauptmann sei wahrscheinlich unschuldig gewesen; neues Beweismaterial deute darauf hin, daß man für dieses Verbrechen den Falschen hingerichtet habe. Dann sprach er über Lindbergh, den amerikanischen Nationalhelden, und wie er während des Krieges zum Faschisten geworden sei, doch Pozzi schien dieser kleine Vortrag zu langweilen, und daher machten sie kehrt und gingen zum Wagen zurück.

Die Brücke in Frenchtown war nicht schwer zu finden, aber nachdem sie über den Delaware nach Pennsylvania gekommen waren, wurde die Fahrtroute weniger sicher. Ockham lag nur fünfzehn Meilen vom Fluß entfernt, doch um dorthin zu kommen, mußten sie einige komplizierte Abzweigungen nehmen, und am Ende waren sie fast vierzig Minuten lang über die gewundenen schmalen Straßen geschlichen. Ohne das Gewitter zuvor wäre es ein wenig schneller gegangen, aber so war der Boden tief und schlammig, und ein paarmal mußten sie aussteigen, um herabgestürzte Äste aus dem Weg zu räumen. Pozzi sah immer wieder auf die Wegbeschreibung, die er sich bei dem Telefonat mit Flower aufgekritzelt hatte, und rief jeden Anhaltspunkt auf, sobald er in Sicht kam: eine überdachte Brücke, ein blauer Briefkasten, ein grauer Stein mit einem schwarzen Kreis darauf. Nach einer Weile hatten sie das Gefühl, durch ein Labyrinth zu fahren, und als sie endlich an die letzte Biegung kamen, mußten sie beide zugeben, daß sie große Schwierigkeiten haben würden, den Weg zum Fluß zurück zu finden.

Pozzi hatte das Haus noch nie gesehen, aber man hatte ihm erzählt, es sei riesengroß und eindrucksvoll, eine Villa mit zwanzig Zimmern auf einem Grundstück von über dreihundert Morgen. Von der Straße aus ließ jedoch nichts auf den Reichtum schließen, der hinter dem dichten Wald verborgen war. Ein silberner Briefkasten mit den Namen FLOWER und STONE stand neben einem unbefestigten Weg, der in ein dichtes Gewirr von Bäumen und Sträuchern führte. Es sah ungepflegt aus, wie die Einfahrt zu einer verfallenen alten Farm. Nashe lenkte den Saab auf den holprigen, tief ausgefahrenen Pfad und fuhr fünf- oder sechshundert Meter im Schritt voran – so lange, bis er sich fragte, ob der Weg je ein Ende nehmen würde. Pozzi sagte nichts, aber Nashe spürte seine Besorgnis; es war ein mürrisches, verkniffenes Schweigen, das zu besagen schien, daß auch er allmählich an dem Unternehmen zweifelte. Endlich jedoch begann der Weg anzusteigen, und als er dann wenige Minuten später wieder flach wurde, erblickten sie fünfzig Meter vor sich ein großes Eisentor. Sie fuhren weiter, und dabei wurde der obere Teil des Hauses langsam durch die Gitterstäbe sichtbar: ein riesiger Backsteinbau nicht weit hinterm Tor, vier Kamine ragten in den Himmel, und das steile Schieferdach spiegelte grell die Sonne wider.

Das Tor war zu. Pozzi sprang aus dem Wagen, um es aufzumachen, aber nachdem er zwei- oder dreimal an der Klinke gezerrt hatte, drehte er sich zu Nashe um und schüttelte den Kopf: es war abgeschlossen. Nashe nahm den Gang heraus, zog die Handbremse an und stieg aus, um zu sehen, was jetzt zu tun sei. Die Luft erschien ihm plötzlich kühler, eine kräftige Brise fuhr über den Bergrücken und raschelte im Laub, das schon leise an den Herbst gemahnte. Als Nashe seine Füße auf den Boden stellte und sich aufrichtete, durchwogte ihn ein überwältigendes Glücksgefühl. Es dauerte nur einen Augenblick, dann wich es einem kurzen, fast unmerklichen Schwindelgefühl, das sofort verging, als er auf Pozzi zuzugehen begann. Danach schien sein Kopf merkwürdig entleert, und zum erstenmal seit vielen Jahren geriet er in einen jener Trancezustände, die ihn als Kind gelegentlich heimgesucht hatten: eine abrupte, radikale Verschiebung seiner inneren Orientierung, als hätte die Welt um ihn mit einemmal ihren Charakter des Wirklichen verloren. Er kam sich vor wie ein Schatten, wie jemand, der mit offenen Augen eingeschlafen ist.

Nach kurzer Untersuchung des Tors entdeckte Nashe an einer der Steinsäulen, die das eiserne Gitterwerk trugen, einen kleinen weißen Knopf. Er vermutete, daß er mit einer Klingel im Haus verbunden war, und drückte mit der Spitze des Zeigefingers dagegen. Da er nichts hörte, drückte er noch einmal ziemlich lange, nur um sicherzugehen, daß es nicht draußen klingelte. Pozzi machte ein finsteres Gesicht, ungeduldig wegen all dieser Verzögerungen, während Nashe schweigend wartete, die Gerüche der feuchten Erde einatmete und die Stille genoß. Nach etwa zwanzig Sekunden erblickte er einen Mann, der vom Haus in ihre Richtung getrabt kam. Als die Gestalt sich näherte, kam Nashe zu dem Schluß, daß es weder Flower noch Stone sein konnte, jedenfalls hatte Pozzi sie ganz anders beschrieben. Dies war ein stämmiger Mann undefinierbaren Alters; er trug blaue Arbeitshosen und ein rotes Flanellhemd, und diese Kleidung machte ihn für Nashe zu irgendeinem Domestiken – vielleicht war es der Gärtner oder der Torhüter. Noch immer von der Anstrengung keuchend, sprach der Mann sie durch das Gitter an.

«Was kann ich für euch tun, Leute?» sagte er. Eine neutrale Frage, weder freundlich noch feindselig; sie klang, als würde er sie jedem Besucher des Hauses stellen. Als Nashe sich den Mann genauer ansah, fiel ihm das außerordentliche Blau seiner Augen auf, ein so blasses Blau, daß die Augen, wenn Licht auf sie fiel, fast zu verschwinden schienen.

«Wir wollen Mr. Flower besuchen», sagte Pozzi.

«Ihr seid die zwei aus New York?» sagte der Mann und blickte an ihnen vorbei auf den Saab, der im Leerlauf auf dem Fahrweg stand.

«Genau», sagte Pozzi. «Direkt vom Plaza Hotel hierher.»

«Und was ist mit dem Wagen?» fragte der Mann und fuhr sich mit seinen dicken, kräftigen Fingern durch das sandgraue Haar.

«Was soll damit sein?» sagte Pozzi.

«Ich hab nur so gefragt», sagte der Mann. «Ihr kommt aus New York, aber auf dem Kennzeichen steht Minnesota, ‹Land der zehntausend Seen›. Scheint mir so ziemlich die entgegengesetzte Richtung zu sein.»

«Haben Sie irgendwelche Probleme, Chef?» sagte Pozzi. «Ist doch scheißegal, wo die Karre herkommt.»

«Schnapp nicht gleich ein, Junge», erwiderte der Mann. «Ich tue bloß meine Arbeit. Hier lungern eine Menge Leute rum, und wir dulden keine ungeladenen Gäste hier am Tor.»

«Wir haben eine Einladung», sagte Pozzi und versuchte seinen Zorn zu unterdrücken. «Zum Kartenspielen. Wenn Sie mir nicht glauben, gehen Sie Ihren Boss fragen. Flower oder Stone, das ist mir egal. Sind beide persönliche Freunde von mir.»

«Sein Name ist Pozzi», fügte Nashe hinzu. «Jack Pozzi. Man muß Ihnen gesagt haben, daß er erwartet wird.»

Der Mann schob eine Hand in seine Hemdtasche, zog einen Zettel hervor, legte ihn in die hohle Hand, hielt ihn auf Armeslänge von sich und studierte ihn kurz. «Jack Pozzi», wiederholte er. «Und was ist mit Ihnen, Mann?» fragte er mit Blick auf Nashe.

«Nashe», sagte Nashe. «Jim Nashe.»

Der Mann steckte den Zettel in die Tasche zurück und seufzte. «Hier kommt niemand ohne Namen rein», sagte er. «Das ist die Hausregel. Hättet ihr mir auch gleich sagen können. Dann hätt's keine Probleme gegeben.»

«Sie haben uns nicht danach gefragt», sagte Pozzi.

«Tja», murmelte der Mann, als spräche er mit sich selbst. «Hab ich wohl vergessen.»

Ohne ein weiteres Wort öffnete er beide Torflügel und machte dann eine Geste zu dem Haus hinter ihm. Nashe und Pozzi gingen zum Wagen zurück und fuhren durch.

4

Die Türglocke läutete den Anfang von Beethovens Fünfter. Die beiden grinsten einander vor Überraschung dümmlich an, doch ehe sie sich darüber auslassen konnten, öffnete ihnen ein schwarzes Hausmädchen in gestärkter grauer Uniform die Tür und ließ sie eintreten. Sie führte sie über den schwarzweißkarierten Boden einer großen Eingangshalle, in der etliche ramponierte Statuen herumstanden (eine nackte Holznymphe, deren rechter Arm fehlte; ein kopfloser Jäger; ein Pferd ohne Beine, das auf einer in seinem Bauch verankerten Eisenstange über einem steinernen Sockel schwebte), geleitete sie durch einen hohen Speiseraum mit einem riesigen Walnußtisch in der Mitte, durch einen halbdunklen Flur, dessen Wände mit einer Reihe von Landschaftsgemälden geschmückt waren, und klopfte schließlich an eine schwere Holztür. Von innen antwortete eine Stimme, das Hausmädchen stieß die Tür auf, trat zur Seite und ließ Pozzi und Nashe eintreten. «Ihre Gäste sind da», sagte sie, ohne richtig in das Zimmer zu blicken, dann schloß sie die Tür und machte einen raschen, stummen Abgang.

Es war ein großes, geradezu verklemmt maskulines Zimmer. Während dieser ersten Augenblicke auf der Schwelle registrierte Nashe die dunkle Holztäfelung der Wände, den Billardtisch, den abgetretenen Perserteppich, den gemauerten Kamin, die Ledersessel, den an der Decke kreisenden Ventilator. Das Ganze erinnerte ihn an eine Filmkulisse, an den Nachbau eines britischen Herrenclubs in irgendeinem kolonialen Außenposten der Jahrhundertwende. Daran war Pozzi schuld, erkannte er. Mit seinem Gerede von Laurel und Hardy hatte er ihn auf etwas Hollywoodhaftes vorbereitet, und als Nashe jetzt tatsächlich da war, fiel es ihm schwer, sich das Haus nicht als Illusion zu denken.

Flower und Stone trugen weiße Sommeranzüge. Der eine stand zigarrerauchend am Kamin, der andere saß in einem Ledersessel und hielt ein Glas in der Hand, das ebensogut Wasser wie Gin enthalten konnte. Die weißen Anzüge trugen zweifellos das ihre zu der kolonialen Atmosphäre bei, doch sobald Flower den Mund aufmachte und sie mit seiner rauhen, aber nicht unangenehmen amerikanischen Stimme willkommen hieß, war die Illusion zerstört. Ja, dachte Nashe, der eine ist dick und der andere dünn, aber damit ist die Ähnlichkeit auch schon erschöpft. Stone hatte ein strenges, hageres Gesicht, das ihn eher an Fred Astaire erinnerte als an den schwermütigen, weinerlichen Laurel; und Flower war eher stämmig als rundlich, und mit seinen Hängebakken glich er eher so schwerfälligen Gestalten wie Edward Arnold oder Eugene Pallette als dem korpulenten, aber leichtfüßigen Hardy. Doch trotz solcher Spitzfindigkeiten war Nashe klar, was Pozzi gemeint hatte.

«Willkommen, Gentlemen», sagte Flower und schritt mit ausgestreckter Hand auf sie zu. «Freut mich sehr, daß Sie kommen konnten.»

«Hi, Bill», sagte Pozzi. «Schön, Sie wiederzusehen. Das hier ist mein großer Bruder Jim.»

«Jim Nashe, ja?» sagte Flower liebenswürdig.

«Richtig», sagte Nashe. «Jack und ich sind Halbbrüder. Dieselbe Mutter, verschiedene Väter.»

«Ich weiß nicht, wem die Ehre dafür gebührt», sagte Flower und nickte in Pozzis Richtung, «aber der Kleine da ist ein verteufelt guter Pokerspieler.»

«Ich hab's ihm beigebracht, als er noch ein Kind war», sagte Nashe, der sich nicht bremsen konnte. «Wo man Talent entdeckt, hat man die Pflicht, es zu fördern.»

«Allerdings», sagte Pozzi. «Jim war mein Mentor. Er hat mir alles beigebracht, was ich weiß.»

«Aber inzwischen ist er mir turmhoch überlegen», sagte Nashe. «Ich traue mich nicht einmal mehr, am selben Tisch mit ihm zu sitzen.»

Unterdessen hatte sich Stone aus seinem Sessel gehievt und kam mit dem Drink in der Hand auf sie zu. Er stellte sich Nashe vor, schüttelte Pozzi die Hand, und wenig später saßen die vier um den leeren Kamin und warteten darauf, daß die Erfrischungen hereingebracht würden. Da hauptsächlich Flower das Wort führte, vermutete Nashe, daß er der Dominierende der beiden sei, doch ungeachtet der Wärme und stürmischen guten Laune des dicken Mannes fühlte Nashe sich eher zu dem schweigsamen, schüchternen Stone hingezogen. Der schmächtige Mann hörte den anderen aufmerksam zu, und wenn er einmal eine seiner wenigen Bemerkungen einstreute (undeutlich stammelnd, als sei ihm der Klang seiner Stimme peinlich), lag in seinen Augen eine stille Heiterkeit, die Nashe zutiefst sympathisch war. Flower agierte aufgeregt und mit zudringlichem Wohlwollen, aber Nashe spürte darin etwas Grobes und Besorgtes, das den Anschein erweckte, als sei er uneins mit sich selbst. Stone hingegen war ein schlichterer, sanfterer Mensch, ein Mann ohne Ausstrahlung, der sich einfach in seiner Haut wohl fühlte. Aber das waren nur erste Eindrücke, erkannte Nashe. Als er Stone weiter an der klaren Flüssigkeit in seinem Glas nippen sah, kam ihm der Gedanke, daß der Mann auch einfach bloß betrunken sein könnte.

«Willie und ich hatten es schon immer mit den Karten», sagte Flower gerade. «Damals in Philadelphia haben wir jeden Freitagabend Poker gespielt. Es war ein richtiges Ritual, und in zehn Jahren haben wir wohl höchstens eine Handvoll Spiele verpaßt. Manche Leute gehen am Sonntag in die Kirche, aber für uns war es das Pokern am Freitagabend. Gott, wie wir unsere Wochenenden damals genossen haben! Ich sage Ihnen, ein nettes Kartenspiel ist die beste Medizin, um die Alltagssorgen abzuschütteln.»

«Es ist entspannend», sagte Stone. «Es hilft, auf andere Gedanken zu kommen.»

«Ganz genau», sagte Flower. «Es hilft, dem Geist andere Möglichkeiten zu eröffnen, einen klaren Kopf zu bekommen.» Er schwieg einen Moment und nahm den Faden seiner Geschichte wieder auf. «Jedenfalls», fuhr er fort, «hatten Willie und ich viele Jahre lang unsere Büros im selben Gebäude an der Chestnut Street. Er war Optometriker, wie Sie wissen, und ich Wirtschaftsprüfer, und jeden Freitag machten wir um Punkt fünf Feierabend. Das Spiel begann immer um sieben, und Woche für Woche haben wir diese zwei Stunden auf haargenau die gleiche Weise verbracht. Als erstes sind wir zum Zeitungsstand an der Ecke und haben ein Los gekauft, und dann sind wir über die Straße in Steinberg's Deli gegangen. Ich habe immer Pastrami auf Roggenbrot bestellt und Willie Corned beef. Das ging ziemlich lange so, stimmt's, Willie? Neun oder zehn Jahre, würde ich sagen.»

«Mindestens neun oder zehn», sagte Stone. «Vielleicht auch elf oder zwölf.»

«Vielleicht elf oder zwölf», sagte Flower befriedigt. Inzwischen war Nashe klargeworden, daß Flower diese Geschichte schon oft erzählt hatte, was ihn aber nicht daran hinderte, die Gelegenheit zu einer Neuauflage zu genießen. Das mochte verständlich sein. Glück ist nicht weniger konsternierend als Pech, und wenn einem Millionen von Dollars buchstäblich in den Schoß gefallen waren, mußte man die Geschichte wohl immer wieder erzählen, um sich selbst davon zu überzeugen, daß sie wirklich passiert war. «Auf jeden Fall», sprach Flower weiter, «haben wir das lange Zeit so beibehalten. Das Leben ging natürlich weiter, aber die Freitagabende blieben uns heilig, und am Ende waren sie stärker als alles andere. Willies Frau starb; meine verließ mich; ein Haufen Enttäuschungen drohte uns das Herz zu brechen. Aber währenddessen liefen die Pokerabende in Andy Dugans Büro in der fünften Etage wie am Schnürchen weiter. Die haben uns nie enttäuscht, auf die konnten wir uns durch dick und dünn verlassen.»

«Und dann», unterbrach ihn Nashe, «sind Sie plötzlich reich geworden.»

«Ganz genau», sagte Stone. «Ein Blitz aus heiterem Himmel.»

«Knapp sieben Jahre ist das jetzt her», sagte Flower, der nicht abschweifen wollte. «Am vierten Oktober, um genau zu sein. Seit einigen Wochen hatte niemand mehr die Gewinnzahl getroffen, und der Jackpot war auf den höchsten Stand aller Zeiten angewachsen. Über zwanzig Millionen Dollar, falls Sie es glauben können, eine wirklich erstaunliche Summe. Willie und ich hatten seit Jahren gespielt, und bis dahin hatten wir noch keinen Pfennig gewonnen, nicht einen einzigen falschen Fuffziger für die Hunderte von Dollars, die wir eingesetzt hatten. Und wir hatten auch nie damit gerechnet. Die Chancen sind schließlich immer dieselben, ganz gleich, wie oft man spielt. Zig Millionen zu eins, das Unwahrscheinlichste vom Unwahrscheinlichen. Ich glaube, wir haben die Lose überhaupt nur gekauft, um darüber reden zu können, was wir mit dem Geld anfangen würden, falls wir zufällig einmal gewinnen sollten. Das war eine unserer Lieblingsbeschäftigungen: bei Steinberg mit unseren Sandwiches sitzen und Geschichten ausspinnen, wie wir leben würden, wenn wir plötzlich einmal Glück hätten. Ein harmloses Spielchen, wir waren glücklich dabei, unsere Gedanken auf diese Weise schweifen zu lassen. Man könnte das sogar therapeutisch nennen. Man denkt sich ein neues Leben aus, und das Herz schlägt wieder ein bißchen weiter.»

«Ist gut für den Kreislauf», sagte Stone.

«Genau», sagte Flower. «Hält die Pumpe am Laufen.»

In diesem Augenblick klopfte es an die Tür, und das Hausmädchen schob einen Teewagen mit eisgekühlten Drinks und Sandwiches herein. Während der Imbiß herumgereicht wurde, unterbrach Flower seine Erzählung, doch als die vier sich dann in ihre Sessel zurückgelehnt hatten, hob er sofort wieder an.

«Willie und ich haben uns immer ein Los geteilt», sagte er. «Das hat mehr Spaß gemacht, denn auf diese Weise waren wir keine Konkurrenten. Man stelle sich vor, einer von uns hätte gewonnen! Es wäre undenkbar für ihn gewesen, den Gewinn nicht mit dem anderen zu teilen, und anstatt uns darauf überhaupt erst einzulassen, haben wir mit dem Los gleich halbe-halbe gemacht. Einer von uns wählte die erste Zahl aus, der andere bestimmte die zweite, und dann abwechselnd so weiter, bis alle Löcher ausgestanzt waren. Ein paarmal haben wir den Jackpot nur um ein oder zwei Ziffern verfehlt. Verloren war verloren, aber ich muß sagen, daß wir diese Beinahe-Gewinne ziemlich aufregend fanden.»

«Sie spornten uns an», sagte Stone. «Und stärkten unseren Glauben, daß alles möglich war.»

«An dem bewußten Tag», fuhr Flower fort, «am vierten Oktober vor sieben Jahren, haben Willie und ich die Löcher ein bißchen sorgfältiger ausgestanzt als gewöhnlich. Ich kann nicht sagen warum, aber aus irgendeinem Grund haben wir darüber diskutiert, welche Zahlen wir nehmen sollten. Ich hatte natürlich mein ganzes Leben lang mit Zahlen zu tun, und da bekommt man nach einer Weile das Gefühl, daß jede Zahl eine eigene Persönlichkeit hat. Die Zwölf ist zum Beispiel etwas ganz anderes als die Dreizehn. Die Zwölf ist rechtschaffen, gewissenhaft, intelligent; während die Dreizehn ein Einzelgänger ist, ein zwielichtiger Charakter, der ohne weiteres die Gesetze bricht, um zu bekommen, was er will. Die Elf ist ein rauher Bursche, der viel im Freien lebt und gern durch Wälder wandert und auf Berge steigt; die Zehn ist eine ziemlich einfältige, nichtssagende Zahl, die immer tut, was man ihr sagt; die Neun ist tief und mystisch, ein kontemplativer Buddha. Ich will Sie nicht damit langweilen, aber Sie verstehen wohl, was ich meine. Das ist alles sehr privat, aber jeder meiner Kollegen, mit dem ich darüber gesprochen habe, hat es mir bestätigt. Zahlen haben Seelen, und ob man will oder nicht, man baut eine persönliche Beziehung zu ihnen auf.»

«Da standen wir also», sagte Stone, «mit dem Los in der Hand, und versuchten uns zu entscheiden, auf welche Zahlen wir setzen sollten.»

«Und ich sah Willie an», sagte Flower, «und sagte: ‹Primzahlen.› Und Willie sah mich an und sagte: ‹Natürlich.› Denn genau dasselbe hatte er auch zu mir sagen wollen. Ich war nur um einen Sekundenbruchteil schneller als er, aber ihm war der gleiche Gedanke gekommen. Primzahlen. Eine saubere, elegante Lösung. Zahlen, die die Mitarbeit verweigern, die sich weder verändern noch teilen lassen, Zahlen, die in alle Ewigkeit sie selbst bleiben. Also wählten wir eine Folge von Primzahlen aus, gingen über die Straße und aßen unsere Sandwiches.»

«Drei, sieben, dreizehn, neunzehn, dreiundzwanzig, einunddreißig», sagte Stone.

«Das werde ich nie vergessen», sagte Flower. «Eine magische Kombination, der Schlüssel zum Himmelstor.»

«Aber schockiert hat es uns trotzdem», sagte Stone. «In den ersten Wochen wußten wir gar nicht, was wir denken sollten.»

«Ein einziges Chaos», sagte Flower. «Fernsehen, Zeitungen, Zeitschriften. Alle wollten mit uns reden und Fotos machen. Hat eine ganze Weile gedauert, bis sich das gelegt hat.»

«Wir waren richtig berühmt», sagte Stone. «Echte Volkshelden.»

«Trotzdem», sagte Flower, «haben wir nie so lächerliches Zeug von uns gegeben, wie man es von anderen Gewinnern zu hören bekommt. Sekretärinnen, die erklären, sie würden ihren Job behalten; Klempner, die schwören, sie würden in ihren winzigen Apartments wohnen bleiben. Nein, so dumm waren Willie und ich nicht. Geld verändert alles, und je mehr Geld man hat, desto größere Veränderungen werden eintreten. Im übrigen wußten wir ja bereits, was wir mit unserem Gewinn anfangen würden. Wir hatten so oft darüber gesprochen, daß uns das kein großes Geheimnis war. Als der Trubel sich gelegt hatte, verkaufte ich meinen Anteil an der Firma, und Willie machte mit seinem Geschäft das gleiche. Wir brauchten gar nicht darüber nachzudenken. Das hatte von vornherein festgestanden.»

«Aber das war erst der Anfang», sagte Stone.

«Sehr richtig», sagte Flower. «Wir haben uns nicht auf unseren Lorbeeren ausgeruht. Bei über einer Million Einkommen im Jahr konnten wir so ziemlich alles tun, was wir wollten. Selbst nachdem wir dieses Haus gekauft hatten, hielt uns nichts davon ab, mit dem Geld noch mehr Geld zu machen.»

«Goldener Boden!» sagte Stone und stieß ein kurzes Wiehern aus.

«Bingo», sagte Flower, «ein absoluter Volltreffer. Kaum waren wir reich geworden, fingen wir an, sehr reich zu werden. Und als wir sehr reich geworden waren, wurden wir sagenhaft reich. Mit Investitionen kannte ich mich schließlich aus. So viele Jahre lang hatte ich mit dem Geld anderer

Leute zu tun, da war es nur natürlich, daß ich dabei auch den einen oder anderen Trick lernte. Aber um ehrlich zu sein, wir haben nie damit gerechnet, daß die Dinge tatsächlich so gut laufen würden. Zuerst haben wir in Silber investiert. Dann in Eurodollars. Dann auf dem Rohstoffmarkt. Schrott, Supraleiter, Immobilien. Es gibt nichts, woraus wir keinen Profit geschlagen haben.»

«Bill macht alles zu Gold», sagte Stone. «Er hat eine sehr glückliche Hand.»

«Der Lotteriegewinn war eine Sache», sagte Flower, «und man sollte meinen, das wär's denn auch gewesen. Ein absolut einmaliges Wunder. Aber seitdem hat uns das Glück nicht mehr verlassen. Was wir auch anfangen, alles scheint uns zu gelingen. Massen von Geld strömen uns zu, die Hälfte spenden wir für wohltätige Zwecke – und haben noch immer mehr, als wir verwenden können. Als ob wir von Gott auserwählt wären. Er hat uns mit Glück überhäuft und uns auf den Gipfel der Seligkeit erhoben. Ich weiß, Sie mögen das für anmaßend halten, aber manchmal habe ich das Gefühl, wir seien unsterblich geworden.»

«Mag sein, daß Sie dick absahnen», mischte sich Pozzi endlich auch in die Unterhaltung ein, «aber als Sie mit mir gepokert haben, waren Sie nicht so toll.»

«Das stimmt», sagte Flower. «Allerdings. Dies ist das einzige Mal in den vergangenen sieben Jahren, daß unser Glück uns im Stich gelassen hat. Willie und ich haben an dem Abend viele Fehler gemacht, und Sie haben uns gründlich ausgenommen. Darum wollte ich ja auch unbedingt Revanche haben.»

«Wie kommen Sie darauf, daß es diesmal anders verlaufen könnte?» fragte Pozzi.

«Ich bin froh, daß Sie die Frage stellen», sagte Flower. «Nachdem Sie Willie und mich vorigen Monat geschlagen haben, fühlten wir uns gedemütigt. Wir haben uns immer für ganz ordentliche Pokerspieler gehalten, bis Sie uns bewiesen, daß wir uns da getäuscht hatten. Aber anstatt einfach aufzugeben, beschlossen wir dazuzulernen. Wir haben Tag und Nacht geübt. Wir haben sogar Unterricht genommen.»

«Unterricht?» fragte Pozzi.

«Bei einem Mann namens Sid Zeno», sagte Flower. «Schon mal von ihm gehört?»

«Natürlich hab ich von Sid Zeno gehört», sagte Pozzi. «Er lebt in Vegas. Kommt langsam in die Jahre, war aber mal einer der Handvoll Topspieler des Landes.»

«Er hat noch immer einen ausgezeichneten Ruf», sagte Flower. «Jedenfalls haben wir ihn aus Nevada einfliegen lassen, und er war eine Woche lang bei uns. Sie werden sicher feststellen, daß wir uns sehr verbessert haben, Jack.»

«Das will ich hoffen», sagte Pozzi, offenbar wenig beeindruckt, aber bemüht, höflich zu bleiben. «Es wäre schade, all das Geld für Unterricht auszugeben und dann nichts davon zu haben. Ich wette, der alte Sid hat Ihnen ordentlich was abgeknöpft für seine Dienste.»

«Billig war er nicht», sagte Flower. «Aber ich denke, es hat sich gelohnt. Einmal fragte ich ihn, ob er schon von Ihnen gehört hätte, aber er mußte gestehen, daß ihm Ihr Name nicht geläufig war.»

«Nun, Sid ist nicht mehr ganz auf dem laufenden», sagte Pozzi. «Außerdem stehe ich erst am Anfang meiner Karriere. Hat sich noch nicht rumgesprochen.»

«Man könnte wohl sagen, auch Willie und ich stehen am Anfang unserer Karriere», sagte Flower, erhob sich aus seinem Sessel und zündete sich eine neue Zigarre an. «Auf alle Fälle dürfte es heute abend ein aufregendes Spiel werden. Ich freue mich schon sehr darauf.»

«Ich auch, Bill», sagte Pozzi. «Es wird bestimmt ein irrer Spaß.»

Sie begannen den Rundgang durchs Haus im Erdgeschoß, schritten durch einen Raum nach dem anderen, und Flower erzählte ihnen von den Möbeln, den architektonischen Verbesserungen und den Gemälden, die an den Wänden hingen. Im zweiten Zimmer fiel Nashe auf, daß der dicke Mann selten zu erwähnen vergaß, was die einzelnen Dinge gekostet hatten, und da dieser Katalog der Kosten kein Ende nehmen wollte, keimte eine ausgesprochene Abneigung gegen diesen primitiven Menschen in ihm auf, der so von sich eingenommen schien und in seinem pedantischen Buchhalterhirn solchen Triumph empfand. Wie zuvor sagte Stone kaum etwas, piepste allenfalls einmal irgendeine unlogische oder überflüssige Bemerkung dazwischen, ein perfekter Jasager in der Gewalt seines größeren und aggressiveren Freundes. Das Ganze begann Nashe fertigzumachen, und schließlich konnte er kaum noch an etwas anderes denken als an die Absurdität der Tatsache, daß er sich in diesem Haus befand; und er zählte sich die merkwürdige Verkettung von Zufällen auf, die ihn offenbar nur zu dem Zweck, sich das bombastische Geschwafel dieses fetten, überfressenen Fremden anhören zu müssen, zu diesem Zeitpunkt hierhergeführt hatten. Wäre Pozzi nicht gewesen, hätte er ernstlich in Panik geraten können. Aber der Junge stolperte glücklich von einem Zimmer ins nächste, tat so, als lausche er Flowers Ausführungen, und strömte über vor sarkastischer Höflichkeit. Nashe konnte seine gute Laune, seine Fähigkeit, das Beste aus der Situation zu machen, nur bewundern. Als Pozzi ihm im dritten oder vierten Zimmer belustigt zuzwinkerte, war er ihm geradezu dankbar, wie ein mürrischer König, der sich von den Possen seines Hofnarren aufmuntern läßt.

Als sie in die erste Etage stiegen, beschleunigten sich die Dinge beträchtlich. Anstatt ihnen die Schlafzimmer hinter den sechs geschlossenen Türen im Hauptflur zu zeigen, ging

Flower mit ihnen gleich bis zum Ende des Gangs durch und öffnete eine siebte Tür, die in das führte, was er den «Ostflügel» nannte. Diese Tür war fast unsichtbar, und erst als Flower die Hand auf die Klinke legte und sie niederdrückte, bemerkte Nashe sie überhaupt. Bezogen mit der gleichen Tapete wie der ganze Korridor (ein häßliches, altmodisches Lilienmuster in gedämpftem Rosa und Blau), war die Tür so geschickt getarnt, daß sie mit der Wand zu verschmelzen schien. Im Ostflügel, erklärte Flower, verbrächten Willie und er die meiste Zeit. Diesen Teil des Hauses hätten sie kurz nach ihrem Umzug neu anbauen lassen (und hier gab er die präzisen Kosten an, eine Zahl, die Nashe sogleich zu vergessen suchte). Der Kontrast zwischen dem dunklen, etwas muffigen alten Haus und diesem neuen Trakt war eindrucksvoll, ja erschreckend. Sie traten über die Schwelle und standen gleich darauf unter einem riesigen, facettierten Glasdach. Von oben strömte das Spätnachmittagslicht herein und überflutete sie. Nashes Augen mußten sich erst daran gewöhnen, aber dann sah er, daß dies nur ein Durchgang war. Unmittelbar vor ihnen befand sich eine zweite Wand, eine frischgestrichene weiße Wand mit zwei geschlossenen Türen darin.

«Die eine Hälfte gehört Willie», sagte Flower, «und die andere Hälfte gehört mir.»

«Sieht aus wie in einem Gewächshaus hier oben», sagte Pozzi. «Züchten Sie etwa Pflanzen oder so was?»

«Nicht ganz», sagte Flower. «Aber wir kultivieren andere Dinge. Unsere Interessen, unsere Leidenschaften, die Gärten unserer Phantasie. Es ist mir egal, wieviel Geld einer hat. Ohne Leidenschaft ist das Leben nicht lebenswert.»

«Schön ausgedrückt», sagte Pozzi und nickte in geheucheltem Ernst. «Das hätt ich selbst nicht besser formulieren können, Bill.»

«Es spielt keine Rolle, welchen Teil wir zuerst aufsuchen», sagte Flower, «aber ich weiß, daß Willie besonders erpicht darauf ist, Ihnen seine Stadt zu zeigen. Vielleicht fangen wir also mit der Tür zur Linken an.»

Ohne Stones Meinung dazu abzuwarten, öffnete Flower die Tür und bedeutete Nashe und Pozzi einzutreten. Der Raum war viel größer, als Nashe sich vorgestellt hatte, geradezu scheunenhaft in seinen Ausmaßen. Mit der hohen durchsichtigen Decke und dem hellen Holzfußboden wirkte er vollkommen offen und lichtdurchflutet, wie ein Raum, der mitten in der Luft schwebte. An der Wand unmittelbar zu ihrer Linken standen eine Reihe von Bänken und Tischen, auf denen Werkzeuge, Holzschnitzel und eine merkwürdige Sammlung von Eisengerümpel herumlagen. Der einzige andere Gegenstand in dem Raum war eine riesige Plattform in der Mitte, auf der ein offenbar maßstabgetreues Miniaturmodell einer Stadt aufgebaut war. Mit seinen schiefen Türmen und naturgetreuen Gebäuden, den engen Straßen und winzigen Menschengestalten bot es einen staunenswerten Anblick, und als die vier sich der Plattform näherten, begann Nashe, verblüfft vom schieren Erfindungsreichtum und der kunstvollen Ausführung des Ganzen, zu lächeln.

«Es heißt die Stadt der Welt», sagte Stone bescheiden; er brachte die Worte nur mühsam über die Lippen. «Es ist erst etwa halb fertig, aber ich denke, es vermittelt schon eine Vorstellung davon, wie es einmal aussehen soll.»

Während Stone überlegte, was er noch sagen könnte, entstand eine kleine Pause, und die nutzte Flower, um wieder vorzupreschen und weiterzureden; er führte sich auf wie einer dieser stolzen, herrschsüchtigen Väter, die ihre Söhne ständig dazu drängen, den Gästen etwas auf dem Klavier vorzuspielen. «Seit fünf Jahren arbeitet Willie jetzt daran», sagte er, «und Sie müssen zugeben, es ist erstaunlich, eine ungeheure Leistung. Sehen Sie nur das Rathaus dort drüben. Allein für dieses Gebäude hat er vier Monate gebraucht.»

«Ich arbeite gern daran», sagte Stone mit einem zaghaften Lächeln. «So wäre mir die Welt am liebsten. Alles in ihr geschieht zur gleichen Zeit.»

«Willies Stadt ist mehr als bloß ein Spielzeug», sagte Flower, «es ist eine künstlerische Vision der Menschheit. Auf eine Art ist das Ganze autobiographisch, aber genausogut könnte man es auch als Utopie bezeichnen – es ist ein Ort, an dem Vergangenheit und Zukunft zusammentreffen, wo das Gute endlich über das Böse triumphiert. Wenn Sie genau hinsehen, werden Sie bemerken, daß viele der Figuren unseren Willie hier darstellen. Dort auf dem Spielplatz sehen Sie ihn als Kind. Da hinten sehen Sie ihn als Erwachsenen in seiner Werkstatt Linsen schleifen. Und da, an dieser Straßenecke, sehen Sie uns beide das Los kaufen. Seine Frau und seine Eltern liegen dort auf dem Friedhof begraben, aber da sind sie noch einmal, sie schweben als Engel über diesem Haus. Wenn Sie sich etwas vorbeugen, sehen Sie Willie und seine Tochter Hand in Hand auf der Vordertreppe. Das alles könnte man den persönlichen Hintergrund nennen, das private Material, die innere Komponente. Aber alle diese Dinge sind in einen größeren Zusammenhang gesetzt. Sie sind bloß ein Beispiel, die Illustration der Reise eines einzigen Mannes durch die Stadt der Welt. Betrachten Sie das Gerichtsgebäude, die Bibliothek, die Bank und das Gefängnis. Willie nennt dies die vier Reiche der Zusammengehörigkeit, und jedes einzelne spielt eine entscheidende Rolle bei der Aufrechterhaltung der Harmonie in dieser Stadt. Wenn Sie sich das Gefängnis ansehen, werden Sie bemerken, daß sämtliche Insassen zufrieden an ihren verschiedenen Aufgaben arbeiten, daß sie alle lächeln. Sie sind nämlich froh, daß sie für ihre Verbrechen bestraft worden sind, und jetzt lernen sie, wie sie durch harte Arbeit das Gute in sich wiedergewinnen können. Das finde ich so inspirierend an Willies Stadt. Sie ist imaginär und gleichzeitig realistisch. Das Böse existiert noch, aber die Regierung der Stadt hat herausgefunden, wie dieses Böse in Gutes verwandelt werden kann. Hier regiert Weisheit, obwohl der Kampf immer weitergeht, und von allen Bürgern wird große Wachsamkeit verlangt – denn jeder einzelne trägt die ganze Stadt in sich selbst. William Stone ist ein großer Künstler, Gentlemen, und ich betrachte es als eine enorme Ehre, mich zu seinen Freunden zählen zu dürfen.»

Als Stone errötend zu Boden blickte, zeigte Nashe auf eine freie Fläche auf der Plattform und fragte ihn, was er mit diesem Abschnitt vorhabe. Stone blickte auf, starrte die leere Stelle kurz an und lächelte dann in Gedanken an die noch vor ihm liegende Arbeit.

«Das Haus, in dem wir jetzt sind», sagte er. «Das Haus, und dann das Grundstück, die Felder, die Wälder. Dort rechts» – er zeigte in Richtung der hinteren Ecke – «soll ein Modell dieses Raums hinkommen. Ich selbst müßte natürlich darin sein, und das bedeutet, daß ich eine zweite Stadt der Welt bauen müßte. Eine zweite, kleinere Stadt, die in den Raum in diesem Raum paßt.»

«Sie meinen ein Modell des Modells?» fragte Nashe.

«Ja, ein Modell des Modells. Aber vorher muß ich alles andere fertig haben. Es wäre der letzte Baustein, etwas, das erst ganz zum Schluß eingefügt werden kann.»

«So was Kleines kann doch kein Mensch basteln», sagte Pozzi mit einem Blick auf Stone, als ob er übergeschnappt wäre. «Dabei würden Sie ja blind werden.»

«Ich habe meine Lupen», sagte Stone. «Die ganzen Feinarbeiten werden unter dem Vergrößerungsglas hergestellt.»

«Aber wenn Sie ein Modell des Modells bauen», sagte Nashe, «dann müßten Sie theoretisch auch ein noch kleineres Modell dieses Modells bauen. Ein Modell des Modells des Modells. Das könnte ewig so weitergehen.»

«Ja, schon möglich», sagte Stone und lächelte über Nashes Bemerkung. «Aber es dürfte sehr schwierig werden, über das zweite Stadium hinauszukommen, meinen Sie nicht auch? Es geht nicht nur um die Konstruktion, sondern auch um die Zeit. Bis jetzt habe ich fünf Jahre gebraucht. Um das erste Modell fertigzustellen, werde ich wahrscheinlich noch einmal fünf Jahre brauchen. Wenn das Modell des Modells so schwierig wird, wie ich vermute, würde ich dafür noch einmal zehn Jahre brauchen, vielleicht sogar zwanzig. Ich bin jetzt sechsundfünfzig. Wenn man das zusammenrechnet, werde ich ganz schön alt sein, falls ich es je fertigbekomme. Und niemand lebt ewig. Ich jedenfalls glaube das. Bill mag das anders sehen, aber darauf würde ich nicht allzuviel setzen. Früher oder später werde ich wie jeder andere diese Welt verlassen.»

«Soll das heißen», sagte Pozzi und hob ungläubig die Stimme, «soll das heißen, Sie wollen Ihr ganzes Leben lang an dem Ding arbeiten?»

«O ja», sagte Stone, geradezu schockiert, daß jemand etwas anderes vermutet haben konnte. «Aber selbstverständlich.»

Während diese Bemerkung sich setzte, entstand eine kurze Pause, und dann legte Flower ihm den Arm um die Schulter und sagte: «Ich behaupte nicht, auch nur eine Spur von Willies künstlerischem Talent zu besitzen. Aber vielleicht ist das auch besser so. Zwei Künstler im Haus wäre wohl ein bißchen übertrieben. Jemand hat sich schließlich um die praktischen Dinge zu kümmern, stimmt's, Willie? Auf so einer Welt muß es alle möglichen Arten von Leuten geben.»

Während sie Stones Werkstatt verließen, wieder in den Durchgang traten und sich der anderen Tür näherten, predigte Flower unablässig weiter. «Wie Sie sehen werden, Gentlemen», sagte er, «liegen meine Interessen in einer ganz anderen Richtung. Sie könnten mich einen geborenen Antiquitätensammler nennen. Ich spüre historische Gegenstände auf, die von gewissem Wert oder Interesse sind, um mich mit greifbaren Zeugnissen der Vergangenheit zu umgeben. Willie stellt Dinge her; ich sammle lieber welche.»

Flowers Hälfte des Ostflügels war vollkommen anders eingerichtet als Stones. Sie war kein großer, offener Raum, sondern aufgeteilt in ein System kleiner Zimmer, und ohne die Glaskuppel oben hätte darin eine bedrückende Atmosphäre geherrscht. Jedes der fünf Zimmer war vollgestopft mit Möbeln, überquellenden Bücherregalen, Teppichen, Topfpflanzen und einer Menge Trödelkram, als ginge es hier darum, die überladene, schwülstige Atmosphäre eines viktorianischen Salons zu reproduzieren. Wie Flower jedoch erklärte, habe die scheinbare Unordnung eine gewisse Methode. Zwei Zimmer waren seiner Bibliothek gewidmet (Erstausgaben englischer und amerikanischer Autoren im einen; seine Sammlung von Geschichtsbüchern im anderen); ein drittes Zimmer war nur für seine Zigarren da (eine klimaregulierte Kammer mit heruntergezogener Decke, die seinen Vorrat an handgefertigten Meisterwerken beherbergte: Zigarren aus Kuba und Jamaika, von den Kanaren und den Philippinen, aus Sumatra und der Dominikanischen Republik); und ein viertes Zimmer diente ihm als Büro zur Abwicklung seiner Finanzgeschäfte (ein altmodischer Raum wie die anderen, aber zusätzlich mit einigem an moderner Bürotechnik bestückt: Telefon, Schreibmaschine, Computer, Faxgerät, Börsenticker, Aktenschränke und so weiter). Das letzte Zimmer war doppelt so groß wie die anderen, und da es auch bedeutend weniger vollgepfropft war, fand Nashe es im Gegensatz dazu beinahe anheimelnd. Hier bewahrte Flower seine historischen Denkwürdigkeiten auf.

Lange Reihen verglaster Schauvitrinen beanspruchten die gesamte Mitte des Raums, und an den Wänden standen Mahagoniregale und Schränke mit Glastüren. Nashe kam sich vor wie in einem Museum. Als er Pozzi einen Blick zuwarf, verdrehte der Junge mit einem schrägen Grinsen die Augen und machte damit eindeutig klar, daß er sich längst zu Tode langweilte.

Langweilig fand Nashe die Sammlung nicht, eher kurios. Ordentlich arrangiert und etikettiert lagen die Gegenstände wichtigtuerisch unter dem Glas, aber in Wahrheit waren sie nicht sonderlich aufregend. Der Raum war ein Monument der Belanglosigkeiten, vollgepackt mit Dingen von so geringfügigem Wert, daß Nashe sich fragte, ob das Ganze nicht ein Witz sein sollte. Aber Flower schien zu eingenommen von sich selbst, als daß er das Lächerliche an dieser Sammlung hätte begreifen können. Er sprach immer wieder von «Juwelen» und «Schätzen», blind für die Möglichkeit, daß es Leute auf der Welt geben könnte, die seine Begeisterung nicht teilten, und nachdem er sie eine halbe Stunde lang herumgeführt hatte, mußte Nashe eine Anwandlung von Mitleid niederkämpfen.

Auf die Dauer jedoch hinterließ dieser Raum bei Nashe einen ganz anderen Eindruck, als er gedacht hatte. In den folgenden Wochen und Monaten dachte er immer wieder an das zurück, was er dort gesehen hatte, und verblüfft mußte er feststellen, an wie viele dieser Dinge er sich noch erinnern konnte. Sie bekamen für ihn allmählich etwas Strahlendes, fast Übernatürliches, und wann immer er in seinen Gedanken auf eines davon stieß, förderte er ein so klares Bild zutage, daß es wie eine Erscheinung aus einer anderen Welt zu leuchten schien. Das Telefon, das einmal auf Woodrow Wilsons Schreibtisch gestanden hatte. Ein von Sir Walter Raleigh getragener Perlenohrring. Ein Bleistift, der Enrico Fermi 1942 aus der Tasche gefallen war. General

McClellans Feldstecher. Eine halbgerauchte Zigarre, aus einem Aschenbecher in Winston Churchills Büro entwendet. Ein Sweatshirt, das Babe Ruth 1927 getragen hatte. William Sewards Bibel. Der Stock, an dem Nathaniel Hawthorne gegangen war, nachdem er sich als Junge das Bein gebrochen hatte. Eine Brille von Voltaire. Das alles war so willkürlich zusammengetragen, so falsch ausgelegt, so vollkommen banal. Flowers Museum war ein Friedhof von Schatten, ein verrückter Tempel für den Geist des Nichts. Wenn diese Dinge sich immer wieder bei ihm meldeten, dann deshalb, weil sie unergründlich waren, weil sie nichts von sich preisgeben wollten, stellte Nashe fest. Das hatte nichts mit Geschichte zu tun, nichts mit den Menschen, die sie einmal besessen hatten. Die Faszination galt einfach den Gegenständen als materiellen Dingen und der Art und Weise, wie sie aus irgendeinem Zusammenhang gerissen und von Flower dazu verdammt worden waren, ohne jeden Grund weiterzuexistieren: gestorben, ohne Zweck und fortan bis ans Ende aller Zeiten allein mit sich selbst. Was Nashe verfolgte, war die Isoliertheit dieser Dinge, was sich in sein Gedächtnis einbrannte, war die Vorstellung ihrer unwandelbaren Losgelöstheit, und sosehr er sich auch darum bemühte, er kam einfach nicht frei davon.

«Ich habe mich auf neue Gebiete verlegt», sagte Flower. «Was Sie hier sehen, könnte man Bruchstücke nennen, winzige Andenken, Staubkörnchen, die durch die Ritzen gerutscht sind. Jetzt habe ich ein neues Projekt begonnen, und dagegen wird sich all das hier am Ende wie ein Kinderspiel ausnehmen.» Der dicke Mann unterbrach sich kurz, hielt ein Streichholz an seine erloschene Zigarre und paffte dann, bis sein Gesicht in Rauch eingehüllt war. «Voriges Jahr haben Willie und ich eine Reise nach England und Irland unternommen», sagte er. «Vorher sind wir leider kaum gereist, und dieser Einblick in ein fremdes Leben hat uns enormes

Vergnügen bereitet. Das Beste daran war zu entdecken, wie viele alte Dinge es in diesem Teil der Welt noch gibt. Wir Amerikaner reißen dauernd ab, was wir bauen, zerstören die Vergangenheit, um wieder von vorn anzufangen, wir stürzen uns kopfüber in die Zukunft. Demgegenüber hängen unsere Vettern jenseits des großen Teichs stärker an ihrer Geschichte; es tröstet sie zu wissen, daß sie in einer Tradition stehen und uralte Sitten und Bräuche haben. Ich liebe die Vergangenheit, will Sie aber nicht damit langweilen. Sie brauchen sich nur umzusehen, dann wissen Sie, wieviel mir das alles bedeutet. Als ich mit Willie die alten Stätten und Denkmäler drüben besuchte, kam mir die Idee, daß ich ja die Möglichkeit hätte, etwas wirklich Grandioses zu tun. Wir waren da im Westen Irlands, und als wir eines Tages so durch die Gegend fuhren, stießen wir auf ein Schloß aus dem fünfzehnten Jahrhundert. Eigentlich nur ein Haufen Steine, ganz allein in einem kleinen, engen Tal; es war so traurig und vernachlässigt, daß ich es ins Herz schloß. Um es kurz zu machen, ich beschloß, es zu kaufen und nach Amerika transportieren zu lassen. Das brauchte natürlich eine Weile. Der Besitzer war ein alter Geizhals mit Namen Muldoon. Patrick Lord Muldoon, und selbstverständlich zögerte er mit dem Verkauf. Ich mußte einiges an Überredungskunst aufwenden, aber mit Geld geht alles, wie man so sagt, und am Ende bekam ich, was ich wollte. Die Steine des Schlosses wurden auf Lastwagen verladen und zu einem Schiff in Cork transportiert. Dann wurden sie über den Ozean geschickt, wieder auf Laster verladen und zu unserem schönen Fleckchen in den Wäldern von Pennsylvania gebracht. Erstaunlich, wie? Das Ganze hat einiges gekostet, kann ich Ihnen versichern, aber haben Sie was anderes erwartet? Es waren über zehntausend Steine, und Sie können sich vorstellen, was eine solche Fracht gewogen haben muß. Aber wozu sich den Kopf zerbrechen, wenn Geld keine Rolle spielt? Das

Schloß ist vor einem knappen Monat eingetroffen, und während wir hier sprechen, liegt es auf unserem Grund und Boden – dort drüben auf einer Wiese am Nordrand unseres Grundstücks. Bedenken Sie nur, Gentlemen. Ein irisches Schloß aus dem fünfzehnten Jahrhundert, zerstört von Oliver Cromwell. Eine bedeutende historische Ruine, und Willie und ich sind die Besitzer.»

«Sie haben doch nicht etwa vor, das Ding wiederaufzubauen?» fragte Nashe. Aus irgendeinem Grund kam ihm die Idee grotesk vor. An Stelle des Schlosses sah er nur den gebeugten alten Lord Muldoon vor sich, wie er sich erschöpft der nackten Gewalt von Flowers Vermögen unterwarf.

«Willie und ich haben darüber nachgedacht», sagte Flower, «den Gedanken dann aber verworfen. Es fehlen einfach zu viele Teile.»

«Eine Klitterung», sagte Stone. «Um es wiederaufzubauen, müßten wir das alte Material mit neuem vermischen. Und damit verlöre das Ganze seinen Sinn.»

«Da haben Sie also zehntausend Steine auf einer Wiese liegen», sagte Nashe, «und wissen nicht, was Sie damit anfangen sollen.»

«Das ist vorbei», sagte Flower. «Jetzt wissen wir genau, was wir damit anfangen werden. Stimmt's, Willie?»

«Allerdings», sagte Stone und strahlte plötzlich vor Vergnügen. «Wir werden eine Mauer bauen.»

«Genauer gesagt, ein Monument», sagte Flower. «Ein Denkmal in Form einer Mauer.»

«Wie faszinierend», sagte Pozzi, und seine Stimme troff nur so von salbungsvoller Verachtung. «Ich kann es kaum erwarten, das zu sehen.»

«Ja», sagte Flower, dem der höhnische Tonfall des Jungen entgangen war, «die Lösung ist wirklich genial, wenn ich das mal so sagen darf. Anstatt zu versuchen, das Schloß zu rekonstruieren, werden wir ein Kunstwerk daraus machen. Für mich gibt es nichts Geheimnisvolleres oder Schöneres als eine Mauer. Ich sehe sie schon vor mir: wie sie hoch dort draußen auf der Wiese aufragt, eine riesige Barriere gegen die Zeit. Die Mauer wird ein Denkmal ihrer selbst sein, Gentlemen, eine Symphonie aus wiederbelebten Steinen, und täglich wird sie ein Klagelied auf die Vergangenheit singen, die wir in uns tragen.»

«Eine Klagemauer», sagte Nashe.

«Ja», sagte Flower, «eine Klagemauer. Eine Mauer aus zehntausend Steinen.»

«Wer wird Ihnen das denn aufbauen, Bill?» fragte Pozzi. «Wenn Sie einen guten Bauunternehmer brauchen, könnte ich Ihnen vielleicht weiterhelfen. Oder haben Sie und Willie etwa vor, das allein zu machen?»

«Ich denke, dafür sind wir inzwischen ein bißchen zu alt», sagte Flower. «Unser Faktotum wird die Arbeiter anheuern und die tägliche Durchführung überwachen. Sie haben ihn ja wohl schon kennengelernt. Sein Name ist Calvin Murks. Er hat Sie durchs Tor gelassen.»

«Und wann soll's losgehen?» fragte Pozzi.

«Morgen», sagte Flower. «Vorher müssen wir aber noch ein kleines Pokerspielchen hinter uns bringen. Danach ist die Mauer dann unser nächstes Projekt. Um die Wahrheit zu sagen, wir konnten noch nicht gründlich darüber nachdenken, weil wir viel zu sehr damit beschäftigt waren, uns auf den heutigen Abend vorzubereiten. Aber der Abend ist nah, und danach kommt der nächste Punkt dran.»

«Erst Karten, dann Schlösser», sagte Stone.

«Ganz genau», antwortete Flower. «Und erst reden, dann essen. Ob Sie's glauben oder nicht, meine Freunde, es ist Zeit zum Abendessen.»

Nashe wußte nicht mehr, wie er die Sache einschätzen sollte. Anfangs hatte er Flower und Stone für ein Paar liebenswerter Exzentriker gehalten – ein bißchen einfältig vielleicht, aber im Grunde harmlos –, doch je mehr er von ihnen sah und hörte, desto weniger war er seiner Meinung sicher. Der liebe kleine Stone, der sich so sanft und demütig gab, verbrachte seine Tage mit dem Bau des Modells einer bizarren totalitären Welt. Natürlich war das reizend, natürlich war das kunstvoll, großartig und bewundernswert, aber es hatte auch eine verdrehte, voodoohafte Logik, die Stadt strahlte eine unbarmherzige und rachsüchtige Atmosphäre aus, als sei unter all der Niedlichkeit und Feinheit des Ganzen etwas Gewalttätiges verborgen. Auch bei Flower war alles mehrdeutig, schwer einzuordnen. Einmal wirkte er vollkommen vernünftig; und gleich darauf hörte er sich an wie ein Wahnsinniger, faselte herum wie ein ausgemachter Irrer. Keine Frage, daß er nett war, aber auch seine Jovialität wirkte gezwungen; man konnte meinen, wenn er aufhörte, sie mit all diesem pedantischen, übertrieben genauen Gerede zu bombardieren, würde ihm vielleicht die freundliche Maske irgendwie vom Gesicht rutschen. Und was käme dahinter zum Vorschein? Nashe hatte sich noch keine klare Meinung gebildet, aber er wußte, daß er immer unruhiger wurde. Auf alle Fälle, sagte er sich, würde er sehr wachsam und auf der Hut sein müssen.

Das Abendessen erwies sich als lächerliche, erbärmliche Farce, die Nashes Zweifel zu zerstreuen und zu beweisen schien, daß Pozzi doch recht behalten hatte: Flower und Stone waren nichts anderes als erwachsene Kinder, zwei schwachsinnige Clowns, die es nicht verdienten, ernst genommen zu werden. Als sie die Treppe vom Ostflügel herunterkamen, war der mächtige Walnußtisch im Speisezimmer bereits für vier Personen gedeckt. Flower und Stone nahmen ihre üblichen Plätze an den beiden Enden ein.

Nashe und Pozzi setzten sich einander gegenüber an die Längsseiten. Die erste Überraschung ergab sich, als Nashe einen Blick auf sein Set warf. Ein Modeartikel aus Plastik, der offenbar aus den fünfziger Jahren stammte; das Vinyl war mit einem Farbfoto von Hopalong Cassidy bedruckt, dem alten Cowboystar aus den Samstagnachmittagssendungen. Anfangs wollte Nashe das als verklemmten Kitsch interpretieren, als kleinen humoristischen Versuch seiner Gastgeber, aber dann wurde das Essen aufgetragen, und es war tatsächlich ein Kinderschmaus, eine Mahlzeit für Sechsjährige: Hamburger auf weißen, ungetoasteten Milchbrötchen, Cola in Flaschen mit Plastikstrohhalmen, Kartoffelchips, Maiskolben, und Ketchup in einem tomatenförmigen Spender. Von den fehlenden Papierhüten und Krachmachern abgesehen, fühlte Nashe sich an die Geburtstagsparties seiner Kindheit erinnert. Er sah immer wieder zu Louise hin, dem schwarzen Hausmädchen, das die Speisen auftrug, suchte in ihrer Miene nach irgendeinem Hinweis, der ihm den Witz verraten würde, aber sie lächelte nicht ein einziges Mal, sondern tat ihre Arbeit mit der ganzen Feierlichkeit einer Kellnerin in einem Vier-Sterne-Restaurant. Zu allem Unglück hatte Flower sich zum Essen auch noch seine Papierserviette unters Kinn gesteckt (vermutlich, um seinen weißen Anzug nicht zu bekleckern), und als er sah, daß Stone seinen Hamburger nur halb aufgegessen hatte, beugte er sich doch tatsächlich mit gierig funkelnden Augen vor und fragte seinen Freund, ob er den Rest haben könne. Stone erfüllte ihm den Wunsch nur allzugern, aber anstatt ihm den ganzen Teller herüberzureichen, nahm er einfach den angegessenen Hamburger, gab ihn Pozzi und bat diesen, ihn an Flower weiterzugeben. Pozzi zog ein solches Gesicht, daß Nashe dachte, jetzt wirft er ihn gleich dem Dicken zu und schreit, während das Essen durch die Luft segelt, so was wie *Schnapp!* oder *Aufgepaßt!* Zum Nachtisch servierte Louise vier Schüsseln mit Himbeer-Wackelpudding, verziert mit einem Berg Schlagsahne und einer Maraschinokirsche.

Das Seltsamste an dem Essen war, daß keiner ein Wort darüber verlor. Flower und Stone benahmen sich, als sei diese Art von Essen für Erwachsene vollkommen normal, und keiner von ihnen ließ sich zu irgendwelchen Entschuldigungen oder Erklärungen herbei. Einmal erwähnte Flower, Montag abends hätten sie immer Hamburger gegessen, aber das war auch schon alles. Im übrigen floß das Gespräch dahin wie schon zuvor (das heißt, Flower hielt langwierige Vorträge, und die anderen hörten zu), und als sie an den letzten Kartoffelchips knabberten, war man beim Thema Poker angelangt. Flower zählte sämtliche Gründe auf, warum das Spiel einen solchen Reiz auf ihn ausübe – das Risiko, der geistige Wettstreit und dessen absolute Reinheit –, und diesmal schien Pozzi ihm ausnahmsweise etwas mehr als halbherzige Aufmerksamkeit zu widmen. Nashe selbst hielt sich bedeckt, da er kaum etwas zu dem Thema beizutragen hatte. Dann war die Mahlzeit vorbei, und die vier standen endlich vom Tisch auf. Flower erkundigte sich, ob einer von ihnen einen Drink haben wolle, und als Nashe und Pozzi dankend ablehnten, rieb Stone sich die Hände und sagte: «Dann sollten wir vielleicht rübergehen und die Karten rausholen.» Und damit, einfach so, begann das Spiel.

5

Sie spielten in demselben Zimmer, wo man ihnen den Tee serviert hatte. In dem freien Bereich zwischen Sofa und Fenstern war ein großer Klapptisch aufgestellt worden, und als Nashe die blanke Holzfläche und die leeren Stühle darum erblickte, wurde ihm mit einem Schlag bewußt, wieviel für ihn auf dem Spiel stand. Es war das erste Mal, daß er dem, was er tat, ernsthaft ins Auge blickte, und die Erkenntnis traf ihn mit voller Wucht – sein Herz pochte schneller und hämmerte rasend in seinem Kopf. Er wußte, an diesem Tisch würde er um sein Leben spielen, und der Irrsinn dieses Risikos erfüllte ihn mit so etwas wie Ehrfurcht.

Flower und Stone trafen ihre Vorbereitungen mit verbissener, fast ingrimmiger Zielstrebigkeit, und als Nashe ihnen zusah, wie sie die Chips abzählten und die versiegelten Kartenpäckchen untersuchten, begriff er, daß es ganz und gar nicht einfach werden würde, daß Pozzis Triumph keineswegs schon ausgemacht war. Der Junge war nach draußen gegangen, um seine Zigaretten aus dem Wagen zu holen, und als er wieder ins Zimmer trat, qualmte er bereits mit kurzen, nervösen Zügen eine Marlboro. Die eben noch feierliche Stimmung schien sich in diesem Rauch aufzulösen, und plötzlich war der ganze Raum mit gespannter Erwartung erfüllt. Nashe wünschte sich, er könnte bei den Geschehnissen eine aktivere Rolle einnehmen, aber so war es mit Pozzi abgemacht: sobald die erste

Karte ausgeteilt war, mußte er sich zurücknehmen; und von da an würde er nur noch zusehen und warten können.

Flower ging ans andere Ende des Zimmers, öffnete einen Safe in der Wand neben dem Billardtisch und bat Nashe und Pozzi, näher zu treten und einen Blick hineinzuwerfen. «Wie Sie sehen», sagte er, «ist er vollkommen leer. Ich dachte, wir könnten ihn als Bank benutzen. Bargeld für Chips, und das Geld kommt hier rein. Nach dem Ende des Spiels öffnen wir den Safe wieder und verteilen das Geld dem Ergebnis entsprechend. Irgendwelche Einwände?» Sie hatten keine, und Flower fuhr fort: «Mir scheint», sagte er, «im Interesse der Fairness sollten wir uns alle mit dem gleichen Betrag beteiligen. Auf diese Weise fällt das Ergebnis eindeutiger aus, und da Willie und ich nicht nur des Geldes wegen spielen, werden wir jedem von Ihnen bestimmten Betrag gern zustimmen. Was meinen Sie, Mr. Nashe? Mit wieviel wollen Sie Ihrem Bruder unter die Arme greifen?»

«Zehntausend Dollar», sagte Nashe. «Wenn es Ihnen nichts ausmacht, möchte ich den ganzen Betrag in Chips umwechseln, bevor wir anfangen.»

«Ausgezeichnet», sagte Flower. «Zehntausend Dollar, eine schöne runde Summe.»

Nashe zögerte kurz, und dann sagte er: «Ein Dollar für jeden Stein Ihrer Mauer.»

«Ganz recht», erwiderte Flower mit einer Spur von Herablassung in der Stimme. «Und wenn Jack seine Arbeit gut macht, haben Sie unter Umständen genug, um sich selbst ein Schloß zu bauen.»

«Ein Luftschloß vielleicht», mischte Stone sich plötzlich ein. Über seinen Scherz grinsend, ging er unversehens in die Knie, griff unter den Billardtisch und zog einen kleinen Schulranzen hervor. Auf dem Teppich kauernd, machte er die Tasche auf und begann Bargeld in Tausend-Dollar-Bündeln daraus hervorzuholen, die er einzeln auf die Filzfläche über sich klatschte. Nachdem er zwanzig dieser Bündel abgezählt hatte, zog er den Reißverschluß zu, schob die Tasche unter den Tisch zurück und erhob sich wieder. «Bitte», sagte er zu Flower. «Zehntausend für dich, und zehntausend für mich.»

Flower erkundigte sich bei Nashe und Pozzi, ob sie das Geld noch einmal selbst nachzählen wollten, und zu Nashes Überraschung sagte der Junge ja. Während Pozzi jedes Bündel sorgfältig durchblätterte, zog Nashe zehn Tausend-Dollar-Scheine aus seiner Brieftasche und legte sie behutsam auf den Billardtisch. Er war am Morgen in New York in eine Bank gegangen und hatte seinen Packen Hunderter in diese monströsen Scheine umwechseln lassen. Nicht weil es so bequemer war, sondern eher, um sich beim Erwerb der Chips Peinlichkeiten zu ersparen – er wollte nicht in die Lage geraten, daß ihm bei einem Fremden dicke Bündel zerknitterter Scheine auf den Boden fallen könnten. So aber hatte die Sache etwas Sauberes und Abstraktes, fand er; es schien ihm wie ein mathematisches Wunder, seine Welt auf zehn Stückchen Papier reduziert zu sehen. Ein bißchen hatte er natürlich noch übrig, aber mit dreiundzwanzig Hundert-Dollar-Scheinen war nicht viel zu machen. Diese Reserve hatte er in bescheideneren Nennwerten behalten; er hatte das Geld in zwei Umschläge gestopft und diese dann in den Innentaschen seiner Sportjacke verstaut. Fürs erste war das sein ganzer Besitz: dreiundzwanzig Hunderter und ein Stapel Plastikpokerchips. Gingen die Chips verloren, würde er nicht mehr sehr lange durchhalten. Vielleicht drei oder vier Wochen noch, und dann würde er kaum noch einen Pott zum Pinkeln haben.

Nach kurzer Diskussion hatten Flower, Stone und Pozzi sich über die Grundregeln des Spiels geeinigt. Sie würden von Anfang bis Ende Studpoker mit sieben Karten spielen, ohne wilde Karten oder Joker – astrein und knallhart, wie

Pozzi es ausdrückte. Sollte Pozzi frühzeitig davonziehen, dürften die beiden anderen ihre Anteile auf ein Maximum von dreißigtausend Dollar erhöhen. Die Einsätze wären auf fünfhundert Dollar limitiert, und das Spiel würde so lange fortgesetzt, bis einer der Spieler keine Chips mehr hätte. Sollten sie alle drei im Spiel bleiben, würden sie nach vierundzwanzig Stunden stillschweigend Schluß machen. Darauf schüttelten sie sich wie Diplomaten nach dem Abschluß eines Friedensvertrags die Hände und gingen an den Billardtisch, um ihre Chips abzuholen.

Nashe setzte sich auf einen Stuhl hinter Pozzis rechter Schulter. Weder Flower noch Stone sprachen das Thema an, doch war ihm klar, daß er während des Spiels nicht im Zimmer herumgehen konnte. Schließlich war er ein Beteiligter, und er mußte alles vermeiden, was Argwohn erwecken könnte. Wenn er Einblick in ihre Karten hätte, könnten sie auf den Gedanken kommen, daß er und Pozzi Betrüger wären und sich mit irgendwelchen Signalen untereinander verständigten: etwa durch Husten, Augenzwinkern oder Kratzen am Kopf. Es gab unendlich viele Möglichkeiten zu betrügen. Sie alle wußten das, und daher verlor niemand ein Wort darüber.

Die ersten Runden verliefen undramatisch. Die drei spielten vorsichtig, umkreisten sich wie Boxer in der Frühphase eines Kampfs, prüften einander mit kurzen Geraden und Kopffinten und gewöhnten sich allmählich an die Atmosphäre im Ring. Flower zündete sich eine neue Zigarre an, Stone kaute auf einem Stück Doublemint-Kaugummi herum, und Pozzi hielt ständig eine brennende Zigarette zwischen den Fingern seiner Linken. Alle waren nachdenklich und reserviert, und Nashe begann sich langsam über ihr Schweigen zu wundern. Er hatte Poker immer mit derben Frotzeleien in Verbindung gebracht, mit dem Austausch von zotigen Witzen und freundschaftlichen Beleidigungen, aber diese drei agierten ganz geschäftsmäßig, und schon bald spürte Nashe echte Feindseligkeit im Zimmer aufkommen. Als wäre alles andere ausgelöscht worden, hörte er nur noch die Geräusche des Spiels: das Klappern der Chips, das Klatschen der steifen Karten beim Mischen vor jeder Runde, die trockenen Ansagen von Einsätzen und Erhöhungen, die totale Stille dazwischen. Schließlich begann Nashe sich aus Pozzis Päckchen auf dem Tisch Zigaretten zu nehmen – unbewußt zündete er sie an, ohne zu merken, daß er zum erstenmal seit über fünf Jahren wieder rauchte.

Er hoffte auf ein frühes Debakel, auf ein Massaker, aber in den ersten zwei Stunden konnte Pozzi sich lediglich halten, gewann etwa ein Drittel der Einsätze und kam praktisch keinen Schritt voran. Die Karten kamen einfach nicht richtig, und immer wieder war er gezwungen, nach den Einsätzen auf die ersten drei oder vier Karten zu passen, wobei er sein Pech gelegentlich zu einem siegreichen Bluff nutzte, diese Taktik aber offenbar nicht zu weit treiben wollte. Zum Glück waren die Einsätze anfangs ziemlich niedrig, da niemand mehr als einhundertfünfzig oder zweihundert zu bieten wagte, und so blieb der Schaden auf ein Minimum begrenzt. Pozzi ließ auch keinerlei Panik erkennen. Das beruhigte Nashe, und im weiteren Verlauf beschlich ihn die Ahnung, daß die Geduld des Jungen ihnen am Ende den Sieg bringen würde. Seinen Traum von einem schnellen Debakel mußte er freilich aufgeben, und das war schon eine rechte Enttäuschung. Es würde eine sehr ernste, zermürbende Angelegenheit werden, merkte er, und damit war klar, daß Flower und Stone nicht mehr so spielten wie damals, als Pozzi sie in Atlantic City kennengelernt hatte. Vielleicht war der Unterricht bei Sid Zeno für diesen Wandel verantwortlich. Oder sie waren schon immer gut gewesen und hatten das andere Spiel mit Pozzi nur dazu benutzt, ihn für dieses jetzt zu ködern.

Nashe fand diese zweite Möglichkeit wesentlich beunruhigender als die erste.

Dann trat ein Wandel zum Guten ein. Kurz vor elf kassierte der Junge mit Assen und Damen einen Dreitausend-Dollar-Topf ein, und in der nächsten Stunde lief es wie geschmiert: er gewann drei Viertel aller Spiele und agierte sehr sicher und geschickt. Nashe konnte sehen, wie die beiden anderen zusammensackten, als krümmte sich ihr Wille und gäbe sichtlich unter der Attacke nach. Um Mitternacht kaufte Flower für weitere zehntausend Dollar Chips, und fünfzehn Minuten später holte Stone noch einmal fünf. Das Zimmer war inzwischen voller Qualm, und als Flower schließlich eines der Fenster einen Spaltbreit öffnete, erschrak Nashe über den Lärm der draußen im Garten zirpenden Grillen. Pozzi hatte zu diesem Zeitpunkt siebenundzwanzigtausend Dollar, und zum erstenmal an diesem Abend erlaubte Nashe seinen Gedanken, von dem Spiel abzuschweifen, denn er spürte, daß seine Konzentration irgendwie nicht mehr erforderlich war. Im Augenblick war alles unter Kontrolle, und es konnte nichts schaden, sich ein bißchen treiben zu lassen, sich kleinen Träumereien über die Zukunft hinzugeben. So ungereimt ihm das später vorkam, er begann sogar zu überlegen, ob er sich irgendwo niederlassen sollte: nach Minnesota ziehen und von dem gewonnenen Geld ein Haus kaufen. Die Preise in dieser Gegend waren niedrig, und er meinte, das Haus ohne weiteres in bar bezahlen zu können. Anschließend würde er mit Donna darüber reden, ob Juliette bei ihm wohnen könnte, und dann würde er in Boston ein paar Fäden ziehen und sich einen Job bei der örtlichen Feuerwehr besorgen. Die Feuerwehrwagen in Northfield waren blaßgrün, erinnerte er sich; eine Vorstellung, die ihn amüsierte, und er fragte sich, was sonst noch alles im Mittelwesten anders sein mochte und was nicht.

Um ein Uhr wurde ein neues Päckchen Karten aufgemacht, und Nashe benutzte die Unterbrechung und verschwand mal eben ins Bad, wie er sagte. Er hatte fest vor, gleich wiederzukommen, aber nachdem er die Spülung betätigt hatte und in den dunklen Flur zurückgetreten war, bemerkte er erst, wie angenehm es war, sich ein wenig die Füße zu vertreten. Das stundenlange Sitzen in verkrampfter Haltung hatte ihn ermüdet, und da er nun schon einmal auf den Beinen war, entschloß er sich zu einem kleinen Spaziergang durchs Haus, um wieder zu Kräften zu kommen. Trotz seiner Erschöpfung war er von Glück und Aufregung erfüllt und fühlte sich noch nicht bereit, wieder ins Zimmer zurückzugehen. In den nächsten drei oder vier Minuten tastete er sich durch die unbeleuchteten Räume, die Flower ihnen vor dem Essen gezeigt hatte, stieß wie ein Blinder an Türrahmen und Möbelstücke, bis er sich in der Eingangshalle befand. Am oberen Ende der Treppe leuchtete eine Lampe, und als er den Blick in ihre Richtung hob, fiel ihm plötzlich Stones Werkstatt im Ostflügel ein. Nashe zögerte, ohne Erlaubnis dort hinaufzugehen, aber er konnte dem Drang, das Modell noch einmal zu betrachten, einfach nicht widerstehen. Er schob seine Bedenken beiseite, packte das Geländer und stieg, immer zwei Stufen auf einmal nehmend, nach oben.

Fast eine Stunde lang besah er sich die Stadt der Welt, untersuchte sie auf eine Weise, die ihm vorhin nicht möglich gewesen war – ohne die Ablenkung, die das Höflichtun mit sich gebracht hatte; ohne den Schwall von Flowers Kommentaren in den Ohren. Diesmal konnte er sich in die Einzelheiten versenken, bewegte sich langsam von einem Gebiet des Modells zum nächsten, studierte die minuziösen architektonischen Schnörkel, den peinlich genauen Farbauftrag, die lebendigen, manchmal erschreckenden Mienen der winzigen, zollgroßen Figuren. Er sah Dinge, die ihm beim ersten Besuch vollständig entgangen waren, und bei vielen dieser Entdeckungen blitzte ein galliger Humor auf: ein Hund, der vor dem Gerichtsgebäude an einen Hydranten pinkelte; eine Gruppe von zwanzig bebrillten Männern und Frauen, die eine Straße entlangmarschierten; ein maskierter Räuber, der in einer Seitengasse auf einer Bananenschale ausrutschte. Aber diese komischen Elemente ließen die anderen Szenen nur um so bedrohlicher wirken, und nach einer Weile konzentrierte Nashe sich fast nur noch auf das Gefängnis. In einer Ecke des Hofs unterhielten sich die Häftlinge in kleinen Gruppen, spielten Basketball und lasen Bücher; aber dann entdeckte er mit einem gewissen Schaudern einen Gefangenen, der an der Wand hinter ihnen mit verbundenen Augen vor einem Erschießungskommando stand. Was hatte das zu bedeuten? Welches Verbrechen hatte dieser Mann begangen, und warum wurde er so furchtbar bestraft? Trotz aller in das Modell eingegangenen Wärme und Sentimentalität war die vorherrschende Atmosphäre eine des Schreckens, und auf den tageshellen Boulevards schlenderten finstere Träume dahin. Über allem schien ein drohendes Verhängnis zu schweben – als läge diese Stadt im Kampf mit sich selbst und böte alle Kräfte auf, sich zu bessern, bevor die Propheten kämen und die Ankunft eines mörderischen Rachegottes verkündeten.

Gerade als er das Licht ausschalten und den Raum verlassen wollte, machte Nashe noch einmal kehrt und ging zu dem Modell zurück. Im vollen Bewußtsein dessen, was er jetzt tun würde, aber ohne Schuldgefühle, ohne jegliche Gewissensbisse, suchte er die Szene, wo Flower und Stone vor dem Süßwarenladen standen (die Arme einander um die Schultern gelegt, mit konzentriert geneigten Köpfen das Lotterielos betrachtend), suchte mit Daumen und Mittelfinger die Stelle, wo ihre Füße den Boden berührten, und zupfte sachte daran. Die Figuren waren fest angeklebt, also versuchte er es noch einmal, diesmal mit einem kurzen, heftigen Ruck. Ein dumpfes Knacken, und dann hielt er die zwei Holzmännchen in der Hand. Ohne sie richtig anzusehen, schob er sich das Souvenir in die Tasche. Es war das erste Mal seit seiner Kindheit, daß Nashe etwas gestohlen hatte. Warum er das tat, wußte er nicht genau, aber ein Grund war in diesem Augenblick das letzte, wonach er suchte. Auch wenn er das nicht so formulieren konnte, wußte er, daß es absolut notwendig gewesen war. Das wußte er genauso, wie er seinen Namen wußte.

Als Nashe seinen Platz hinter Pozzi wieder einnahm, mischte Stone gerade die Karten, um ein weiteres Spiel auszuteilen. Inzwischen war es nach zwei, und ein einziger Blick auf den Tisch sagte Nashe, daß sich alles geändert hatte, daß in seiner Abwesenheit furchtbare Schlachten geschlagen worden waren. Pozzis Berg von Chips war auf ein Drittel seiner vorherigen Größe geschrumpft, und wenn Nashe richtig rechnete, bedeutete das, daß sie wieder dort waren, wo sie angefangen hatten, womöglich sogar ein- oder zweitausend darunter. Das schien unglaublich. Pozzi war in Hochstimmung gewesen, kurz davor, den Sack zuzumachen, und jetzt hatten sie ihn offenbar im Schwitzkasten und drückten unbarmherzig zu, um sein Selbstvertrauen zu zerstören und ihn ein für allemal zu vernichten. Nashe konnte sich kaum vorstellen, was da passiert war.

«Wo zum Teufel hast du gesteckt?» zischte Pozzi in aufgestauter Wut.

«Ich habe auf dem Sofa im Wohnzimmer ein Nickerchen gemacht», log Nashe. «Ich konnte nicht anders. War zu erschöpft.»

«Scheiße. Du kannst mich doch nicht einfach so im Stich lassen! Du bist mein Maskottchen, Arschloch. Kaum warst du weg, ist alles schiefgegangen.»

Hier unterbrach ihn Flower, viel zu zufrieden mit sich selbst, als daß er sich enthalten konnte, einzugreifen und seine eigene Version der Ereignisse zum besten zu geben. «Wir hatten ein paar tolle Blätter», sagte er und versuchte, Häme zu vermeiden. «Ihr Bruder hat es mit einem Full House auf unseren Bankrott angelegt, aber Willie hatte mit der letzten Karte Glück und bezwang ihn mit vier Sechsen. Und nur wenige Runden später gab es einen dramatischen Showdown, ein Duell auf Leben und Tod. Am Ende haben sich meine drei Könige gegen die drei Buben Ihres Bruders durchgesetzt. Ich kann Ihnen sagen, Sie haben ein paar aufregende Spiele verpaßt, junger Mann. Das war Poker, wie's im Buche steht.»

Seltsamerweise fühlte Nashe sich von diesem drastischen Umschwung keineswegs beunruhigt. Wenn überhaupt, wirkte Pozzis Sturz belebend auf ihn, und je frustrierter und konfuser der Junge wurde, desto mehr schien Nashes Zuversicht zu wachsen, als wäre das genau die Art Krise, mit der er die ganze Zeit gerechnet hatte.

«Vielleicht sollte ich meinem Bruder jetzt eine kleine Finanzspritze geben», sagte er lächelnd. Er griff in seine Jakkentaschen und zog die beiden Geldumschläge heraus. «Hier sind zweitausenddreihundert Dollar», sagte er. «Sollen wir nicht noch ein paar Chips kaufen, Jack? Es ist nicht viel, aber immerhin hast du damit ein wenig mehr Spielraum.»

Pozzi wußte, dies war Nashes letztes Geld, und er zögerte, es anzunehmen. «Noch bin ich nicht draußen», sagte er. «Warten wir noch ein paar Runden.»

«Mach dir deswegen keine Sorgen, Jack», sagte Nashe. «Nimm das Geld jetzt. Es wird die Stimmung ändern und dich wieder in Schwung bringen. Du bist gerade in einer Flaute, das ist alles, aber du wirst ein rauschendes Comeback haben. So was kommt vor.»

Aber Pozzi erlebte kein rauschendes Comeback. Auch mit den neuen Chips lief das Spiel weiter gegen ihn. Einige Male gewann er, doch waren diese Siege nie groß genug, seine bröckelnden Reserven aufzufüllen, und wenn seine Karten einmal verheißungsvoll schienen, setzte er viel zuviel ein und verlor schließlich doch, verschwendete seine Mittel auf glücklose, verzweifelte Unternehmungen. Bei Anbruch der Dämmerung hatte er noch achtzehnhundert Dollar. Er war mit den Nerven am Ende, und hätte Nashe noch irgendwelche Hoffnungen auf den Sieg gesetzt, so hätte ihm schon der Anblick von Pozzis zitternden Händen sagen können, daß die Stunde der Wunder verstrichen war. Draußen erwachten die Vögel, und als das erste Morgenlicht ins Zimmer drang, sah Pozzi mit seinem zerschundenen bleichen Gesicht aus wie ein Gespenst. Er verwandelte sich vor Nashes Augen in eine Leiche.

Trotzdem war die Sache noch nicht gelaufen. In der nächsten Runde bekam Pozzi zwei Könige auf die Hand und das Herz As auf den Tisch, und als die vierte Karte wieder ein König war – der Herz König –, glaubte Nashe zu spüren, daß die Lage wieder umschlug. Es wurden jedoch hohe Einsätze gemacht, und bevor auch nur die fünfte Karte ausgeteilt war, hatte der Junge gerade noch dreihundert Dollar übrig. Flower und Stone schlugen ihn aus dem Feld: mit seinen Chips konnte er nicht mehr bis zum Ende dieses Spiels mithalten. Ohne nachzudenken, stand Nashe auf und sagte zu Flower: «Ich möchte einen Vorschlag machen.»

«Einen Vorschlag?» sagte Flower. «Wovon reden Sie?»

«Wir haben fast keine Chips mehr.»

«Schön. Dann kaufen Sie noch welche.»

«Würden wir ja, aber wir haben auch kein Geld mehr.»

«Damit wäre das Spiel aus, nehme ich an. Wenn Jack diese Runde nicht mehr bis zu Ende durchhalten kann, werden wir Schluß machen müssen. Das hatten wir so abgemacht.»

«Ich weiß. Aber ich möchte etwas anderes vorschlagen, etwas anderes als Bargeld.»

«Bitte, Mr. Nashe, keine Schuldscheine. Ich kenne Sie nicht gut genug, um Ihnen Kredit zu geben.»

«Ich will keinen Kredit. Ich möchte meinen Wagen als Sicherheit einsetzen.»

«Ihren Wagen? Und was ist das für ein Wagen? Ein gebrauchter Chevy?»

«Nein, der Wagen ist gut. Ein Saab, ein Jahr alt, in tadellosem Zustand.»

«Und was soll ich damit? Willie und ich haben bereits drei Wagen in der Garage. An noch einem sind wir nicht interessiert.»

«Dann verkaufen Sie ihn. Verschenken Sie ihn. Was macht das für einen Unterschied? Etwas anderes kann ich Ihnen nicht anbieten. Sonst muß das Spiel aufhören. Und warum sollten wir Schluß machen, wenn wir es nicht nötig haben?»

«Und wieviel ist der Wagen Ihrer Meinung nach wert?»

«Keine Ahnung. Ich habe sechzehntausend Dollar dafür bezahlt. Jetzt ist er wahrscheinlich noch mindestens die Hälfte davon wert, vielleicht sogar zehn.»

«Zehntausend Dollar für einen Gebrauchtwagen? Ich gebe Ihnen drei.»

«Das ist doch absurd. Warum gehen Sie nicht nach draußen und sehen ihn sich an, bevor Sie ein Angebot machen?»

«Weil ich mitten in einem Spiel bin. Ich will mir meine Konzentration nicht kaputtmachen lassen.»

«Dann geben Sie mir acht, und die Sache geht in Ordnung.»

«Fünf. Das ist mein letztes Angebot. Fünftausend Dollar.»

«Sieben.»

«Nein, fünf. Fünf oder gar nichts, Mr. Nashe.»

«Also gut, fünf. Fünftausend Dollar für den Wagen. Aber keine Sorge. Wir werden ihn am Schluß von unserem Gewinn abziehen. Sie sollen nicht auf etwas sitzenbleiben, das Sie nicht haben wollen.»

«Das wird sich zeigen. Aber jetzt wollen wir die Chips abzählen und weitermachen. Ich kann solche Unterbrechungen nicht ausstehen. Sie zerstören einem das ganze Vergnügen.»

Pozzi hatte in höchster Not eine Transfusion erhalten, aber das hieß noch nicht, daß er überleben würde. Er mochte die gegenwärtige Krise überstehen, aber die langfristigen Aussichten waren noch immer prekär, bestenfalls trübe. Doch Nashe hatte getan, was er konnte, und das tröstete ihn und machte ihn sogar stolz. Er wußte aber auch, daß die Blutbank jetzt erschöpft war. Er war viel weiter gegangen, als er gedacht hatte, so weit, wie es ihm nur möglich war, aber selbst das mochte am Ende nicht weit genug gewesen sein.

Pozzi hatte also die zwei Könige auf der Hand, dazu Herz König und Herz As auf dem Tisch. Vor Flower lagen die Karo Sechs und die Kreuz Sieben – eine mögliche Straße, aber doch schwach im Vergleich zu den drei Königen, die der Junge bereits hatte. Stones Blatt allerdings stellte eine potentielle Bedrohung dar. Zwei Achten lagen auf dem Tisch, und aus der Art, wie er auf die vierte Karte zu setzen begann (sehr forsch erhöhte er zunächst um dreihundert, dann noch einmal um vierhundert Dollar), schloß Nashe, daß er noch etwas auf der Hand haben mußte. Vielleicht ein zweites Paar oder sogar die dritte und vierte Acht. Nashe setzte seine Hoffnung darauf, daß Pozzi den vierten König bekäme, aber der sollte erst zum Schluß kommen, als verdeckte siebte Karte. Bis dahin, dachte er, wären zwei Herzkarten optimal. Besser noch Herz Dame und Herz Bube. Es müßte so aussehen, als riskierte er alles auf einen möglichen Straight Flush – und ganz am Ende würde er sie dann mit den vier Königen verblüffen.

Stone teilte die fünften Karten aus. Flower bekam eine Pik Fünf; Pozzi seine Herzkarte. Zwar nicht Dame oder Bube, aber fast genausogut: die Herz Acht. Ein Flush war noch möglich, und Stone hatte keine Chance mehr, die vierte Acht zu bekommen. Als Stone sich selbst die Kreuz Drei gab, drehte Pozzi sich zu Nashe um und lächelte zum erstenmal seit Stunden. Mit einemmal sahen die Dinge wieder hoffnungsvoll aus.

Trotz der Drei ging Stone gleich bis ans Limit und setzte volle fünfhundert. Das verwirrte Nashe ein wenig, aber dann kam er zu dem Schluß, daß es nur ein Bluff sein konnte. Die versuchten den Jungen auszuquetschen, und mit soviel Geld in der Hinterhand konnten sie sich ein paar gewagte Manöver leisten. Flower ging mit seiner möglichen Straße mit, und Pozzi hielt die fünfhundert und erhöhte um weitere fünfhundert, die auch von Stone und Flower gehalten wurden.

Flowers sechste Karte war der Karo Bube, und als er ihn über den Tisch segeln sah, stieß er einen enttäuschten Seufzer aus. Nashe nahm an, daß er erledigt war. Dann bekam Pozzi wie durch ein Wunder die Herz Drei. Als Stone jedoch die Pik Neun erwischte, begann Nashe sich plötzlich Sorgen zu machen, daß Pozzis Karten einfach zu stark sein könnten. Aber Stone setzte wieder hoch, und selbst nachdem Flower ausgestiegen war, ging das Spiel munter weiter, und mit immer höheren Einsätzen bogen die beiden in die Zielgerade ein.

Stone und Pozzi setzten voll auf ihre sechsten Karten, es gab ein wildes Hin und Her von wechselseitigen Erhöhungen der Einsätze. Als sie fertig waren, hatte Pozzi für die siebte Karte gerade noch fünfzehnhundert Dollar übrig.

Nashe hatte sich vorgestellt, daß die Verpfändung des Wagens ihnen mindestens noch ein oder zwei Stunden sichern würde, aber die Einsätze waren so ins Kraut geschossen, daß plötzlich alles auf dieses eine Spiel hinauslief. Der Topf war gewaltig. Sollte Pozzi gewinnen, wäre er wieder richtig im Spiel, und Nashe spürte, daß er dann nicht mehr zu stoppen wäre. Aber gewinnen mußte er. Wenn er verlor, war alles aus.

Nashe wußte, es wäre zuviel verlangt, mit dem vierten König zu rechnen. Die Chance war einfach zu klein. Aber was auch immer passierte, Stone mußte annehmen, daß Pozzi einen Flush hatte. Dafür hatten die vier Herzkarten auf dem Tisch gesorgt, und da der Junge mit dem Rücken an der Wand spielte, schienen seine hohen Einsätze die Möglichkeit eines Bluffs auszuschließen. Selbst wenn die siebte Karte eine Niete wäre, müßten die drei Könige eigentlich reichen. Es war ein gutes Blatt, dachte Nashe, ein solides Blatt, und nach dem, was auf dem Tisch zu sehen war, hatte Stone nur geringe Chancen, es zu übertreffen.

Pozzi bekam die Kreuz Vier. Trotz allem war Nashe ein wenig enttäuscht. Wohl nicht wegen des Königs, zumindest aber, weil kein weiteres Herz gekommen war. *Herzversagen*, sagte er sich und wußte nicht einmal genau, ob er das nur als Scherz meinte; dann gab Stone sich selbst die letzte Karte, und nun konnten sie in Kampfstellung gehen und das Spiel beenden.

Es ging alles sehr schnell. Stone, mit seinen zwei Achten noch immer in Führung, begann mit fünfhundert. Pozzi hielt mit und erhöhte um weitere fünfhundert. Stone hielt ebenfalls mit, zögerte ein paar Sekunden mit den Chips in seiner Hand und legte dann noch einmal fünfhundert dazu. Der Junge schob seine restlichen fünfhundert in die Mitte des Tisches. «Also schön, Willie», sagte er. «Ich will sehen.»

Stones Miene verriet nichts. Eine nach der anderen drehte

er seine Karten um, aber selbst als alle drei zu sehen waren, hätte man kaum sagen können, ob er gewonnen oder verloren hatte. «Ich habe diese zwei Achten», sagte er. «Und dann habe ich diese Zehn» (er drehte sie um), «und noch diese andere Zehn» (er drehte sich um), «und noch diese dritte Acht» (er drehte die siebte und letzte Karte um).

«Full House!» brüllte Flower und schlug mit der Faust auf den Tisch. «Was haben Sie dagegen aufzubieten, Jack?»

«Gar nichts», sagte Pozzi, ohne seine Karten aufzudekken. «Er hat mich geschlagen.» Der Junge starrte eine Weile auf den Tisch hinunter, als versuchte er sich über das Ergebnis klarzuwerden. Dann nahm er seinen Mut zusammen, drehte sich um und grinste Nashe an. «Tja, Alter», sagte er. «Sieht so aus, als müßten wir zu Fuß nach Hause gehen.»

Pozzi sagte das mit dermaßen verlegener Miene, daß Nashe nur Mitleid mit ihm empfinden konnte. Es war seltsam, aber der Junge tat ihm wahrhaftig mehr leid als er sich selbst. Alles war verloren, und doch empfand er kein anderes Gefühl als Mitleid.

Als wollte er ihn beruhigen, klopfte Nashe ihm auf die Schulter, und dann hörte er Flower in Lachen ausbrechen. «Ich hoffe, ihr habt bequeme Schuhe», sagte der Dicke. «Bis nach New York sind es gut achtzig oder neunzig Meilen.»

«Halt den Rand, Fettsack», sagte Pozzi, dem nun endlich der Kragen platzte. «Wir schulden Ihnen fünftausend Eier. Wir geben Ihnen einen Schuldschein. Sie geben uns den Wagen, und innerhalb einer Woche bekommen Sie das Geld.»

Flower, unberührt von der Beleidigung, lachte noch einmal laut auf. «O nein», sagte er. «So war das mit Mr. Nashe nicht ausgemacht. Der Wagen gehört jetzt mir. Wenn Sie keine andere Möglichkeit haben, nach Hause zu kommen, werden Sie eben zu Fuß gehen müssen. So sieht die Sache aus.»

«Von Poker wohl keine Ahnung, was, Sie Matschgesicht?» sagte Pozzi. «Natürlich nehmen Sie unseren Schuldschein. Das ist doch ganz normal.»

«Ich habe es einmal gesagt», gab Flower gelassen zurück, «und ich sage es ein zweites Mal. Kein Kredit. Ich wäre doch dumm, einem Pärchen wie Ihnen zu vertrauen. Sobald Sie von hier weg wären, könnte ich mein Geld vergessen.»

«Schon gut, schon gut», sagte Nashe und versuchte hastig eine Lösung zu improvisieren. «Wir knobeln darum. Wenn ich gewinne, geben Sie uns den Wagen zurück. Ganz einfach. Einmal abheben und fertig.»

«Kein Problem», sagte Flower. «Aber was, wenn Sie nicht gewinnen?»

«Dann schulde ich Ihnen zehntausend Dollar», sagte Nashe.

«Das sollten Sie sich gut überlegen, mein Freund», sagte Flower. «Das war nicht gerade Ihre Glücksnacht. Wozu alles noch schlimmer machen?»

«Weil wir den Wagen brauchen, um hier wegzukommen, Arschloch», sagte Pozzi.

«Kein Problem», wiederholte Flower. «Aber denken Sie daran, daß ich Sie gewarnt habe.»

«Misch die Karten, Jack», sagte Nashe, «und dann gib sie Mr. Flower. Er soll den ersten Versuch haben.»

Pozzi öffnete ein neues Blatt, legte die Joker heraus und mischte, wie Nashe ihn gebeten hatte. Dann beugte er sich mit übertriebener Feierlichkeit vor und knallte die Karten vor Flower auf den Tisch. Der dicke Mann zögerte keinen Augenblick. Schließlich hatte er nichts zu verlieren, und daher griff er sofort zu und hob mit Daumen und Mittelfinger etwa den halben Stapel ab. Gleich darauf hielt er die Herz Sieben hoch. Stone zuckte die Achseln, und Pozzi klatschte in die Hände – nur einmal, sehr kräftig, zur Feier der mäßigen Karte.

Dann hielt Nashe die Karten in der Hand. Er fühlte sich vollkommen leer, und einen Herzschlag lang staunte er über die Lächerlichkeit dieses kleinen Dramas. Bevor er abhob, dachte er: Das ist der lächerlichste Augenblick meines Lebens. Dann zwinkerte er Pozzi zu, hob ab und bekam eine Karo Vier.

«Eine Vier!» schrie Flower und schlug sich ungläubig die Hand an die Stirn. «Eine Vier! Sie konnten nicht mal meine Sieben schlagen!»

Danach wurde alles still. Ein langer Augenblick verging, und schließlich sagte Stone mit einer Stimme, die eher lustlos als triumphierend klang: «Zehntausend Dollar. Es scheint, wir sind mal wieder bei der magischen Zahl gelandet.»

Flower lehnte sich auf seinem Stuhl zurück, paffte eine Weile an seiner Zigarre und musterte Nashe und Pozzi, als sähe er sie zum erstenmal. Sein Gesichtsausdruck erinnerte Nashe an einen High-School-Rektor, der ein paar jugendliche Delinquenten in sein Büro bestellt hat. Seine Miene verriet keinen Zorn, sondern eher Verblüffung, als hätte man ihn vor ein philosophisches Problem gestellt, auf das er keine einleuchtende Antwort wußte. Er würde eine Strafe zumessen müssen, das war klar, aber fürs erste schien er keine Vorstellung davon zu haben, was für eine das sein sollte. Er wollte weder allzu streng sein noch allzu nachsichtig. Er brauchte etwas, das dem Vergehen angemessen war, eine faire Strafe, die auch einen erzieherischen Wert haben sollte – keine Strafe nur um ihrer selbst willen, sondern etwas Kreatives, etwas, das den Übeltätern eine Lektion erteilen würde.

«Ich glaube, wir stehen hier vor einem Dilemma», sagte er.

«Ja», sagte Stone. «Ein echtes Dilemma. Man könnte es eine dramatische Situation nennen.»

«Die zwei Typen schulden uns Geld», fuhr Flower fort,

als ob Nashe und Pozzi gar nicht mehr anwesend wären. «Wenn wir sie gehen lassen, zahlen sie nicht. Aber wenn wir sie nicht gehen lassen, haben sie keine Chance, das uns geschuldete Geld aufzutreiben.»

«Schätze, Sie werden uns eben vertrauen müssen», sagte Pozzi. «Hab ich recht, Sie Marzipanschwein?»

Flower überhörte Pozzis Bemerkung und wandte sich an Stone. «Was meinst du, Willie?» sagte er. «Ziemlich verzwickt, wie?»

Während er diesem Gespräch zuhörte, fiel Nashe plötzlich Juliettes Treuhandvermögen ein. Sich zehntausend Dollar davon auszahlen zu lassen, dürfte wohl keine Schwierigkeiten machen, dachte er. Ein Anruf bei der Bank in Minnesota würde die Sache ins Laufen bringen, und am Ende des Tages wäre das Geld bei Flower und Stone auf dem Konto. Eine praktische Lösung, doch als er das Ganze zu Ende dachte, verwarf er es, entsetzt, daß er so etwas auch nur in Betracht ziehen konnte. Die Gleichung war zu schrecklich: seine Spielschulden bezahlen, indem er etwas von der Zukunft seiner Tochter abzwackte. Das kam nicht in Frage, was auch immer passieren mochte. Er hatte sich dieses Problem eingebrockt, und jetzt würde er die Suppe auch selbst auslöffeln müssen. Wie ein Mann, dachte er. Er würde die Sache durchstehen müssen wie ein Mann.

«Ja», sagte Stone, der noch über Flowers letzte Bemerkung nachdachte, «wirklich schwierig. Aber das heißt nicht, daß uns nicht was einfallen wird.» Für zehn oder zwanzig Sekunden verfiel er in Gedanken, und dann begann seine Miene sich langsam aufzuhellen. «Natürlich», sagte er, «hätten wir da noch die Mauer.»

«Die Mauer?» sagte Flower. «Was willst du damit sagen?»

«Die Mauer», wiederholte Stone. «Jemand muß sie doch bauen.»

«Ah...» sagte Flower, als er endlich begriff. «Die Mauer! Ausgezeichnete Idee, Willie. Bei Gott, ich glaube, diesmal hast du dich wirklich selbst übertroffen.»

«Ehrliche Arbeit für ehrlichen Lohn», sagte Stone.

«Genau», sagte Flower. «Und nach und nach wird die Schuld beglichen.»

Aber Pozzi wollte nichts davon wissen. Sobald ihm aufging, was da vorgeschlagen wurde, klappte ihm vor Überraschung buchstäblich die Kinnlade runter. «Das soll wohl ein Witz sein», sagte er. «Wenn ihr glaubt, daß ich da mitspiele, müßt ihr verrückt sein. Nichts zu machen. Kommt überhaupt nicht in die Tüte.» Dann erhob er sich von seinem Stuhl, drehte sich zu Nashe um und sagte: «Komm, Jim, wir gehen. Die beiden haben ja wohl den Arsch offen.»

«Immer mit der Ruhe, Junge», sagte Nashe. «Zuhören schadet nichts. Irgend etwas müssen wir uns schließlich ausdenken.»

«Schadet nichts!» schrie Pozzi. «Die gehören ins Irrenhaus, kapierst du das nicht? Die sind hundertprozentig übergeschnappt!»

Pozzis Erregung wirkte auf Nashe eigenartig beruhigend, als habe er selbst, je ungestümer der Junge sich aufführte, nur um so mehr einen kühlen Kopf zu behalten. Zweifellos hatten die Dinge eine seltsame Wendung genommen, aber Nashe erkannte, daß er irgendwie damit gerechnet hatte, und als sie jetzt eintrat, empfand er keine Panik. Er fühlte sich bei klarem Verstand und hatte sich vollständig unter Kontrolle.

«Mach dir deswegen keine Sorgen, Jack», sagte er. «Daß sie uns ein Angebot machen, heißt ja noch nicht, daß wir es akzeptieren müssen. Es ist nur eine Frage der Manieren. Wenn sie uns etwas zu sagen haben, dann schulden wir ihnen die Höflichkeit, sie wenigstens ausreden zu lassen.»

«Pure Zeitverschwendung», brummte Pozzi und ließ sich

auf seinen Stuhl zurücksinken. «Mit Irren verhandelt man nicht. Wenn du erst mal damit anfängst, drehst du bald selber durch.»

«Ich bin froh, daß Sie Ihren Bruder mitgebracht haben», sagte Flower und seufzte angewidert. «So haben wir wenigstens einen Vernünftigen, mit dem wir reden können.»

«Quatsch», sagte Pozzi. «Das ist gar nicht mein Bruder. Ich hab den Typen am Samstag zum erstenmal gesehen. Ich kenn ihn kaum.»

«Nun ja, ob Sie mit ihm verwandt sind oder nicht», sagte Flower, «jedenfalls können Sie froh sein, daß Sie ihn hier haben. Denn Tatsache ist, daß Sie vor einem Haufen Schwierigkeiten stehen, junger Mann. Sie und Nashe schulden uns zehntausend Dollar, und sollten Sie versuchen zu verschwinden, ohne zu bezahlen, werden wir die Polizei holen. So einfach sieht das aus.»

«Ich sagte bereits, daß wir Ihnen zuhören werden», unterbrach ihn Nashe. «Sie brauchen uns nicht zu drohen.»

«Ich drohe nicht», sagte Flower. «Sondern präsentiere Ihnen lediglich die Tatsachen. Entweder Sie zeigen sich kooperativ, und wir bringen eine gütliche Einigung zustande, oder wir werden drastische Maßnahmen ergreifen. Eine andere Alternative gibt es nicht. Willie hat eine Lösung vorgeschlagen, eine absolut geniale Lösung, wie ich finde, und falls Sie nichts Besseres anzubieten haben, sollten wir jetzt Nägel mit Köpfen machen.»

«Die Einzelheiten», sagte Stone. «Stundenlohn, Unterbringung, Essen. Die praktischen Details. Wahrscheinlich ist es am besten, all das zu regeln, bevor wir anfangen.»

«Sie können gleich dort draußen auf der Wiese wohnen», sagte Flower. «Auf dem Gelände gibt es bereits eine Übernachtungsmöglichkeit – was man so landläufig einen Wohnwagen nennt. Er ist seit einiger Zeit nicht mehr benutzt worden, aber in ausgezeichnetem Zustand. Calvin hat dort vor ein paar Jahren gewohnt, während wir ihm sein Häuschen gebaut haben. Mit der Unterbringung gibt es also keine Probleme. Sie brauchen dort nur einzuziehen.»

«Er hat auch eine Küche», fügte Stone hinzu. «Eine vollständig eingerichtete Küche. Kühlschrank, Herd, Spüle, allen modernen Komfort. Wasser- und Stromanschluß, eine Heizleiste. Sie können dort kochen und essen, was sie wollen. Calvin wird Ihre Vorräte auffüllen und Ihnen bringen, was Sie haben wollen. Sie brauchen ihm nur täglich eine Einkaufsliste zu geben, und er wird in die Stadt fahren und Ihnen das Gewünschte besorgen.»

«Arbeitskleidung stellen wir Ihnen natürlich zur Verfügung», sagte Flower, «und falls Sie sonst etwas wünschen, brauchen Sie nur zu fragen. Bücher, Zeitungen, Zeitschriften. Ein Radio. Zusätzliche Decken und Handtücher. Spiele. Was Sie wollen. Schließlich sollen Sie sich bei uns wohl fühlen. Womöglich macht Ihnen das Ganze am Ende sogar Spaß. Die Arbeit ist nicht allzu anstrengend, und Sie werden bei diesem schönen Wetter im Freien sein können. Gewissermaßen ein Arbeitsurlaub, eine kurze therapeutische Unterbrechung Ihres normalen Lebens. Und täglich werden Sie die Mauer ein Stück weiterwachsen sehen. Es wird außerordentlich befriedigend sein, denke ich: die greifbaren Früchte Ihrer Arbeit zu sehen, zurücktreten und die gemachten Fortschritte betrachten zu können. So begleichen Sie nach und nach Ihre Schulden, und wenn dann die Zeit des Abschieds kommt, werden Sie nicht nur als freie Männer von hier weggehen, sondern auch etwas Bedeutsames zurücklassen.»

«Was denken Sie, wie lange wir brauchen werden?» fragte Nashe.

«Das kommt darauf an», antwortete Stone. «Sie bekommen soundsoviel pro Stunde. Sobald Ihr Gesamtverdienst zehntausend Dollar erreicht hat, können Sie gehen.»

«Und wenn die Mauer fertig wird, bevor wir die zehntausend Dollar angesammelt haben?»

«In diesem Fall», sagte Flower, «werden wir die Schuld als voll beglichen betrachten.»

«Und was wollen Sie uns zahlen, falls wir nicht fertig werden?»

«Das soll der Aufgabe angemessen sein. Sie bekommen den für solche Arbeit üblichen Lohn.»

«Das wäre?»

«Fünf, sechs Dollar die Stunde.»

«Das ist zuwenig. Unter zwölf kommt gar nichts in Frage.»

«Es geht hier nicht um Gehirnchirurgie, Mr. Nashe. Das ist ungelernte Arbeit. Einen Stein auf den anderen legen. Dafür braucht man kein großes Studium.»

«Trotzdem, für sechs Dollar die Stunde machen wir das nicht. Wenn Sie nicht noch was drauflegen, können Sie ebensogut auch gleich die Polizei rufen.»

«Also acht. Mein letztes Angebot.»

«Immer noch zuwenig.»

«Dickköpfig, wie? Und wenn ich auf zehn erhöhe? Was sagen Sie dann?»

«Rechnen wir's aus, dann werden wir sehen.»

«Schön. Geht ja ganz schnell. Zehn Dollar pro Nase macht zwanzig Dollar die Stunde für Sie beide. Gehen wir von durchschnittlich zehn Stunden pro Tag aus – bloß um die Rechnung zu vereinfachen –, dann verdienen Sie täglich zweihundert Dollar. Zehntausend durch zweihundert ist fünfzig. Das heißt, Sie werden ungefähr fünfzig Tage brauchen. Jetzt haben wir Ende August, irgendwann Mitte Oktober wären Sie dann soweit. Geht doch schnell. Wenn die Blätter sich verfärben, sind Sie fertig.»

Nach und nach freundete Nashe sich mit dem Gedanken an und akzeptierte die Mauer als einzigen Ausweg aus seiner

Zwangslage. Dabei mochte Erschöpfung eine Rolle gespielt haben – Schlafmangel und die Unfähigkeit, noch klar zu denken –, aber das glaubte er nicht so recht. Wo sollte er auch sonst hin? Sein Geld war weg, sein Auto war weg, sein Leben war ein Scherbenhaufen. Immerhin würden diese fünfzig Tage ihm die Chance geben, Bilanz zu ziehen, zum erstenmal seit über einem Jahr in aller Ruhe über seine nächsten Schritte nachzudenken. Es erleichterte ihn geradezu, daß ihm die Entscheidung aus der Hand genommen wurde, zu wissen, daß er endlich in seinem Lauf gestoppt worden war. Die Mauer wäre eher eine Kur als eine Strafe, ein direkter Weg zurück auf den Boden der Tatsachen.

Aber der Junge war außer sich und gab, entgeistert über Nashes Nachgiebigkeit und die irrsinnige Feilscherei, während des ganzen Gesprächs gereizte, mürrische Laute von sich. Bevor Nashe die Sache mit Flower per Handschlag festmachen konnte, packte Pozzi ihn am Arm und verkündete, er müsse unter vier Augen mit ihm reden. Ohne eine Antwort abzuwarten, zog er Nashe vom Stuhl, zerrte ihn auf den Flur und knallte mit dem Fuß die Tür zu.

«Los», sagte er, noch immer an Nashes Arm ziehend. «Gehen wir. Zeit zu verschwinden.»

Aber Nashe schüttelte Pozzis Hand ab und wich nicht von der Stelle. «Wir können nicht weg», sagte er. «Wir schulden den beiden Geld, und ich bin nicht in der Stimmung, mich abführen zu lassen.»

«Die bluffen doch nur. Die können da unmöglich die Bullen einschalten.»

«Irrtum, Jack. Leute mit soviel Geld können tun, was sie wollen. Ein Anruf von ihnen, und schon steht die Polizei da. Wir würden es keine halbe Meile weit schaffen.»

«Du hast wohl Schiß, Jimbo. Kein gutes Zeichen. Läßt dich alt aussehen.»

«Ich habe keinen Schiß. Ich bin nur klug.»

«Du meinst, verrückt. Mach nur weiter so, Mann, dann bist du bald genauso bekloppt wie die beiden da.»

«Weniger als zwei Monate, Jack, ist doch keine große Sache. Sie geben uns zu essen, sie geben uns eine Unterkunft, und im Handumdrehen sind wir hier weg. Wozu sich Sorgen machen? Vielleicht wird's ja sogar ganz lustig.»

«Lustig? Steine schleppen nennst du lustig? Für mich hört sich das verdammt nach Sträflingsarbeit an.»

«Es wird uns nicht umbringen. Fünfzig Tage sind doch nichts. Außerdem kann uns die Bewegung nur guttun. So ähnlich wie Gewichtheben. Manche Leute zahlen im Fitnesszentrum gutes Geld dafür. Wir haben unseren Mitgliedsbeitrag bereits bezahlt, also sollten wir auch Gebrauch davon machen.»

«Woher willst du wissen, daß es nur fünfzig Tage dauert?»

«Weil es so abgemacht ist.»

«Und wenn die sich nicht an die Abmachung halten?»

«Bitte, Jack, mach dir nicht so viele Sorgen. Um irgendwelche Probleme werden wir uns kümmern, wenn sie auftauchen.»

«Ich sage dir, es ist ein Fehler, diesen Arschlöchern zu vertrauen.»

«Vielleicht hast du recht, vielleicht solltest du jetzt gehen. Ich habe uns in diesen Schlamassel gebracht, also geht die Begleichung der Schulden auch auf meine Kappe.»

«Aber ich habe das Spiel verloren.»

«Du hast das Geld verloren, aber ich habe um den Wagen gespielt.»

«Du meinst, du würdest hierbleiben und die Arbeit allein machen?»

«Genau das.»

«Dann spinnst du aber wirklich.»

«Was kümmert's dich? Du bist ein freier Mann, Jack. Du

kannst jetzt gehen, und ich werde es dir nicht verübeln. Das verspreche ich dir. Ich nehme es dir nicht übel.»

Pozzi sah Nashe lange an, er kämpfte mit der Entscheidung, vor die er gestellt worden war, suchte in Nashes Augen zu ergründen, ob er es ernst meinte. Dann erschien auf dem Gesicht des Jungen ganz langsam ein Lächeln, als sei ihm gerade die Pointe eines schwer verständlichen Witzes aufgegangen. «Scheiße», sagte er. «Meinst du wirklich, ich würde dich im Stich lassen, Alter? Wenn du diese Arbeit allein machen mußt, fällst du wahrscheinlich mit einem Herzanfall tot um.»

Nashe hatte nicht damit gerechnet. Er hatte angenommen, Pozzi werde sofort auf sein Angebot eingehen, und während dieser Augenblicke der Gewißheit hatte er bereits angefangen sich vorzustellen, wie es wohl wäre, allein auf dieser Wiese zu leben, hatte versucht, sich mit dieser Einsamkeit anzufreunden, und war so fest entschlossen, daß er sich schon fast darauf zu freuen begann. Aber jetzt war er froh, daß der Junge mitmachen wollte. Als sie ins Zimmer zurückgingen, um ihre Entscheidung bekanntzugeben, verblüffte es ihn geradezu, wie froh er darüber war.

In der nächsten Stunde wurde das Ganze schriftlich fixiert und ein Dokument aufgesetzt, das die einzelnen Punkte Ihrer Vereinbarung in so klarer Sprache wie möglich festhielt, mit Klauseln über die Höhe der Schuld, die Rückzahlungsbedingungen, den Stundenlohn und so weiter. Stone tippte zwei Exemplare des Vertrags, die dann von den vier Männern unterzeichnet wurden. Danach erklärte Flower, er werde jetzt Murks aufsuchen und mit ihm die notwendigen Vorkehrungen wegen des Wohnwagens, des Baugeländes und der Vorratsbeschaffung treffen. Das werde einige Stunden dauern, sagte er; unterdessen könnten sie, falls sie hungrig seien, in der Küche gern ein Frühstück haben. Nashe fragte nach dem Bauplan für die Mauer, aber

Flower sagte ihm, darum brauche er sich nicht zu kümmern. Er und Stone hätten die Blaupausen bereits fertig, und Murks wisse genau, was zu tun sei. Solange sie Calvins Anweisungen befolgten, könne nichts schiefgehen. Mit dieser zuversichtlichen Bemerkung verließ der dicke Mann das Zimmer, und Stone führte Nashe und Pozzi in die Küche, wo er Louise bat, ihnen Frühstück zu machen. Dann murmelte der dünne Mann einen kurzen, verlegenen Abschiedsgruß und zog sich ebenfalls zurück.

Louise war offenbar verstimmt, daß sie das Essen machen sollte, und während sie Eier aufschlug und Speck briet, reagierte sie ihren Ärger dadurch ab, daß sie an keinen der beiden ein Wort richtete – sie brummelte nur vor sich hin, als werde sie durch diese Arbeit in ihrer Würde gekränkt. Nashe merkte, wie gründlich ihre Lage sich geändert hatte. Er und Pozzi waren ihres Status als geladene Gäste beraubt und wurden ab sofort nicht mehr als solche behandelt. Sie waren jetzt zu Hilfsarbeitern degradiert, zu Landstreichern, die an der Hintertür um Reste bettelten. Der Unterschied war unmöglich zu übersehen, und während er auf das Essen wartete, fragte er sich, wie Louise nur so schnell von ihrer Herabstufung erfahren haben konnte. Tags zuvor noch war sie absolut höflich und respektvoll gewesen; jetzt, nur sechzehn Stunden später, konnte sie ihre Verachtung kaum noch verhehlen. Dabei hatten Flower und Stone ihr gegenüber kein Wort verlauten lassen. Es war, als wäre ein geheimes Kommuniqué leise durchs Haus gesendet worden, des Inhalts, daß er und Pozzi nicht mehr zählten, daß sie zu Unpersonen erklärt worden seien.

Aber das Essen war ausgezeichnet, und die beiden aßen mit beträchtlichem Appetit, verschlangen mehrere Extraportionen Toast und stürzten zahllose Tassen Kaffee hinunter. Aber nachdem sie sich die Bäuche vollgeschlagen hatten, wurden sie schläfrig und versuchten, sich während der nächsten halben Stunde mit Pozzis Zigaretten wach zu halten. Die lange Nacht begann endlich ihren Tribut zu fordern, und keiner von ihnen fühlte sich noch in der Lage zu sprechen. Schließlich nickte der Junge auf seinem Stuhl ein, und Nashe, dessen Körper in tiefer Erschöpfung erschlaffte, starrte lange Zeit vor sich hin, ohne etwas wahrzunehmen.

Kurz nach zehn platzte Murks mit polternden Arbeitsstiefeln und rasselnden Schlüsseln in die Küche. Der Lärm machte Nashe sofort wieder lebendig; und noch ehe Murks den Tisch erreicht hatte, war er schon von seinem Stuhl aufgesprungen. Pozzi aber schlief weiter, ohne etwas von dem Tumult mitzubekommen.

«Was ist denn mit dem los?» fragte Murks und deutete mit dem Daumen auf Pozzi.

«Er hat eine harte Nacht hinter sich», sagte Nashe.

«Tja, nach dem, was ich höre, ist es auch für dich nicht allzugut gelaufen.»

«Ich brauche nicht soviel Schlaf wie er.» .

Murks dachte kurz über diese Bemerkung nach, und dann sagte er: «Jack und Jim, wie? Und welcher davon bist du, Mann?»

«Jim.»

«Schätze, dann ist das da dein Freund Jack.»

«Sehr scharfsinnig. Der Rest ist ganz einfach. Ich bin Jim Nashe, und er ist Jack Pozzi. Das dürften Sie bald kapiert haben.»

«Tja, erinnere mich. Pozzi. Ist das ein Spanier oder was?»

«Mehr oder weniger. Er ist ein direkter Nachfahre von Christoph Kolumbus.»

«Echt?»

«Würde ich so was vielleicht erfinden?»

Wieder verfiel Murks in Schweigen, als versuchte er mit dieser seltsamen Neuigkeit fertig zu werden. Dann sah er Nashe mit seinen blaßblauen Augen an und wechselte abrupt das Thema. «Ich habe eure Sachen aus dem Wagen geholt und in den Jeep gebracht», sagte er. «Die Koffer und diese ganzen Kassetten. Dachte mir, die könntet ihr doch mitnehmen. Ihr sollt ja wohl 'ne Weile hierbleiben.»

«Und was ist mit dem Wagen?»

«Den habe ich zu meinem Haus gefahren. Wenn du willst, kannst du den Halterwechsel morgen unterschreiben. Hat keine Eile.»

«Das heißt, sie haben den Wagen Ihnen gegeben?»

«Wem sonst? Sie brauchten ihn nicht, und Louise hat sich gerade letzten Monat einen neuen gekauft. Kommt mir nicht schlecht vor, die Karre. Fährt sich gut.»

Murks' Erzählung traf ihn wie ein Faustschlag in den Magen, und einen Augenblick lang mußte Nashe tatsächlich mit den Tränen kämpfen. Er hatte gar nicht mehr an den Saab gedacht, und jetzt bekam er mit einemmal das ganze Ausmaß seines Verlusts zu spüren, so, als hätte er gerade vom Tod seines engsten Freundes erfahren. «Sicher», sagte er und gab sich große Mühe, seine Gefühle nicht zu zeigen. «Bringen Sie mir die Papiere einfach morgen vorbei.»

«Gut. Heute haben wir sowieso genug zu tun. Jede Menge. Erst muß ich euch beide unterbringen, dann zeige ich euch die Pläne und den Bauplatz. Du glaubst ja nicht, wie viele Steine da rumliegen. Das ist ein richtiger Berg, ein ausgewachsener Berg. So viele Steine hab ich noch nie in meinem Leben auf einem Haufen gesehen.»

6

Da es vom Haus zu der Wiese keinen Weg gab, fuhr Murks mit dem Jeep direkt durch den Wald. Er hatte offenbar Erfahrung damit, denn er schlug ein wahnsinniges Tempo ein – umkurvte die Bäume mit abrupten, scharfen Wendungen, schoß rücksichtslos über Steine und freiliegende Wurzeln und schrie Nashe und Pozzi zu, sie sollten sich vor herabhängenden Ästen ducken. Der Jeep machte einen ungeheuren Lärm, und bei ihrem Nahen stoben Vögel und Eichhörnchen auseinander, jagten Hals über Kopf durch das belaubte Dunkel davon. Nachdem Murks etwa fünfzehn Minuten so dahingerast war, wurde der Himmel plötzlich hell, und sie fanden sich auf einem mit niedrigen Büschen und dünnen Schößlingen bestandenen Grasstreifen. Die Wiese lag unmittelbar vor ihnen. Als erstes bemerkte Nashe den Wohnwagen – ein blaßgrüner Kasten, der auf mehrere Reihen Hohlziegel aufgebockt war –, und dann erblickte er ganz am anderen Ende der Grasfläche die Überreste von Lord Muldoons Schloß. Im Gegensatz zu dem, was Murks ihnen erzählt hatte, bildeten die Steine nicht eigentlich einen Berg, sondern eine ganze Bergkette – in verschiedenen Neigungswinkeln und Höhen erhob sich ein Dutzend planloser Haufen aus dem Boden, ein Chaos turmhoher Trümmer, verstreut wie Kinderbauklötze. Die Wiese selbst war viel größer, als Nashe erwartet hatte. Auf allen vier Seiten von Wald umgeben, entsprach ihre Ausdehnung etwa der von drei bis vier

Footballfeldern: eine riesige Fläche kurzen Stoppelgrases, so eben und unbewegt wie der Grund eines Sees. Nashe wandte sich nach dem Haus um, aber es war nicht mehr zu sehen. Er hatte sich vorgestellt, daß Flower und Stone an einem Fenster stehen und sie durch ein Teleskop oder Fernglas beobachten würden, aber zum Glück standen die Bäume im Weg. Daß er vor ihren Blicken verborgen wäre, war schon ein Grund zur Dankbarkeit, und in diesen ersten Augenblikken, nachdem er aus dem Jeep geklettert war, fühlte er sich, als habe er einen Teil seiner Freiheit bereits zurückgewonnen. Sicher, die Wiese war ein trostloser Ort; aber sie besaß auch eine gewisse verzweifelte Schönheit, hier herrschte eine entrückte, stille Atmosphäre, die man beinahe besänftigend nennen konnte. Da ihm sonst nichts einfiel, versuchte Nashe daraus Mut zu schöpfen.

Der Wohnwagen erwies sich als gar nicht übel. Drinnen war es zwar heiß und staubig, aber geräumig genug, daß zwei Leute halbwegs komfortabel darin wohnen konnten: Küche, Bad, Wohnraum und zwei kleine Schlafzimmer. Die Stromversorgung funktionierte, die Toilette spülte, und als Murks den Hahn aufdrehte, lief Wasser in den Ausguß. Die Einrichtung war karg und wirkte einfallslos und unpersönlich, war aber auch nicht schlimmer als die irgendeines billigen Durchschnittsmotels. Handtücher im Bad, Kochgeschirr und Besteck in der Küche, Bettzeug auf den Betten. Nashe fühlte sich erleichtert, aber Pozzi sagte kaum ein Wort, ließ den Rundgang über sich ergehen, als wäre er mit den Gedanken ganz woanders. Er grübelt noch immer über das Pokerspiel nach, dachte Nashe. Er beschloß, den Jungen in Ruhe zu lassen, doch fiel es ihm schwer, sich nicht zu fragen, wie lange er wohl brauchen würde, um darüber hinwegzukommen.

Sie machten zum Lüften die Fenster auf, stellten den Ventilator an und nahmen dann in der Küche Platz, um die

Blaupausen zu studieren. «Es geht hier nicht um irgendein tolles Bauwerk», sagte Murks, «aber das spielt wohl auch keine Rolle. Das Ding wird ein Monstrum, und es hat keinen Sinn, es schönreden zu wollen.» Behutsam zog er die Pläne aus einer Pappröhre, breitete sie auf dem Tisch aus und beschwerte jede Ecke mit einer Kaffeetasse. «Das hier ist eure Mauer», fuhr er fort. «Zweitausend Fuß lang, zwanzig Fuß hoch – zehn Reihen zu je tausend Steinen. Keine Kurven und Winkel, keine Bögen und Säulen, kein bißchen Schnickschnack. Einfach eine ganz normale gerade Mauer.»

«Zweitausend Fuß», sagte Nashe. «Also mehr als eine Drittel Meile.»

«Das versuche ich euch ja gerade beizubringen. Dieses Baby ist ein Riese.»

«Das schaffen wir nie», sagte Pozzi. «So ein Ding können zwei Männer unmöglich in fünfzig Tagen aufbauen.»

«So wie ich das sehe», sagte Murks, «braucht ihr das auch nicht. Ihr arbeitet einfach eure Zeit ab, tut, soviel ihr könnt, und damit hat sich's.»

«Du hast's erfaßt, Opa», sagte Pozzi. «Damit hat sich's.»

«Wir werden sehen, wie weit ihr kommt», sagte Murks. «Es heißt ja, der Glaube kann Berge versetzen. Na, vielleicht können Muskeln es auch.»

Die Pläne zeigten die Mauer als Diagonale zwischen der Nordost- und der Südwestecke der Wiese. Wie Nashe beim Studium der Zeichnung herausfand, war dies die einzige Möglichkeit, eine Mauer von zweitausend Fuß Länge in dieses rechteckige Feld (das etwa zwölfhundert Fuß breit und achtzehnhundert Fuß lang war) einzupassen. Aber daß die Diagonale eine mathematische Notwendigkeit war, machte sie nicht zu einer schlechten Wahl. Soweit Nashe darüber nachdachte, mußte selbst er zugeben, daß ein schräger Verlauf einem rechtwinkligen vorzuziehen war. So – indem sie die Wiese in Dreiecke und nicht in Kästen aufteilte – würde die Mauer einen viel stärkeren visuellen Eindruck machen, und wozu auch immer es gut sein mochte, es gefiel ihm, daß keine andere Lösung möglich war.

«Zwanzig Fuß hoch», sagte er. «Da werden wir ein Gerüst brauchen, wie?»

«Wenn es soweit ist», sagte Murks.

«Und wer soll das bauen? Wir doch hoffentlich nicht.»

«Kümmer dich nicht um Dinge, zu denen es vielleicht nie kommt», sagte Murks. «Über ein Gerüst brauchen wir erst nachzudenken, wenn ihr an die dritte Lage kommt. Das sind zweitausend Steine. Wenn ihr das in fünfzig Tagen schafft, kann ich euch ziemlich schnell was bauen. Das kostet mich höchstens ein paar Stunden.»

«Und was ist mit dem Zement?» fragte Nashe. «Bringen Sie uns eine Maschine, oder müssen wir den selbst mischen?»

«Ich bring euch Säcke aus dem Laden in der Stadt mit. Im Werkzeugschuppen stehen eine Menge Schubkarren. In einer davon könnt ihr das Zeug anrühren. Ihr werdet nicht viel brauchen – bloß ab und zu mal einen Klacks an der richtigen Stelle. Diese Steine sind massiv. Wenn die einmal liegen, bringt sie nichts mehr runter.»

Murks rollte die Pläne zusammen und schob sie in die Röhre zurück. Dann folgten ihm Nashe und Pozzi nach draußen; die drei stiegen in den Jeep und fuhren ans andere Ende der Wiese. Murks erklärte, das Gras sei so kurz, weil er es gerade vor ein paar Tagen gemäht habe, und es roch tatsächlich gut, es verströmte einen Duft, der Nashe an längst vergangene Dinge erinnerte. Das versetzte ihn in eine angenehme Stimmung, und am Ende der kurzen Fahrt ließ er sich nicht mehr von den Einzelheiten der Arbeit behelligen. Dafür war der Tag zu schön, und mit der wärmenden Sonne im Gesicht schien es lächerlich, sich über irgend etwas Sorgen zu machen. Nimm's einfach, wie's kommt, sagte er sich. Sei einfach froh, daß du am Leben bist.

Von weitem hatte er die Steine nur gesehen, aber als er jetzt davorstand, mußte er sie unbedingt auch berühren, mit den Händen über sie hinstreichen und herausfinden, wie sie sich anfühlten. Pozzi schien genauso zu reagieren, und in den ersten Minuten gingen die beiden einfach zwischen den Granithaufen umher und befühlten zaghaft die glatten grauen Blöcke. Sie wirkten ehrfurchtgebietend, strahlten eine schier furchterregende Ruhe aus. Die Steine waren so massiv, lagen so kühl an der Haut; kaum zu glauben, daß sie einmal zu einem Schloß gehört hatten. Sie fühlten sich zu alt an dafür – als wären sie aus den tiefsten Schichten der Erde ausgegraben worden, als wären sie Relikte aus einer Zeit, in der vom Menschen noch nicht einmal im Traum die Rede gewesen war.

Nashe erblickte einen einzelnen Stein am Rand eines der Haufen, und neugierig, wie schwer er wohl sein mochte, bückte er sich, um ihn anzuheben. Der erste Versuch jagte ihm einen drückenden Schmerz ins Kreuz, und als er den Klotz vom Boden gehoben hatte, ächzte er vor Anstrengung und hatte das Gefühl, gleich einen Krampf in den Beinmuskeln zu bekommen. Er machte drei oder vier Schritte und legte ihn dann wieder hin. «Donnerwetter», sagte er. «Nicht sehr kooperativ, wie?»

«Die wiegen zwischen sechzig und siebzig Pfund», sagte Murks. «Gerade genug, daß man jeden einzeln spürt.»

«Gespürt hab ich ihn», sagte Nashe. «Ganz ohne Zweifel.»

«Also, wie sieht's aus, Alter?» sagte Pozzi, an Murks gewandt. «Befördern wir diese Kiesel mit dem Jeep, oder kriegen wir irgendwas anderes? Ich suche nach einem Lastwagen, seh aber keinen hier in der Nähe.»

Murks lächelte und schüttelte bedächtig den Kopf. «Du hältst die wohl für reichlich dumm, wie?»

«Was soll das heißen?» sagte Nashe.

«Wenn wir euch einen Lastwagen geben, haut ihr doch einfach damit von hier ab, oder? Wozu sollte man euch eine Möglichkeit zur Flucht bieten?»

«Ist mir neu, daß wir hier im Gefängnis sind», sagte Nashe. «Ich dachte, wir seien als Arbeiter eingestellt.»

«Schon richtig», sagte Murks. «Aber die beiden hätten es nicht gern, wenn ihr aus dem Vertrag aussteigt.»

«Also wie transportieren wir die nun?» fragte Pozzi. «Es sind ja nicht gerade Zuckerwürfel, die wir uns in die Taschen stecken könnten.»

«Kein Grund zur Aufregung», sagte Murks. «Im Schuppen haben wir einen Karren, der ist genau das richtige für die Arbeit.»

«Damit brauchen wir ja ewig», sagte Nashe.

«Na und? Solange ihr eure Stunden abarbeitet, kann doch gar nichts schiefgehen. Was kümmert es euch, wie lange es dauert?»

«Gottverdammich», schimpfte Pozzi aufgebracht und schnippte mit den Fingern. «Danke, daß du mir Bescheid gestoßen hast, Calvin. Ich meine, zum Teufel, warum eigentlich jammern? Wir haben einen Karren, und wenn man bedenkt, wie sehr er uns bei der Arbeit helfen wird – und es ist ja wahrhaftig Gottes Arbeit, Bruder Calvin –, sollten wir jetzt ziemlich glücklich sein, schätze ich. Ich hab das einfach bloß nicht von der richtigen Seite betrachtet. Jim und ich, wir beide, also wir müssen doch die glücklichsten Menschen sein, die je auf Gottes Erde herumgelaufen sind.»

Dann fuhren sie zum Wohnwagen zurück, luden Nashes Sachen aus dem Jeep und stellten die Koffer und Taschen mit Büchern und Kassetten auf dem Boden des Wohnzimmers ab. Dann setzten sie sich wieder an den Küchentisch und erstellten eine Einkaufsliste. Murks schrieb, und er formte die Buchstaben so langsam und gewissenhaft, daß sie fast eine Stunde brauchten, um alles aufzulisten: die verschiedenen Eßsachen und Getränke und Gewürze, die Arbeitskleidung, die Stiefel und Handschuhe, die zusätzlichen Kleider für Pozzi, die Sonnenbrillen, Seife, Müllsäcke und Fliegenklatschen. Nachdem sie die wichtigsten Punkte abgehakt hatten, fügte Nashe einen tragbaren Radio-Kassettenrecorder hinzu, und Pozzi bat noch um eine Reihe von Kleinigkeiten: ein Kartenspiel, eine Zeitung, eine Ausgabe von *Penthouse*. Murks sagte ihnen, er wäre am Nachmittag zurück, dann stand er, ein Gähnen unterdrückend, vom Tisch auf und schickte sich an zu gehen. Doch gerade als er aus dem Wagen klettern wollte, fiel Nashe eine Frage ein, die er schon vorher hatte stellen wollen.

«Ob ich wohl mal telefonieren könnte?» fragte er.

«Hier gibt's kein Telefon», sagte Murks. «Das siehst du doch selbst.»

«Vielleicht könnten Sie mich zum Haus zurückfahren.»

«Wozu willst du denn telefonieren?»

«Ich bezweifle, daß Sie das etwas angeht, Calvin.»

«Nein, wohl nicht. Aber ich kann dich nicht einfach zum Haus zurückbringen, wenn ich nicht weiß warum.»

«Ich möchte meine Schwester anrufen. Sie erwartet mich in einigen Tagen, und sie soll sich über mein Ausbleiben keine Sorgen machen.»

Murks dachte kurz darüber nach und schüttelte dann den Kopf. «Tut mir leid. Ich darf dich nicht ins Haus bringen. Besondere Anweisung.»

«Wie wär's mit einem Telegramm? Wenn ich Ihnen den Text aufschreibe, könnten Sie ihn selbst durchgeben.»

«Nein, kann ich nicht. Da hätten die Bosse was dagegen. Aber wenn du willst, kannst du ja eine Postkarte schicken. Die werf ich gern für dich ein.»

«Sagen wir, einen Brief. Sie können mir in der Stadt etwas Papier und Umschläge kaufen. Wenn ich den Brief morgen abschicke, wird er wohl noch rechtzeitig bei ihr ankommen.»

«Okay, Papier und Umschläge. Wird erledigt.»

Als Murks mit dem Jeep losgefahren war, drehte Pozzi sich zu Nashe um und sagte: «Meinst du, er wird ihn abschicken?»

«Keine Ahnung. Wenn ich darauf wetten sollte, würde ich sagen, die Chancen stehen nicht schlecht. Aber sicher kann man kaum sein.»

«So oder so, man kann nie wissen. Er wird dir erzählen, er hätte ihn abgeschickt, aber deswegen kannst du ihm noch lang nicht glauben.»

«Ich werde meine Schwester um Antwort bitten. Schreibt sie nicht, wissen wir, daß unser Freund Murks gelogen hat.»

Pozzi steckte sich eine Zigarette an und schob das Päckchen Marlboro über den Tisch. Nashe überlegte kurz, bevor er auch eine nahm. Beim Rauchen merkte er, wie müde, wie vollkommen entkräftet er war. Nach drei oder vier Zügen drückte er sie aus und sagte: «Ich glaube, ich leg mich ein bißchen hin. Zu tun gibt es sowieso nichts, da kann ich auch mein neues Bett ausprobieren. Welches Zimmer willst du haben, Jack? Ich nehme dann das andere.»

«Mir egal», antwortete Pozzi. «Such dir eins aus.»

Als Nashe aufstand, verrutschten die Holzfigürchen in seiner Tasche. Sie drückten unangenehm an sein Bein, und zum erstenmal, seit er sie gestohlen hatte, erinnerte er sich überhaupt an ihre Anwesenheit. «Sieh mal», sagte er, zog Flower und Stone aus der Tasche und stellte sie auf den Tisch. «Unsere zwei kleinen Freunde.»

Pozzi zog ein finsteres Gesicht, aber als er dann die winzigen, lebensechten Männer genauer betrachtete, begann er allmählich zu lächeln. «Wo zum Teufel hast du denn die her?»

«Was meinst du wohl?»

Pozzi sah mit seltsamer, ungläubiger Miene zu Nashe auf. «Du hast sie doch nicht etwa geklaut?»

«Aber natürlich. Wie sollen sie denn sonst in meine Tasche gekommen sein?»

«Bist du eigentlich bescheuert? Du bist ja noch bescheuerter, als ich gedacht habe.»

«Es schien mir nicht richtig, ohne ein Souvenir dort wegzugehen», sagte Nashe lächelnd, als habe man ihm ein Kompliment gemacht.

Pozzi lächelte zurück, offenbar beeindruckt von Nashes Dreistigkeit. «Sie werden nicht allzu glücklich sein, wenn sie dahinterkommen», sagte er.

«Pech für sie.»

«Tja», sagte Pozzi und hob die beiden Winzlinge vom Tisch, um sie noch genauer zu studieren, «Pech für sie.»

In seinem Zimmer zog Nashe die Rollos herunter, streckte sich auf dem Bett aus, und die Geräusche der Wiese lullten ihn ein. Vögel sangen in der Ferne, der Wind fuhr durch die Bäume, im Gras unter dem Fenster tickte eine Zikade. Als letztes, bevor er das Bewußtsein verlor, dachte er an Juliette und ihren Geburtstag. Der 12. Oktober war noch sechsundvierzig Tage entfernt, sagte er sich. Wenn er die nächsten fünfzig Nächte in diesem Bett schlief, konnte er es nicht schaffen. Er hatte ihr versprochen zu kommen, aber nun würde er am Tag ihrer Party noch in Pennsylvania sein.

Am nächsten Morgen erfuhren Nashe und Pozzi, daß der Bau einer Mauer gar nicht so einfach war, wie sie sich das vorgestellt hatten. Ehe der eigentliche Bau beginnen konnte, waren alle möglichen Vorkehrungen zu treffen. Sie mußten Schnüre ziehen, einen Graben ausheben und eine glatte

Grundfläche anlegen. «Man kann nicht einfach Steine da hinschmeißen und auf das beste hoffen», sagte Murks. «Man muß es richtig anfangen.»

Als erstes mußten sie die beiden entgegengesetzten Ecken der Wiese mit zwei parallelen Schnüren verbinden und so Breite und Verlauf der Mauer festlegen. Danach befestigten Nashe und Pozzi im Abstand von je fünf Fuß kleine Holzpflöcke an der Schnur, die dann in den Boden getrieben wurden. Eine mühselige Arbeit, die ständiges Messen und Nachmessen erforderte, aber da Nashe und Pozzi wußten, daß jede Stunde, die sie mit der Schnur verbrachten, eine Stunde weniger Steineschleppen bedeutete, hatten sie es nicht sonderlich eilig damit. Da insgesamt achthundert Pflöcke einzuschlagen waren, schien es nicht übertrieben, daß sie drei Tage für diese Aufgabe brauchten. Unter anderen Umständen hätten sie das Ganze womöglich noch länger hinausgezögert, aber Murks war immer in der Nähe, und seinen blaßblauen Augen entging keine List.

Am Morgen darauf erhielten sie Schaufeln, mit denen sie einen flachen Graben zwischen den beiden Schnüren ausheben sollten. Das Schicksal der Mauer hing davon ab, daß sie den Boden dieses Grabens so eben wie möglich machten, weshalb sie sehr sorgfältig vorgingen und nur äußerst langsam vorankamen. Die Wiese war keineswegs vollkommen flach, und so mußten sie die verschiedenen Höcker und Hügelchen auf der Strecke beseitigen, mit ihren Schaufeln Gras und Unkraut entfernen und dann mit Picken und Brechstangen sämtliche Steine, die darunter steckten, aus dem Weg räumen. Manche dieser Steine erwiesen sich als überaus widerspenstig. Sie wollten sich einfach nicht aus dem Boden lösen, und Nashe und Pozzi schlugen sich volle sechs Tage damit herum, bis sie dem störrischen Boden all diese Hindernisse entrissen hatten. Die größeren Steine ließen natürlich Löcher zurück, die hinterher mit Erde aufgefüllt werden mußten; dann mußte der ganze restliche Grabenaushub mit Schubkarren weggebracht und in den Wald gekippt werden. Die Arbeit ging langsam voran, aber die beiden empfanden sie nicht als besonders schwierig. Und als sie letzte Hand daran legten, bekamen sie beinahe schon Spaß daran. Einen ganzen Nachmittag lang glätteten sie den Boden des Grabens und klopften ihn dann mit Hacken fest. Während dieser wenigen Stunden schien ihnen der Job nicht anstrengender als Gartenarbeit.

Sie brauchten nicht lange, sich an ihr neues Leben zu gewöhnen. Schon nach drei oder vier Tagen auf der Wiese war ihnen die Routine vertraut, und am Ende der ersten Woche brauchten sie gar nicht mehr darüber nachzudenken. Jeden Morgen um sechs wurden sie von Nashes Wecker aus den Betten geholt. Dann gingen sie nacheinander ins Bad, trafen sich in der Küche und machten das Frühstück (Pozzi kümmerte sich um Orangensaft, Toast und Kaffee, Nashe um Rühreier und Würstchen). Um Punkt sieben erschien Murks, klopfte leise an die Wohnwagentür, und dann traten sie auf die Wiese und begannen ihr Tagewerk. Nach der ersten Fünf-Stunden-Schicht gingen sie zum Mittagessen in den Wohnwagen zurück (eine unbezahlte Freistunde), und am Nachmittag arbeiteten sie noch einmal fünf Stunden. Feierabend war um sechs, für beide immer ein schöner Augenblick, der Auftakt zu einer wohltuenden warmen Dusche und einem geruhsamen Bier im Wohnzimmer. Danach bereitete Nashe in der Küche das Abendessen zu (meist simple Rezepte, die alten amerikanischen Standardgerichte: Steaks und Koteletts, geschmortes Huhn, Berge von Kartoffeln und Gemüse, zum Nachtisch Pudding oder Eis), und wenn sie sich satt gegessen hatten, räumte Pozzi auf und machte den Abwasch. Anschließend streckte Nashe sich auf dem Sofa im Wohnzimmer aus, hörte Musik und las, und Pozzi setzte sich an den Küchentisch und spielte Patience.

Manchmal unterhielten sie sich, manchmal blieben sie stumm. Gelegentlich gingen sie nach draußen und spielten eine von Pozzi erfundene Basketball-Variante: aus drei Meter Entfernung Steine in eine Mülltonne werfen. Ein paarmal, als die Abendluft besonders angenehm war, saßen sie auf den Stufen des Wohnwagens und sahen zu, wie hinter dem Wald die Sonne unterging.

Nashe war nicht annähernd so ruhelos, wie er sich vorgestellt hatte. Nachdem er einmal akzeptiert hatte, daß sein Auto weg war, spürte er wenig oder gar kein Verlangen nach der Straße mehr, und es verwirrte ihn geradezu, mit welcher Leichtigkeit er sich auf die neuen Umstände einstellte. Er verstand nicht, wie er das alles so schnell hatte aufgeben können. Aber dann fand er heraus, daß er gern im Freien arbeitete, und nach einer Weile schien die Stille der Wiese eine beruhigende Wirkung auf ihn auszuüben, als hätten das Gras und die Bäume eine Änderung in seinem Stoffwechsel herbeigeführt. Was aber nicht bedeutete, daß er sich dort vollkommen behaglich fühlte. Die Atmosphäre von Argwohn und Mißtrauen wollte nicht weichen, und Nashe ärgerte sich über die ständige Unterstellung, er und der Junge wollten ihren Teil des Vertrages nicht erfüllen. Sie hatten ihr Wort gegeben, sogar ihre Unterschriften unter den Vertrag gesetzt, und trotzdem war das Ganze so organisiert, als rechnete man mit einem Fluchtversuch. Es wurde ihnen nicht nur verwehrt, mit Maschinen zu arbeiten, Murks kam jetzt auch noch jeden Morgen zu Fuß auf die Wiese – Beweis dafür, daß selbst der Jeep als zu riskante Versuchung betrachtet wurde, als würde dessen schiere Anwesenheit sie zwangsläufig dazu verführen, ihn zu stehlen. Diese Vorsichtsmaßnahmen waren schon schlimm genug, aber noch unheimlicher war der Maschendrahtzaun, den Nashe und Pozzi am Abend nach ihrem ersten vollen Tagewerk entdeckten. Sie hatten nach dem Essen beschlossen, einen Teil des Waldes zu erkunden. Zunächst gingen sie ans andere Ende der Wiese und folgten dann einem offenbar erst vor kurzem angelegten Weg in den Wald hinein. Zu beiden Seiten lagen gefällte Bäume, und aus den Reifenspuren in dem weichen Lehmboden schlossen sie, daß hier die Lastwagen entlanggefahren waren, um die Steine anzuliefern. Nashe und Pozzi gingen weiter, doch kurz vor der Landstraße, die den Nordrand des Grundstücks markierte, wurden sie von einem Zaun aufgehalten. Er war fast drei Meter hoch und schloß oben mit einem bedrohlich verschlungenen Stacheldraht ab. Ein Abschnitt sah neuer aus als der Rest, was darauf hinzuweisen schien, daß man eine Durchfahrt für die Lastwagen geschaffen gehabt hatte, aber im übrigen waren alle Spuren eines Eingangs beseitigt. Sie gingen an dem Zaun entlang und fragten sich, ob sie eine Lücke finden würden, doch als es anderthalb Stunden später dunkel wurde, waren sie wieder dort angekommen, wo sie losgegangen waren. Auf ihrem Weg passierten sie auch das steinerne Tor, das sie am Tag ihrer Ankunft durchfahren hatten, aber das war die einzige Unterbrechung. Der Zaun war überall, er umgab die gesamte Fläche von Flowers und Stones Landbesitz.

Sie taten ihr möglichstes, das mit einem Lachen zu überspielen, und sagten sich, daß reiche Leute immer hinter Zäunen wohnten, konnten aber damit die Erinnerung an das Gesehene nicht auslöschen. Die Sperre war zu dem Zweck errichtet worden, irgendwelche Dinge fernzuhalten; aber was hinderte sie, nachdem sie einmal stand, andere Dinge dazubehalten? Diese Frage barg eine Menge bedrohlicher möglicher Antworten. Nashe versuchte seine Phantasie im Zaum zu halten, doch erst als am achten Tag ein Brief von Donna eintraf, vermochte er seine Befürchtungen zu beschwichtigen. Pozzi fand es beruhigend, daß jemand wußte, wo sie sich jetzt befanden, aber was Nashe betraf, so war es wichtig, daß Murks sein Versprechen gehalten hatte. Der

Brief war ein Zeichen des Vertrauens, ein handfester Beweis dafür, daß niemand sie betrügen wollte.

Pozzis Betragen während dieser ersten Tage auf der Wiese war tadellos. Er war offenbar entschlossen, zu Nashe zu halten, und tat ohne zu murren, was immer man von ihm verlangte. Er erledigte seine Arbeit mit phlegmatischer Bereitwilligkeit, er packte auch im Haushalt mit an und heuchelte sogar Gefallen an der klassischen Musik, die Nashe jeden Abend nach dem Essen spielte. Daß der Junge so hilfsbereit wäre, hatte Nashe nicht erwartet, und er war ihm schon dankbar, daß er es überhaupt versuchte. Aber tatsächlich bekam er ja nur zurück, was er bereits verdient hatte. In der Nacht des Pokerspiels hatte er Pozzi bis zum äußersten geholfen, war über jede vernünftige Grenze hinausgegangen, und mochte er sich dabei auch ruiniert haben, so hatte er doch immerhin einen Freund gewonnen. Und dieser Freund schien jetzt bereit, alles für ihn zu tun, selbst wenn das hieß, die nächsten fünfzig Tage auf einer gottverlassenen Wiese zu leben und sich abzurackern wie ein zu Zwangsarbeit verurteilter Sträfling.

Dennoch, Loyalität war nicht mit Überzeugung gleichzusetzen. Von Pozzis Standpunkt aus war die ganze Situation absurd, und daß er sich entschieden hatte, seinem Freund zu helfen, bedeutete noch lange nicht, daß er Nashe nicht für übergeschnappt hielt. Der Junge war nachsichtig mit ihm, und als Nashe das begriffen hatte, bemühte er sich nach Kräften, seine Gedanken für sich zu behalten. Die Tage vergingen, und obwohl sie nur selten einmal nicht zusammen waren, ließ er kein Wort mehr von all dem verlauten, was ihn wirklich beschäftigte – kein Wort über die Anstrengung, sein Leben neu aufzubauen, kein Wort davon, daß er die Mauer als eine Chance sah, sich mit sich selbst auszusöhnen, kein Wort davon, daß ihm die harte Arbeit auf der Wiese eine willkommene Gelegenheit war, für seinen Leichtsinn und sein Selbstmitleid Buße zu tun –, denn er wußte, wenn er einmal damit anfinge, würden ihm immer nur die falschen Worte aus dem Mund rutschen, und er wollte Pozzi nicht noch nervöser machen, als er ohnehin schon war. Er mußte ihn bei guter Laune halten, ihn so schmerzlos wie möglich durch diese fünfzig Tage bringen. Und da war es viel besser, gewisse Dinge nur ganz oberflächlich zu erwähnen – die Schulden, den Vertrag, die Stunden, die sie arbeiteten – und sich im übrigen mit hohlen Witzeleien und ironischem Schulterzucken zu behelfen. Zuweilen kam Nashe sich einsam dabei vor, aber etwas anderes fiel ihm nicht ein. Sollte er dem Jungen je sein Herz ausschütten, würde die Hölle losbrechen. Das wäre, wie in ein Wespennest zu stechen, es konnte auf keinen Fall gutgehen.

Pozzi zeigte sich Nashe gegenüber weiterhin von seiner besten Seite, während er Murks ganz anders behandelte; kein Tag verging ohne Hänseleien, Beleidigungen und verbale Attacken. Anfangs hielt Nashe das für ein gutes Zeichen, denn er meinte, wenn der Junge wieder zu seiner alten Aufsässigkeit fand, bedeutete dies vielleicht, daß er mit der Situation einigermaßen zurechtkam. Die Invektiven wurden mit solchem Sarkasmus ausgestoßen und waren von so subtilen Varianten beflissenen Lächelns und Nickens begleitet, daß Murks kaum zu bemerken schien, was für Späße da mit ihm getrieben wurden. Nashe, der Murks auch nicht besonders leiden konnte, nahm es Pozzi nicht übel, wenn er auf Kosten des Vorarbeiters ein wenig Dampf abließ. Doch im Lauf der Zeit bekam er langsam das Gefühl, daß der Junge es zu weit trieb – daß er nicht bloß aus angeborener Aufmüpfigkeit so handelte, sondern auf Grund von Panik, aufgestauter Angst und Verwirrung. Er erinnerte Nashe an ein in die Enge getriebenes Tier, das nach allem schlug, was sich ihm näherte. Und das war nun einmal Murks, aber ganz gleich, wie gemein Pozzi sich aufführte, wie provozierend er sich betrug, der gute Calvin zuckte nicht mit der Wimper. Der Mann schien dermaßen unerschütterlich, so von Grund auf konfliktscheu und humorlos, daß Nashe nie dahinterkam, ob er insgeheim über sie lachte oder ob er wirklich so dumm war. Er tat einfach seine Arbeit, stapfte gemessenen, immer gleichen Schrittes umher, gab mit keinem Wort etwas von sich selbst preis, stellte auch Nashe und Pozzi keinerlei Fragen und ließ nie die geringste Spur von Ärger, Neugier oder Freude erkennen. Pünktlich um sieben tauchte er jeden Morgen auf, lieferte ab, was sie tags zuvor an Lebensmitteln und sonstigen Dingen bestellt hatten, und war dann für die nächsten elf Stunden die Geschäftsmäßigkeit in Person. Was er von der Mauer hielt, war schwer festzustellen, doch überwachte er die Arbeit mit einer Aufmerksamkeit, der keine Einzelheit entging, und leitete Nashe und Pozzi in jeder Phase des Baus an, als wüßte er ganz genau, wovon er redete. Und doch blieb er auf Distanz, faßte nie mit an und beteiligte sich nicht an der körperlichen Arbeit. Sein Auftrag lautete, den Bau der Mauer zu beaufsichtigen, und diese Aufgabe erfüllte er mit strenger und absoluter Herrschaft über die ihm unterstellten Männer. Murks hatte die Selbstgefälligkeit eines Menschen an sich, der mit seinem Platz in der Hierarchie zufrieden ist, und wie bei den meisten Wachtmeistern und Teamchefs dieser Welt war seine Loyalität unerschütterlich auf seiten derjenigen, die ihm sagten, was er zu tun hatte. Zum Beispiel nahm er das Mittagessen nie zusammen mit Nashe und Pozzi ein, und nie blieb er am Ende eines Arbeitstages, um noch mit ihnen zu plaudern. Punkt sechs Uhr war Schluß mit der Arbeit, und damit hatte es sich. «Bis morgen, Leute», sagte er nur noch, um dann in Richtung Wald zu schlurfen und binnen Sekunden aus ihrem Blickfeld zu verschwinden.

Sie brauchten neun Tage, um die Vorarbeiten abzuschließen. Dann begannen sie mit der Mauer selbst, und plötzlich sah die Welt wieder anders aus. Nashe und Pozzi stellten bald fest, daß es eine Sache war, einen sechzig Pfund schweren Stein zu heben, aber eine ganz andere, danach einen zweiten sechzig Pfund schweren Stein zu heben, und daß die Sache noch anders aussah, wenn man sich nach diesem zweiten Stein einem dritten zuwenden sollte. Ganz gleich, wie stark sie sich auch beim Heben des ersten fühlten, wenn es an den zweiten ging, war schon viel von dieser Kraft verbraucht, und wenn der zweite gehoben war, blieb für den dritten noch viel weniger übrig. So lief das also. Sobald sie an der Mauer arbeiteten, stießen Nashe und Pozzi auf das gleiche faszinierende Rätsel: Die Steine waren alle vollkommen gleich, und doch war jeder Stein schwerer als der vorige.

An den Vormittagen zogen sie in einem kleinen roten Karren Steine über die Wiese, legten sie einzeln am Rand des Grabens ab und gingen den nächsten holen. Nachmittags arbeiteten sie mit Kelle und Zement und setzten die Steine sorgfältig an ihren Platz. Es war schwierig zu sagen, welche dieser beiden Arbeiten die schlimmere war: das endlose Heben und Absetzen an den Vormittagen oder das Drücken und Schieben nach dem Mittagessen. Ersteres verlangte ihnen vielleicht mehr ab, doch hatte es einen heimlichen Vorzug: daß sie die Steine über so große Strecken bewegen mußten. Murks hatte sie angewiesen, am hinteren Ende des Grabens anzufangen, und jedesmal wenn sie wieder einen Stein abgelegt hatten, mußten sie mit leeren Händen zurückgehen, um den nächsten zu holen – was ihnen eine kleine Atempause verschaffte. Die zweite Arbeit war weniger strapaziös, brachte dafür aber weniger Unterbrechungen mit sich. Die kurzen Pausen, die beim Aufklatschen des Zements entstanden, waren bei weitem nicht so lang wie die Spaziergänge zurück über die Wiese, und genaugenommen war es vermutlich schwerer, einen Stein um ein paar Zentimeter zu verschieben, als ihm vom Boden zu heben und auf den Karren zu legen. Zog man alle anderen Variablen in Betracht – die Tatsache, daß sie sich morgens meist kräftiger fühlten; die Tatsache, daß es nachmittags meistens wärmer war; die Tatsache, daß ihr Widerwille im Lauf des Tages unvermeidlich immer heftiger wurde –, dann lief es wohl auf ein Unentschieden hinaus. Sechs Punkte für die eine Seite, ein halbes Dutzend für die andere.

Die Steine beförderten sie in einem *Fast Flyer*; genau einen solchen Kinderkarren hatte Nashe seiner Tochter zum dritten Geburtstag geschenkt. Das sah zunächst wie ein Scherz aus, und er und Pozzi mußten lachen, als Murks ihn aus dem Schuppen holte und ihnen vorführte. «Das ist doch nicht Ihr Ernst?» sagte Nashe. Aber Murks meinte es sehr ernst, und mit der Zeit erwies sich der Spielzeugkarren als recht geeignet für die Aufgabe: das Metallgestell trug die Last, und die Gummireifen waren kräftig genug, sämtliche Höcker und Löcher im Gelände zu überwinden. Trotzdem hatte es etwas Lächerliches, mit einem solchen Ding arbeiten zu müssen, und die seltsam verkindlichende Wirkung, die es auf ihn hatte, gefiel Nashe ganz und gar nicht. Der Karren gehörte nicht in die Hände eines Erwachsenen, sondern in den Kindergarten, in die banale, unechte Welt der Kinder, und immer wenn er ihn über die Wiese zog, empfand er Beschämung und das quälende Gefühl seiner Hilflosigkeit.

Die Arbeit ging langsam, fast unmerklich voran. An einem guten Vormittag konnten sie fünfundzwanzig bis dreißig Steine an den Graben transportieren, aber niemals mehr. Wäre Pozzi ein wenig kräftiger gewesen, hätten sie das Pensum verdoppeln können, aber der Junge schaffte es nicht, die Steine allein anzuheben. Er war zu klein, zu zart, zuwenig an körperliche Arbeit gewöhnt. Zwar bekam er die Steine vom Boden hoch, aber dann vermochte er sie keine nennenswerte Strecke mehr zu tragen. Sobald er damit zu gehen versuchte, brachte die Last ihn aus dem Gleichgewicht, und schon nach den ersten zwei oder drei Schritten rutschte ihm das Ding aus der Hand. Nashe, der den Jungen um zwanzig Zentimeter und siebzig Pfund übertraf, hatte nicht mit solchen Schwierigkeiten zu kämpfen. Es wäre jedoch nicht fair gewesen, wenn er alles hätte allein machen müssen, daher hoben sie die Steine immer zu zweit an. Aber auch so wäre es immer noch möglich gewesen, den Karren mit je zwei Steinen zu beladen (was ihr Arbeitstempo um etwa ein Drittel gesteigert hätte), doch weit über hundert Pfund konnte Pozzi einfach nicht ziehen. Mit großer Mühe schaffte er sechzg oder siebzig, und da sie vereinbart hatten, sich die Arbeit zu teilen – den Karren also immer abwechselnd zu ziehen –, beschränkten sie jede Ladung auf einen einzigen Stein. Was am Ende wohl auch das beste war. Die Arbeit war ohnehin anstrengend genug, und es hatte keinen Sinn, sich davon kaputtmachen zu lassen.

Nach und nach gewöhnte Nashe sich ein. Die ersten Tage waren die schlimmsten, da gab es kaum einen Augenblick, in dem er nicht von einer fast unerträglichen Erschöpfung geplagt wurde. Die Muskeln schmerzten, der Verstand war umwölkt, der Körper schrie unablässig nach Schlaf. Die vielen Monate im Auto hatten ihn verweichlicht, und die relativ leichte Arbeit der ersten neun Tage hatte auch nicht dazu beigetragen, ihn auf den Schock der wahren Anstrengung vorzubereiten. Aber Nashe war noch jung, noch kräftig genug, um sich von der langen Phase der Untätigkeit zu erholen, und im Lauf der Zeit begann er zu bemerken, daß er Tag für Tag ein bißchen später müde wurde, daß er, während ihn in der ersten Phase ein Vormittagspensum ans Ende seiner Kräfte gebracht hatte, jetzt in der Lage war, bis dahin einen großen Teil des Nachmittags hinter sich zu bringen. Schließlich hatte er es nicht einmal mehr nötig, gleich nach dem Abendessen ins Bett zu kriechen. Er fing wieder an, Bücher zu lesen, und gegen Mitte der zweiten Woche merkte er, daß das Schlimmste hinter ihm lag.

Pozzi dagegen paßte sich nicht so leicht an. Beim Ausheben des Grabens war der Junge noch halbwegs zufrieden gewesen, doch als sie dann zur nächsten Phase der Arbeit übergingen, wurde er immer unglücklicher. Zweifellos nahm ihn das Steineschleppen mehr mit als Nashe, aber seine Gereiztheit und sein Mißmut speisten sich offenbar weniger aus der körperlichen Belastung, als vielmehr aus moralischer Empörung. Die Arbeit war etwas Furchtbares für ihn, und je länger sie dauerte, desto deutlicher ging ihm auf, daß er das Opfer einer schrecklichen Ungerechtigkeit war, daß seine Rechte auf irgendeine ungeheuerliche, abscheuliche Weise mit Füßen getreten wurden. Immer wieder dachte er an das Pokerspiel mit Flower und Stone, immer wieder spielte er Nashe die einzelnen Runden vor; er konnte einfach nicht akzeptieren, daß er verloren hatte. Nach zehn Tagen Arbeit an der Mauer war er überzeugt davon, daß man ihn betrogen hatte, daß Flower und Stone das Geld mit gezinkten Karten oder irgendeinem anderen unerlaubten Trick an sich gebracht hatten. Nashe tat sein möglichstes, diesem Thema aus dem Weg zu gehen, aber in Wahrheit war er gar nicht so sicher, daß Pozzi mit seinen Behauptungen unrecht hatte. Derselbe Gedanke war ihm auch schon gekommen, doch solange es keinen Beweis für diese Anschuldigung gab, hielt er es für sinnlos, den Jungen noch zu ermuntern. Selbst wenn er recht hatte, konnten sie nicht das geringste daran ändern.

Pozzi wartete auf eine Chance, Flower und Stone zur Rede zu stellen, aber die Millionäre tauchten nicht auf. Ihr Fernbleiben war unerklärlich, und allmählich wurde Nashe das immer rätselhafter. Er hatte angenommen, sie würden täglich auf der Wiese herumschnüffeln kommen. Schließlich war die Mauer ihre Idee, und es wäre doch nur natürlich, daß sie sich für die Fortschritte der Arbeit interessierten. Aber die Wochen gingen dahin, und die beiden erschienen kein einziges Mal. Wann immer Nashe sich bei Murks nach ihnen erkundigte, sah Calvin achselzuckend zu Boden und sagte, sie seien beschäftigt. Das ergab überhaupt keinen Sinn. Nashe versuchte mit Pozzi darüber zu reden, doch inzwischen war der Junge kaum noch ansprechbar und hatte stets eine rasche Antwort für ihn bereit. «Das heißt, daß sie schuldig sind», sagte er zum Beispiel. «Die Arschlöcher wissen, daß ich sie durchschaut habe, und jetzt haben sie Schiß, sich blicken zu lassen.»

An einem Abend trank Pozzi nach dem Essen fünf oder sechs Bier, bis er richtig einen sitzen hatte. Er war schlecht gelaunt, und nach einer Weile begann er im Wohnwagen herumzutorkeln und faselte dabei allen möglichen Unsinn von der miesen Behandlung, die ihm zuteil werde. «Ich werde mir diese Schweine vorknöpfen», sagte er zu Nashe. «Ich werde diese beiden Kaffern zum Reden bringen.» Ohne zu erklären, was genau er vorhatte, schnappte er sich vom Küchentisch eine Taschenlampe, machte die Wohnwagentür auf und stürzte in die Dunkelheit hinaus. Nashe rappelte sich hoch und lief ihm nach, schrie dem Jungen zu, er solle zurückkommen. «Halt dich da raus, Feuerwehrmann», sagte Pozzi und schwenkte die Taschenlampe wild über das Gras. «Wenn diese Scheißkerle nicht herkommen und mit uns reden, dann müssen wir eben zu ihnen gehen.»

Nashe merkte, daß er ihn nicht davon abhalten konnte, es sei denn, er brachte ihn mit Gewalt zur Vernunft. Der Junge war besoffen, irgendwelchen Reden nicht mehr zugänglich, und ihm die Sache ausreden zu wollen wäre aussichtslos. Aber er wollte Pozzi nicht schlagen. Einen verzweifelten, betrunkenen Jungen zu verprügeln entsprach kaum seiner Vorstellung von einer Lösung, und daher beschloß er, gar nichts zu tun – sondern mitzuspielen und dafür zu sorgen, daß Pozzi nicht in Schwierigkeiten geriet.

Sie gingen zusammen durch den Wald, dem Strahl der Taschenlampe nach. Es war kurz vor elf Uhr, die dichten Wolken am Himmel verdeckten den Mond und etwaige Sterne. Nashe erwartete, vom Haus irgendein Licht auftauchen zu sehen, doch aus der Richtung blieb alles dunkel, und nach einer Weile wurde er unsicher, ob sie es überhaupt finden würden. Der Weg zog sich lange hin, und da Pozzi immer wieder über Steine stolperte und in dornigen Büschen hängenblieb, schien der ganze Ausflug reichlich sinnlos zu werden. Aber auf einmal waren sie da, sie traten auf den Rasen und näherten sich dem Haus. Es schien noch zu früh, als daß Flower und Stone schon in den Betten liegen würden, aber in keinem einzigen Fenster war Licht. Pozzi ging zur Vordertür herum, drückte auf den Klingelknopf, und sie hörten wieder die Anfangstakte von Beethovens Fünfter. Längst nicht mehr so amüsiert wie beim erstenmal, brummte der Junge etwas vor sich hin und wartete, daß ihm jemand die Tür aufmachte. Aber es tat sich nichts, und nach fünfzehn oder zwanzig Sekunden läutete er noch einmal.

«Sieht aus, als wären sie heute nacht nicht da», sagte Nashe.

«Nein, sie sind da», sagte Pozzi. «Die sind nur zu feige, uns reinzulassen.»

Aber auch nach dem zweiten Läuten ging nirgendwo ein Licht an, und die Tür blieb geschlossen.

«Ich finde, wir sollten es aufgeben», sagte Nashe. «Wenn du willst, können wir es ja morgen noch einmal versuchen.»

«Und was ist mit dem Hausmädchen?» sagte Pozzi. «Die muß doch wohl da sein? Wir könnten ihr eine Nachricht hinterlassen.»

«Vielleicht hat sie einen festen Schlaf. Vielleicht haben

sie ihr auch die Nacht freigegeben. Scheint mir ziemlich tot zu sein da drin.»

Pozzi gab der Tür einen frustrierten Tritt und begann plötzlich aus vollem Hals zu fluchen. Anstatt ein drittes Mal zu läuten, trat er auf die Einfahrt zurück, schrie eins der oberen Fenster an und reagierte seine Wut an dem leeren Haus ab. «Hey, Flower!» brüllte er. «Ja, Fettsack, ich rede mit dir! Du bist ein Schwein, Mann, weißt du das? Du und dein kleiner Freund, ihr seid Schweine, und ihr werdet für das bezahlen, was ihr mir angetan habt!» So ging das drei oder vier Minuten lang weiter, ein aggressiver Schwall wüster, zweckloser Drohungen, aber während er sich immer weiter hineinsteigerte, wurde er zugleich immer erbärmlicher, immer jämmerlicher in der schrillen Heftigkeit seiner Verzweiflung. Nashe empfand Mitleid mit dem Jungen, aber er mußte tatenlos zusehen, bis Pozzis Wut sich von selbst verausgabt hatte. Er stand im Dunkeln und sah den im Strahl der Taschenlampe wimmelnden Insekten zu. In der Ferne schrie eine Eule, einmal, zweimal, und verstummte dann wieder.

«Na komm, Jack», sagte Nashe. «Gehen wir zum Wohnwagen zurück und legen uns schlafen.»

Aber Pozzi war noch nicht ganz fertig. Bevor er ging, bückte er sich, nahm eine Handvoll Kieselsteine von der Einfahrt und warf sie gegen das Haus. Eine dumme Geste, der alberne Zorn eines Zwölfjährigen. Der Kies prasselte wie Schrot von der harten Mauer, und dann hörte Nashe fast wie ein Echo das leise Klirren von zersplitterndem Glas.

«Das wär's für heute», sagte er. «Ich denke, das reicht.»

Pozzi drehte sich um und begann auf den Wald zuzugehen. «Arschlöcher», sagte er zu sich. «Die ganze Welt wird von Arschlöchern regiert.»

Nach diesem Abend war Nashe klar, daß er den Jungen besser im Auge behalten mußte. Pozzis innere Reserven gingen der Neige zu, und dabei hatten sie noch nicht einmal die Hälfte ihrer Zeit abgeleistet. Ohne viel Worte begann Nashe mehr als seinen Anteil zu arbeiten, und während Pozzi sich ausruhte, hob und transportierte er Steine allein, denn er meinte, mit ein wenig mehr Anstrengung von seiner Seite könnte er die Dinge vielleicht unter Kontrolle behalten. Er wollte keine Ausbrüche und Saufgelage mehr, er wollte sich nicht ständig Sorgen machen, daß der Junge jederzeit durchdrehen könnte. Die zusätzliche Arbeit war zu schaffen, und auf Dauer schien das weniger mühsam, als Pozzi Predigten über die Tugend der Geduld zu halten. In dreißig Tagen war alles vorbei, sagte er sich, und was taugte er, wenn er nicht einmal so lange durchhalten konnte?

Er gab das Lesen nach dem Essen auf und verbrachte diese Stunden lieber mit Pozzi. Der Abend war eine gefährliche Zeit, und es brachte offenbar nichts, den Jungen allein in der Küche vor sich hinbrüten zu lassen, wo er sich nur in Mordgedanken steigern konnte. Nashe versuchte möglichst unaufdringlich zu sein, hielt sich aber von nun an zu Pozzis Verfügung. Wenn der Junge Lust hatte, Karten zu spielen, spielte er Karten mit ihm; wenn der Junge Lust auf ein paar Drinks bekam, machte er eine Flasche auf und hielt Glas für Glas mit ihm mit. Solange sie miteinander redeten, spielte es keine Rolle, wie sie ihre Zeit ausfüllten. Gelegentlich erzählte Nashe Geschichten von seinem Jahr auf der Straße, oder er sprach von den Großbränden, die er in Boston bekämpft hatte, wobei er Pozzi zuliebe ausführlich die gräßlichsten Einzelheiten beschrieb, da er glaubte, es werde den Jungen von seinen eigenen Sorgen ablenken, wenn er hörte, was andere Leute durchgemacht hatten. Zumindest für kurze Zeit schien Nashes Taktik aufzugehen. Der Junge wurde merklich ruhiger, und seine giftigen Ankündigungen, er werde Flower und Stone zur Rede stellen, hörten plötzlich auf, aber nur wenig später traten dann neue Obsessionen an die Stelle der alten. Mit den meisten davon wurde Nashe relativ mühelos fertig – Mädchen zum Beispiel, und Pozzis zunehmende Lust, eins flachzulegen –, doch andere waren nicht so leicht abzutun. Nicht daß der Junge jemanden bedrohte, aber es kam immer wieder vor, daß er mitten in einem Gespräch plötzlich so irrsinniges, hirnrissiges Zeug von sich gab, daß Nashe schon beim Zuhören Angst bekam.

«Das lief alles genau wie von mir geplant», sagte Pozzi eines Abends zu ihm. «Du erinnerst dich, Jim, ja? Wie geschmiert, besser konnte es gar nicht laufen. Ich hatte unseren Geldvorrat so ziemlich verdreifacht und wollte gerade zum vernichtenden Schlag ausholen. Diese Mistkerle waren am Ende. Nur noch eine Frage der Zeit, bis sie den Löffel abgegeben hätten, das konnte ich in den Knochen spüren. Auf dieses Gefühl warte ich immer. Das ist, als wenn in mir ein Schalter angeknipst wird, mein ganzer Körper fängt dann an zu surren. Wenn ich dieses Gefühl kriege, dann heißt das, ich hab's geschafft, ich kann bis zum Ende durchrauschen. Kannst du mir folgen, Jim? Bis zu dieser Nacht hatte ich mich da noch nie getäuscht, noch nie.»

«Alles passiert irgendwann zum erstenmal», sagte Nashe, der noch immer nicht wußte, worauf der Junge hinauswollte.

«Kann sein. Aber es ist schwer zu glauben, daß das was mit dem zu tun hat, was uns passiert ist. Sobald das Glück einmal zu laufen anfängt, läßt es sich von nichts mehr aufhalten. Das ist, als ob die ganze Welt plötzlich im gleichen Takt schlägt. Man ist irgendwie außerhalb seines Körpers, und den Rest der Nacht sitzt man nur noch da und sieht sich dabei zu, wie man Wunder vollbringt. Das hat eigentlich überhaupt nichts mehr mit einem selbst zu tun. Man hat keinen Einfluß darauf, und solange man nicht allzuviel darüber nachdenkt, kann man keinen Fehler machen.»

«Eine Zeitlang sah es gut aus, Jack, das will ich zugeben. Aber dann fing die Sache an zu kippen. An solchen Umschwüngen läßt sich nun mal nichts ändern. Das ist wie bei einem Schlagmann, der auf eine Vier aus ist, aber dann geht es auf das Ende des neunten Innings zu, und als er dann an die Reihe kommt, schlägt er bei vollen Malen den Ball out. Seine Mannschaft verliert, und vielleicht könnte man sagen, er sei für die Niederlage verantwortlich. Was aber nicht bedeutet, daß er ein schlechtes Spiel gemacht hat.»

«Nein, du hast mir nicht zugehört. Ich sag dir, in dieser Situation kann ich den Ball gar nicht out schlagen. Der ist dann nämlich so groß wie eine verdammte Wassermelone. Ich stell mich einfach aufs Schlagmal, warte, bis ich drankomme, und knalle ihn dann durch die Gasse zum spielentscheidenden Hit.»

«Na schön, du schlägst einen Line drive durch die Gasse. Aber der Center Fielder stürmt blitzschnell los, und gerade als der Ball an ihm vorbeisausen will, springt er hoch und fängt ihn eben noch mit der Kante seines Handschuhs. Ein unmöglicher Fang, einer der tollsten Fänge aller Zeiten. Aber out ist der Ball trotzdem, und doch kann man dem Schlagmann nicht den kleinsten Vorwurf machen. Nur das versuche ich dir klarzumachen, Jack. Du hast dein Bestes getan, und wir haben verloren. In der Weltgeschichte ist schon Schlimmeres vorgekommen. Wir sollten uns keine Gedanken mehr darüber machen.»

«Tja, aber du verstehst immer noch nicht, wovon ich rede. Du kapierst das einfach nicht.»

«Mir scheint das reichlich simpel. Den größten Teil des Abends sah es aus, als würden wir gewinnen. Aber dann ist irgend etwas schiefgegangen, und wir haben verloren.»

«Genau. Etwas ist schiefgegangen. Und was meinst du wohl, was das war?»

«Keine Ahnung, Junge. Sag es mir.»

«Du warst schuld. Du hast den Rhythmus unterbrochen, und danach ist alles durcheinandergeraten.»

«Wie ich das sehe, warst du es, der das Spiel gemacht hat. Ich habe bloß dagesessen und zugesehen.»

«Aber du hast dazugehört. Stundenlang hast du direkt hinter mir gesessen und mir in den Nacken geatmet. Am Anfang hat mich deine Nähe etwas abgelenkt, aber dann habe ich mich daran gewöhnt, und irgendwann wußte ich, daß deine Anwesenheit einen Grund hatte. Du hast mir Leben eingehaucht, Kumpel, und immer wenn ich deinen Atem gespürt habe, ist mir das Glück in die Knochen geströmt. Es lief alles so perfekt. Wir hatten alles ausbalanciert, sämtliche Räder kreisten, das war einfach schön, Mann, richtig schön. Und dann mußtest du plötzlich aufstehen und weggehen.»

«Natürliches Bedürfnis. Oder hätte ich mir vielleicht in die Hose pinkeln sollen?»

«Ja, sicher, geh nur aufs Klo. Dagegen hab ich doch nichts. Aber wie lange brauchst du dazu? Drei Minuten? Fünf Minuten? Sicher kannst du auf den Topf gehen. Aber Mann, Jim, du bist eine ganze verdammte Stunde weggewesen!»

«Ich war erledigt. Mußte mich hinlegen und ein bißchen schlafen.»

«Ja, aber du hast doch gar nicht geschlafen, stimmt's? Du bist nach oben gegangen und um diese bescheuerte Stadt der Welt rumgeschlichen. Warum zum Teufel mußtest du so was Verrücktes tun? Ich sitze da unten und warte, daß du zurückkommst, und allmählich geht meine ganze Konzentration flöten. Wo steckt er nur, frage ich mich andauernd, was zum Geier ist mit ihm passiert? Es läuft jetzt schlechter, und ich gewinne nicht mehr so oft wie vorher. Und genau in dem Augenblick, wo es anfängt richtig schlecht zu werden, mußt du es dir in den Kopf setzen, ein Stück von diesem Modell zu klauen. Das war ein ganz unglaublicher Fehler. Keine Klasse, Jim, eine amateurhafte Nummer. So was ist geradezu eine Sünde, Verletzung einer Grundregel. Es war alles so harmonisch. Wir hatten den Punkt erreicht, wo alles für uns zu Musik wurde, und da mußt du nach oben gehen und die Instrumente zertrümmern. Du hast im Universum herumgepfuscht, mein Freund, und wer das tut, muß dafür bezahlen. Mich ärgert nur, daß ich mit blechen muß.»

«Allmählich hörst du dich wie Flower an, Jack. Der Kerl gewinnt in der Lotterie, und plötzlich bildet er sich ein, er wäre von Gott auserwählt.»

«Ich rede nicht von Gott. Gott hat nichts damit zu tun.»

«Das ist nur ein anderer Ausdruck für dieselbe Sache. Du willst an irgendeine verborgene Absicht glauben. Du versuchst dir einzureden, daß es für die Geschehnisse auf der Welt einen Grund gibt. Mir egal, wie du das nennst – Gott oder Glück oder Harmonie –, läuft alles auf denselben Quatsch hinaus. Damit weicht man nur den Tatsachen aus, man will einfach nicht sehen, wie die Dinge wirklich laufen.»

«Du hältst dich wohl für sehr schlau, Nashe, aber du hast keinen blassen Schimmer.»

«Stimmt, hab ich nicht. Und du auch nicht, Jack. Wir wissen beide nichts, du und ich, wir sind bloß zwei Dummköpfe, die in eine ganz miese Lage geraten sind. Jetzt versuchen wir die Sache auszubügeln. Wenn wir keinen Mist bauen, sind wir in siebenundzwanzig Tagen hier raus. Ich behaupte nicht, daß es Spaß macht, aber vielleicht lernen wir ja etwas dabei.»

«Du hättest das nicht tun dürfen, Jim. Das ist alles, was ich dir beizubringen versuche. Nachdem du diese kleinen Figuren gestohlen hast, ist alles aus dem Gleis gelaufen.»

Mit einem gereizten Seufzer stand Nashe auf und zog die Modelle von Flower und Stone aus seiner Tasche. Dann baute er sich vor Pozzi auf und hielt ihm die Figuren unter die Nase. «Sieh genau hin», forderte er ihn auf, «und sag mir, was du siehst.»

«Mann», sagte Pozzi, «was sollen diese Spielchen?»

«Sieh's dir an», sagte Nashe schroff. «Los, Jack, sag mir, was ich hier in der Hand halte.»

Pozzi sah mit einem gekränkten Ausdruck in den Augen zu Nashe hoch und gehorchte dann widerwillig. «Flower und Stone», sagte er.

«Flower und Stone? Ich dachte, Flower und Stone wären ein bißchen größer als das hier. Ich meine, sieh sie dir an, Jack, diese Burschen sind kaum halb so groß wie mein kleiner Finger.»

«Okay, dann sind es eben nicht wirklich Flower und Stone. Sondern so was wie Kopien von ihnen.»

«Das ist ein Stück Holz, ja? Ein blödes kleines Stück Holz. Hab ich recht, Jack?»

«Wenn du meinst.»

«Und trotzdem glaubst du, dieses kleine Stück Holz sei stärker als wir, ja? Du glaubst sogar, es sei so stark, daß es uns um unser ganzes Geld gebracht habe.»

«Das hab ich nicht gesagt. Ich hab nur gemeint, du hättest es nicht klauen sollen. Vielleicht ein andermal, aber nicht, wenn wir grad Poker spielen.»

«Aber jetzt ist es hier. Und jedesmal wenn du es ansiehst, kriegst du ein bißchen Angst, stimmt's? Als ob die beiden dich verhexen würden.»

«So ähnlich.»

«Was soll ich mit ihnen machen? Soll ich sie ihnen zurückgeben? Würdest du dich dann besser fühlen?»

«Dafür ist es jetzt zu spät. Der Schaden ist bereits angerichtet.»

«Es gibt für alles ein Mittel, Junge. Ein guter Katholik wie du sollte das wissen. Mit der richtigen Medizin läßt sich jede Krankheit heilen.»

«Jetzt kapier ich gar nichts mehr. Wovon zum Teufel redest du eigentlich?»

«Paß auf. In ein paar Minuten werden alle unsere Schwierigkeiten überwunden sein.»

Ohne ein weiteres Wort ging Nashe in die Küche und kam mit einem Backblech, einem Zündholzmäppchen und einer Zeitung ins Wohnzimmer zurück. Er setzte das Backblech auf dem Fußboden ab, nur wenige Zentimeter vor Pozzis Füßen. Dann ging er in die Hocke und stellte die Figuren von Flower und Stone auf die Mitte des Blechs. Er rupfte ein Blatt aus der Zeitung, riß es in Streifen und knüllte sie zu kleinen Bällchen, die er behutsam um die Holzstatue auf dem Blech arrangierte. Dann unterbrach er sich kurz und sah Pozzi in die Augen, und als der Junge schwieg, strich er ein Zündholz an. Einen Papierknäuel nach dem anderen berührte er mit der Flamme, und als sie alle brannten, hatte das Feuer auch schon die Holzfiguren erfaßt; knisternde Hitze loderte auf, als die Farben aufflackerten und wegschmolzen. Das Holz darunter war weich und porös und konnte dem Angriff nicht widerstehen. Flower und Stone wurden schwarz, das Feuer fraß sich in ihre Körper, sie schrumpften, und keine Minute später waren die zwei Männchen verschwunden.

Nashe zeigte auf die Asche in der Mitte des Blechs und sagte: «Siehst du? Ist doch nichts dabei. Wenn man die Zauberformel kennt, ist kein Hindernis zu groß.»

Endlich löste der Junge seinen Blick mit Gewalt vom Boden und sah Nashe an. «Du hast sie nicht alle», sagte er. «Das ist dir doch hoffentlich klar.»

«Wenn das stimmt, sind wir schon zwei, mein Freund. Immerhin brauchst du nicht mehr allein zu leiden. Dafür kann man doch dankbar sein? Ich begleite dich auf Schritt und Tritt, Jack. Auf Schritt und Tritt, bis zum Ende der verdammten Straße.»

In der Mitte der vierten Woche begann das Wetter umzuschlagen. Das feuchtwarme Klima wich frühherbstlicher Kühle, und an den meisten Morgen gingen sie jetzt in Pullovern zur Arbeit. Die Insekten, diese Bataillone von Mükken und Moskitos, die sie so lange gequält hatten, waren verschwunden, und als sich dann im Wald die Blätter verfärbten, um in üppig gelben, orangen und roten Farbtönen dahinzuwelken, konnte man sich eigentlich nur noch besser fühlen. Gewiß, der Regen war manchmal unangenehm, aber selbst der war ihnen lieber als die Unbilden der Hitze, und er konnte sie nicht von der Arbeit abhalten. Sie bekamen Gummimäntel und Baseballkappen, die sie einigermaßen vor den Wolkenbrüchen schützten. Entscheidend war, daß sie weitermachten, daß sie täglich ihre zehn Stunden schafften und die Sache nach Plan abwickelten. Sie hatten bisher noch keinen Tag freigenommen, und von dem bißchen Regen wollten sie sich nicht einschüchtern lassen. Kurioserweise war jetzt Pozzi der Entschlossenere. Was aber daran lag, daß er begieriger war als Nashe, nun endlich fertig zu werden: selbst an den stürmischsten, den finstersten Tagen stapfte er ohne zu protestieren an die Arbeit. Man konnte sogar sagen, je schlechter das Wetter, desto glücklicher war er – denn Murks mußte ja draußen bei ihnen sein, und nichts erfreute Pozzi mehr als der Anblick des verbissenen, krummbeinigen Vorarbeiters in seinem gelben Regenzeug, wie er all diese Stunden unter einem schwarzen Schirm stand und mit den Stiefeln immer tiefer im Schlamm versank. Es machte ihm Spaß, den alten Knacker so leiden zu sehen. Irgendwie war ihm das ein Trost, eine kleine Entschädigung für all die Leiden, die er selbst durchgemacht hatte.

Der Regen brachte jedoch Probleme mit sich. An einem Tag in der letzten Septemberwoche fiel er so heftig, daß fast ein Drittel des Grabens zerstört wurde. Bis dahin hatten sie ungefähr siebenhundert Steine eingesetzt und rechneten damit, in zehn bis zwölf Tagen mit der unteren Reihe fertig zu werden. Doch in der Nacht stürmte es gewaltig, prasselnder, windgepeitschter Regen trommelte auf die Wiese, und als sie am Morgen zur Arbeit hinausgingen, stellten sie fest, daß der noch freie Teil des Grabens sich mehrere Zentimeter hoch mit Wasser gefüllt hatte. Bevor der Boden wieder trocken wäre, konnten sie keine weiteren Steine einsetzen; und obendrein war die ganze mühselige, sorgfältige Arbeit zuschanden, die sie ins Glätten des Grabenbodens investiert hatten. Das Fundament der Mauer hatte sich in ein triefendes Chaos aus Schlamm und Rinnsalen verwandelt. Um die Zeit möglichst gut zu nutzen, transportierten sie an den nächsten drei Tagen nicht nur vormittags, sondern auch nachmittags Steine, und als das Wasser schließlich verdunstet war, ließen sie für zwei Tage von den Steinen ab und machten sich an die Erneuerung des Grabenbodens. Zu diesem Zeitpunkt kam es zwischen Pozzi und Murks endlich zum Knall. Calvin mischte sich plötzlich wieder in die Arbeit ein, er stand nicht mehr nur abseits und sah ihnen aus sicherer Entfernung zu (wie er es gewöhnlich tat), sondern lungerte den ganzen Tag in ihrer Nähe herum, gab unablässig wichtigtuerische Ratschläge und Anweisungen, damit die Reparaturarbeiten auch korrekt durchgeführt wurden. Am ersten Vormittag ließ Pozzi das noch über sich ergehen, aber als die Einmischungen am Nachmittag weitergingen, konnte Nashe sehen, daß er langsam in Harnisch geriet. Es vergingen noch drei oder vier Stunden, dann platzte dem Jungen der Kragen.

«Na schön, Großmaul», sagte er, warf die Schaufel hin und starrte Murks angewidert an, «wenn du so ein großer Experte bist, warum machst du den Scheiß nicht selbst!»

Murks zögerte kurz; damit hatte er offenbar nicht gerechnet. «Weil das nicht meine Aufgabe ist», sagte er schließlich ganz leise. «Ihr beide sollt die Arbeit machen. Ich soll hier nur dafür sorgen, daß ihr keinen Mist baut.»

«Ach ja?» schnarrte der Junge zurück. «Und wie kommst du dazu, dich so großartig aufzuspielen, Kartoffelkopf? Was stehst du hier mit den Händen in den Taschen rum, während wir uns in dieser Scheiße wie die Irren abrackern müssen? Hä? Los, du Trottel, spuck's aus. Erklär mir das mal.»

«Das ist ganz einfach», sagte Murks, ohne ein Lächeln unterdrücken zu können. «Weil ihr Karten spielt und ich nicht.»

Das Lächeln, dachte Nashe, jetzt kommt's. Murks zog eine Miene tiefer, aufrichtiger Verachtung, und dann stürzte Pozzi auch schon mit geballten Fäusten auf ihn los. Mindestens einen Treffer konnte er landen, denn als Nashe den Jungen weggezerrt hatte, lief Calvin bereits Blut aus dem Mundwinkel. Pozzi, noch immer schäumend vor aufgestauter Wut, wand sich noch fast eine Minute wild in Nashes Armen, aber Nashe hielt ihn mit aller Kraft fest, und am Ende beruhigte sich der Junge. Unterdessen war Murks ein paar Schritte zurückgetreten und betupfte die Platzwunde mit einem Taschentuch. «Schwamm drüber», sagte er schließlich. «Der kleine Pimpf kommt mit der Belastung eben nicht zurecht. Manche Leute taugen was, manche nicht. Ich sag euch nur eins: Das passiert nicht noch mal. Das nächste Mal geh ich nicht mehr so darüber hinweg.» Er sah auf seine Armbanduhr. «Ich denke, wir machen heut früher Schluß», sagte er. «Es ist gleich fünf, und es hat keinen Sinn, so erhitzt noch mal anzufangen.» Und mit dem gewohnten kurzen Wink schritt er über die Wiese davon und verschwand im Wald.

Nashe konnte Murks für seine Selbstbeherrschung nur bewundern. Die meisten Männer hätten nach einem solchen

Angriff zurückgeschlagen, aber Calvin hatte nicht einmal die Hände hochgenommen, um sich zu verteidigen. Das mochte in gewisser Weise arrogant wirken – als würde er Pozzi damit sagen, so sehr du dich auch bemühst, du kannst mir nicht weh tun –, aber in Wirklichkeit hatte er damit die Lage erstaunlich schnell entschärft. Wenn man bedachte, was da hätte passieren können, war es ein Wunder, daß kein größerer Schaden entstanden war. Selbst Pozzi schien sich dessen bewußt zu sein, und als er dem Thema am Abend sorgfältig aus dem Weg ging, spürte Nashe, daß es ihm peinlich war, daß er froh war, noch rechtzeitig aufgehalten worden zu sein.

Es gab keinen Grund zu der Annahme, daß die Sache irgendwelche Konsequenzen haben würde. Doch als Murks am nächsten Morgen um sieben am Wohnwagen erschien, trug er eine Schußwaffe. Es war ein achtunddreißiger Polizeirevolver in einem Lederhalfter, das an einem Patronengürtel um Calvins Hüfte hing. Nashe fiel auf, daß sechs Patronen in dem Gürtel fehlten – ein fast sicherer Beweis dafür, daß die Waffe geladen war. Schlimm genug, daß die Lage sich so zugespitzt hatte, dachte er, aber noch schlimmer wurde das Ganze, weil Calvin sich aufführte, als wäre nichts geschehen. Er verlor kein Wort über die Waffe, und dieses Schweigen beunruhigte Nashe am Ende mehr als die Waffe selbst. Demnach glaubte Murks, er habe das Recht, sie zu tragen – und zwar von Anfang an. Freiheit hatte also nie zur Debatte gestanden. Verträge, Handschlag, Wohlwollen – all das hatte nie etwas bedeutet. Nashe und Pozzi hatten die ganze Zeit unter Gewaltandrohung gearbeitet, und nur weil sie es vorgezogen hatten, sich Murks zu fügen, hatte er sie in Ruhe gelassen. Meckern und Murren waren offenbar erlaubt, aber sobald ihre Unzufriedenheit sich nicht mehr nur in Worten äußerte, war er sofort bereit, sie mit drastischen Maßnahmen einzuschüchtern. Und so, wie das Ganze organisiert war, konnte kein Zweifel darüber bestehen, daß er auf Anweisung von Flower und Stone handelte.

Dennoch schien es unwahrscheinlich, daß Murks vorhatte, die Waffe zu gebrauchen. Sie hatte eine symbolische Funktion, es genügte, daß er sie bei sich trug. Solange die beiden ihn nicht provozierten, würde Calvin bloß wie die billige Nachahmung eines Provinzsheriffs mit der Waffe an seiner Hüfte vor ihnen herumstolzieren. Genau betrachtet ging die eigentliche Gefahr von Pozzi aus, dachte Nashe. Das Verhalten des Jungen war so unberechenbar geworden, daß man nicht absehen konnte, ob er irgend etwas Törichtes anstellen würde oder nicht. Wie sich ergab, tat er nichts dergleichen, und am Ende mußte Nashe zugeben, daß er ihn unterschätzt hatte. Pozzi hatte von Anfang an mit Ärger gerechnet, und der Anblick des Revolvers an diesem Morgen überraschte ihn nicht, sondern bestätigte bloß seine schlimmsten Befürchtungen. Nur Nashe war überrascht, nur Nashe hatte sich zu einer falschen Interpretation der Tatsachen verleiten lassen, während Pozzi immer gewußt hatte, was da gespielt wurde. Er hatte es seit dem ersten Tag auf der Wiese gewußt, und was aus diesem Wissen folgte, hatte ihn halb zu Tode geängstigt. Jetzt, da endlich klare Verhältnisse herrschten, wirkte er geradezu erleichtert. Für ihn änderte der Revolver ja nichts an der Situation. Er bewies lediglich, daß er recht gehabt hatte.

«Na, Alter», sagte er zu Murks, als die drei über das Gras gingen, «sieht aus, als hättest du nun endlich die Karten auf den Tisch gelegt.»

«Karten?» sagte Murks, verwirrt von der Bemerkung. «Ich hab dir doch gestern gesagt, ich spiel nicht Karten.»

«Ist doch bloß so eine Redensart», sagte Pozzi mit einem freundlichen Lächeln. «Ich meine deinen komischen Lolli. Diesen Ballermann da an deiner Hüfte.»

«Ach, den», sagte Murks und tätschelte die Waffe in ihrem Halfter. «Tja, ich dachte mir, ich gehe lieber kein Risiko mehr ein. Du bist ein verrückter Vogel, Kleiner. Man weiß nie, was du womöglich noch anstellst.»

«Aber irgendwie schränkt es doch die Möglichkeiten ein, oder?» sagte Pozzi. «Ich meine, so ein Ding kann die Fähigkeit eines Menschen, sich auszudrücken, ernstlich beeinträchtigen. Seine verfassungsmäßigen Rechte beschneiden, falls du weißt, wovon ich rede.»

«Du brauchst nicht den Schlaumeier zu spielen, Mann», sagte Murks. «Ich kenn die Verfassung.»

«Na klar. Deswegen steh ich ja so auf dich, Calvin. Du bist ein ganz Ausgebuffter, ein richtiger Pfiffikus. Dir kann keiner was vormachen.»

«Wie ich gestern schon sagte, ich bin immer bereit, einem Mann eine Chance zu geben. Aber nur eine. Danach muß man angemessene Maßnahmen ergreifen.»

«Zum Beispiel die Karten auf den Tisch legen, wie?»

«Wenn du es so ausdrücken willst.»

«Ich finde es nur richtig, die Dinge klarzustellen. Irgendwie freut es mich sogar, daß du heute deinen Karnevalsgürtel angelegt hast. Jetzt weiß wenigstens auch mein Freund Jim, wie der Hase läuft.»

«So war das auch gedacht», sagte Murks und tätschelte die Waffe noch einmal. «Es schärft sozusagen die Aufmerksamkeit, nicht?»

Gegen Mittag wurden sie mit der Reparatur des Grabens fertig, und danach ging die Arbeit normal weiter. Von dem Revolver abgesehen (den Murks nun täglich trug), schienen sich die äußeren Umstände ihres Lebens kaum zu ändern. Wenn überhaupt, wurden sie allmählich besser, fand Nashe. So hatte der Regen aufgehört, und auf die feuchten, klammen Tage, die sie über eine Woche aufgehalten hatten, folgte jetzt eine Periode herrlichen Herbstwetters: ein frischer, glänzender Himmel; fester Boden unter den Füßen; Blätter, die raschelnd im Wind an ihnen vorbeisegelten. Auch Pozzi schien es besser zu gehen, und das Zusammensein mit ihm war für Nashe nicht mehr eine so große Belastung. Die Sache mit dem Revolver war so etwas wie ein Wendepunkt gewesen, und seit dem Zeitpunkt hatte er viel von seinem alten Schwung und Elan zurückgewonnen. Die verrückten Reden hatten aufgehört; die Welt begann ihn wieder zu amüsieren. Das waren echte Fortschritte, aber dazu kam noch das Fortschreiten des Kalenders, und das bedeutete wohl mehr als alles andere. Es war jetzt bereits Oktober, und mit einemmal war das Ende in Sicht. Allein dieses Bewußtsein reichte aus, Hoffnung in ihnen zu wecken und einen Optimismus aufflackern zu lassen, der vorher nicht dagewesen war. Sie hatten nur noch sechzehn Tage vor sich, und das konnte ihnen auch der Revolver nicht nehmen. Solange sie weiterarbeiteten, würde die Arbeit sie am Ende frei machen.

Am 8. Oktober setzten sie den tausendsten Stein ein; die unterste Reihe war fertig, und es blieb ihnen noch über eine Woche. Trotz allem konnte Nashe sich des Gefühls nicht erwehren, etwas geleistet zu haben. Irgendwie hatten sie ein Zeichen gesetzt, sie hatten etwas geschaffen, das nach ihrem Weggang bleiben würde, und wo auch immer sie später sein mochten, würde ein Teil dieser Mauer immer ihnen gehören. Sogar Pozzi machte einen zufriedenen Eindruck, und als der letzte Stein endlich einzementiert war, trat er für einen Augenblick zurück und sagte zu Nashe: «Freund, sieh dir mal an, was wir eben geschafft haben.» Ganz gegen seine Art hüpfte der Junge dann auf die Steine, streckte die Arme aus wie ein Seiltänzer und begann, die lange Reihe herunterzutänzeln. Nashe freute sich über diese Reaktion des Jungen, und während er die kleine Gestalt auf Zehenspitzen davontippeln sah, diese Pantomime eines Hochseilakts verfolgte (als sei er jederzeit in Gefahr, aus großer Höhe abzustürzen), stieg plötzlich etwas in ihm auf, und er war kurz davor, in Tränen auszubrechen. Gleich darauf stellte Murks sich neben ihn und sagte: «Es scheint, der kleine Dreckskerl ist ganz schön stolz auf sich, wie?»

«Mit Recht», sagte Nashe. «Er hat hart gearbeitet.»

«Tja, leicht war's nicht, das will ich gern zugeben. Aber es sieht so aus, als ob wir jetzt vorankämen. Jetzt wird das Ding endlich in die Höhe wachsen.»

«Nach und nach, Stein auf Stein.»

«Ja, genau. Stein auf Stein.»

«Ich denke, Sie werden sich allmählich nach neuen Arbeitern umsehen müssen. So wie Jack und ich das sehen, können wir am sechzehnten aufhören.»

«Ich weiß. Aber irgendwie ist es schade. Ich meine, wo ihr jetzt grad den Bogen heraushabt und so.»

«So ist das nun mal, Calvin.»

«Tja, muß wohl. Aber wenn ihr nichts Besseres findet, überlegt euch doch mal, ob ihr vielleicht zurückkommen wollt. Ich weiß, das klingt jetzt reichlich bescheuert, aber denkt mal ein bißchen darüber nach.»

«Nachdenken?» sagte Nashe und wußte nicht, ob er lachen oder weinen sollte.

«Die Arbeit ist doch gar nicht so übel», fuhr Murks fort. «Jedenfalls habt ihr sie immer vor euch. Ihr setzt einen Stein ab, und es geschieht etwas. Ihr setzt den nächsten Stein ab, und es geschieht wieder etwas. Daran ist kein großes Geheimnis. Ihr könnt die Mauer wachsen sehen, und nach einer Weile bekommt ihr ein gutes Gefühl dabei. Das ist was anderes als Rasenmähen oder Holzhacken. Auch das ist Arbeit, aber es kommt kaum was dabei heraus. Aber wenn man an einer solchen Mauer arbeitet, hat man immer was vorzuweisen.»

«Es hat gewiß seine Vorteile», sagte Nashe, ein wenig verblüfft von Murks' Ausflug in die Philosophie, «aber ich kann mir Dinge vorstellen, die ich lieber täte.»

«Wie du willst. Aber denk dran, es sind noch neun Reihen übrig. Wenn du weitermachst, kannst du dir 'ne gute Stange Geld verdienen.»

«Ich werde es mir überlegen. Aber an Ihrer Stelle, Calvin, würde ich mich nicht darauf verlassen.»

7

Es gab da jedoch ein Problem. Es war die ganze Zeit dagewesen, hatte kaum merklich in ihren Hinterköpfen gespukt, aber jetzt, da ihnen bis zum sechzehnten nur noch eine Woche blieb, wuchs und wuchs es plötzlich und nahm schließlich solche Ausmaße an, daß es alles andere in den Schatten stellte. Die Schuld würde am sechzehnten beglichen sein, aber damit wären sie nur erst wieder bei Null angelangt. Gut, sie wären dann frei, aber auch vollkommen mittellos, und wie weit würden sie mit ihrer Freiheit kommen, wenn sie kein Geld hätten? Sie würden sich nicht einmal eine Busfahrkarte leisten können. Sobald sie fortgingen, wären sie Landstreicher, zwei bettelarme Herumtreiber, die im dunkeln umhertappten.

Einige Minuten sah es so aus, als könnte Nashes Kreditkarte ihre Rettung sein, doch als er sie aus seiner Brieftasche zog und dem Jungen zeigte, entdeckte Pozzi, daß sie Ende September abgelaufen war. Sie besprachen, ob sie jemandem schreiben und um ein Darlehen bitten sollten, aber die einzigen, die ihnen einfielen, waren Pozzis Mutter und Nashes Schwester, und das war beiden nicht sonderlich recht. Die Peinlichkeit könne man sich ersparen, meinten sie, und außerdem sei es wahrscheinlich ohnehin zu spät. Bis sie ihren Brief abgeschickt und eine Antwort bekommen hätten, wäre der sechzehnte längst vorbei.

Dann erzählte Nashe dem Jungen von dem Gespräch, das er am Nachmittag mit Murks geführt hatte. Die Aussicht war schrecklich (einmal hatte es sogar den Anschein, als wolle Pozzi in Tränen ausbrechen), aber nach und nach fügten sie sich in die Vorstellung, daß sie noch ein Weilchen länger bei der Mauer ausharren mußten. Sie hatten einfach keine andere Wahl. Wenn sie nicht ein bißchen Geld für sich selbst verdienten, hätten sie nach ihrem Fortgang nur um so mehr Schwierigkeiten, und dem fühlte sich keiner der beiden gewachsen. Sie waren zu erschöpft, zu mitgenommen, um dieses Risiko jetzt auf sich zu nehmen. Ein oder zwei Tage zusätzlich, das müßte reichen, sagten sie, nur ein paar hundert Dollar pro Mann, damit sie etwas in der Hand hätten. Auf lange Sicht wäre das vielleicht gar nicht so schlecht. Zumindest würden sie für sich selbst arbeiten, und das wäre schon einmal etwas ganz anderes. Jedenfalls meinten sie das – aber was hätten sie zu diesem Zeitpunkt auch sonst sagen sollen? Sie hatten inzwischen fast einen Liter Bourbon getrunken, und wären sie bei der Wahrheit geblieben, hätte das alles nur noch schlimmer gemacht, als es ohnehin war.

Am nächsten Morgen sprachen sie mit Calvin darüber, bloß um sicherzustellen, daß er sein Angebot ernst gemeint hatte. Aber sicher, warum nicht, sagte er. Er habe gestern abend sogar schon mit Flower und Stone darüber gesprochen, und sie hätten keine Einwände erhoben. Wenn Nashe und Pozzi nach Begleichung ihrer Schulden weiterarbeiten wollten, stünde ihnen das frei. Sie könnten wie bisher zehn Dollar die Stunde verdienen, und dieses Angebot bleibe bis zur endgültigen Fertigstellung der Mauer bestehen.

«Wir reden nur von zwei oder drei zusätzlichen Tagen», sagte Nashe.

«Sicher, verstehe», sagte Murks. «Ihr wollt ein paar Notgroschen beiseite legen, bevor ihr weggeht. Dachte mir, daß ihr mir früher oder später recht geben würdet.»

«Damit hat das nichts zu tun», sagte Nashe. «Wir bleiben, weil wir müssen, und nicht, weil wir wollen.»

«So oder so», sagte Murks, «es läuft ja doch auf dasselbe raus, oder? Ihr braucht Geld, und mit diesem Job hier könnt ihr es bekommen.»

Bevor Nashe antworten konnte, schaltete sich Pozzi ein: «Wir bleiben aber nur, wenn wir was Schriftliches kriegen. Die genauen Bedingungen, klipp und klar.»

«Also was man so einen Vertragszusatz nennt», sagte Murks. «Das meinst du doch wohl?»

«Ja, allerdings», sagte Pozzi. «Einen Zusatz. Wenn wir den nicht kriegen, gehen wir am sechzehnten.»

«Das ist nur fair», sagte Murks, der immer selbstzufriedener wirkte. «Aber mach dir mal keine Kopfschmerzen. Dafür ist bereits gesorgt.» Worauf der Vorarbeiter die Druckknöpfe seiner blauen Daunenjacke aufspringen ließ, mit der Rechten in die Innentasche griff und zwei zusammengefaltete Papiere hervorzog. «Lest euch das durch und sagt mir, was ihr davon haltet», sagte er.

Es waren das Original und eine Durchschrift der Zusatzklausel: ein kurzer, einfach formulierter Absatz mit den Bedingungen für «Arbeit nach Begleichung der Schulden». Beide Exemplare waren bereits von Flower und Stone unterschrieben, und soweit Nashe und Pozzi erkennen konnten, war alles ordentlich geregelt. Und eben das war so seltsam daran. Erst am vorigen Abend waren sie zu einer Entscheidung gelangt, aber die Ergebnisse dieser Entscheidung warteten schon auf sie, knapp formuliert in präziser Vertragssprache. Wie war das möglich? Es war, als hätten Flower und Stone ihre Gedanken lesen können, als hätten sie gewußt, was sie tun würden, ehe sie selbst darauf gekommen waren. Einen kurzen paranoiden Augenblick lang fragte sich Nashe, ob der Wohnwagen verwanzt sei. Eine grauenhafte Vorstellung, aber das schien die einzige Erklärung zu sein. Wenn es nun in den Wänden Abhörvorrichtungen gäbe? Dann hätten Flower und Stone ihre Gespräche mühelos mithören können – sie hätten jedes Wort mitbekommen können, das er und der Junge in den vergangenen sechs Wochen gewechselt hatten. Vielleicht war es das, womit sie sich an den Abenden amüsierten, dachte Nashe. Das Radio anmachen und Jims und Jacks Unterhaltungsprogramm anhören. Spaß für die ganze Familie, der garantierte Lacherfolg.

«Sie sind wohl ziemlich von sich überzeugt, Calvin», sagte er.

«Bloß gesunder Menschenverstand», erwiderte Murks. «Ich meine, es war nur eine Frage der Zeit, daß ihr mich danach fragen würdet. Anders ging es ja nicht. Also dachte ich mir, ich lasse die Chefs das schon mal für euch aufsetzen. Hat keine Minute gedauert.»

Also setzten sie ihre Unterschriften unter beide Ausfertigungen des Vertragszusatzes, und die Sache war geregelt. Ein weiterer Tag verging. Beim Abendessen meinte Pozzi, sie sollten für die Nacht des sechzehnten eine Feier planen. Selbst wenn sie dann noch nicht fortgingen, halte er es für falsch, den Tag dahingehen zu lassen, ohne irgend etwas Besonderes zu unternehmen. Sie sollten ein bißchen auf die Pauke hauen, meinte er, zur Begrüßung der neuen Ära irgendein Remmidemmi veranstalten. Nashe nahm an, er rede von einer Torte oder einer Flasche Champagner, aber Pozzi hatte Größeres vor. «Nein», sagte er, «ich finde, wir sollten was richtiges abziehen. Hummer, Kaviar, die ganze Chose. Und wir werden uns auch ein paar Mädchen holen. Eine Party ohne Mädchen geht nicht.»

Nashe mußte über den Enthusiasmus des Jungen lächeln. «Und was für Mädchen sollen das sein, Jack?» fragte er. «Das einzige, das ich hier je gesehen habe, ist Louise, und irgendwie scheint die mir nicht dein Typ zu sein. Und selbst wenn sie eine Einladung bekäme, bezweifle ich, daß sie kommen würde.»

«Nein, nein, ich rede von richtigen Miezen. Nutten. Knackige Weiber. Mädchen, die wir ficken können.»

«Und wo bekommen wir diese knackigen Weiber her? Hier draußen im Wald?»

«Wir lassen sie uns kommen. Atlantic City ist doch nicht weit. In dem Kaff wimmelt es von Weiberfleisch. Da gibt's an jeder Ecke Mösen zu kaufen.»

«Schön. Und wie kommst du darauf, daß Flower und Stone da mitmachen?»

«Haben die etwa nicht gesagt, wir können haben, was wir wollten?»

«Nahrungsmittel sind eine Sache, Jack. Bücher, Zeitschriften, ja sogar mal ein, zwei Flaschen Bourbon. Aber meinst du nicht, das hier geht ein bißchen zu weit?»

«Alles heißt alles. Fragen kostet nichts.»

«Klar, du kannst bitten, um was du willst. Aber wundere dich nicht, wenn Calvin dich auslacht.»

«Ich werd ihn morgen früh gleich danach fragen.»

«Tu das. Aber bestell nur *ein* Mädchen, ja? Der alte Opa hier weiß nicht, ob er so einer Art von Feier gewachsen ist.»

«Also der kleine Junge hier ist ihr gewachsen, das kann ich dir sagen. Das letzte Mal ist schon so lange her, daß mir bald der Schwanz platzt.»

Nashe hatte falsch prophezeit, denn Murks lachte den Jungen am nächsten Morgen nicht aus. Aber der verwirrte, verlegene Ausdruck, der über sein Gesicht huschte, war fast so gut wie ein Lachen, vielleicht sogar noch besser. Tags zuvor war er auf ihre Fragen vorbereitet gewesen, aber jetzt war er fassungslos, konnte kaum begreifen, wovon der Junge überhaupt redete. Nach dem zweiten oder dritten Durchgang hatte er es endlich kapiert, aber das schien seine Verlegenheit nur noch zu steigern. «Du meinst, eine Hure?» sagte er. «Hab ich richtig verstanden? Wir sollen dir eine Hure besorgen?»

Murks war nicht befugt, über eine so unorthodoxe Bitte zu entscheiden, versprach jedoch, sie am Abend bei den Chefs zur Sprache zu bringen. Es war kaum zu glauben, aber als er am nächsten Morgen mit der Antwort zurückkam, sagte er zu Pozzi, man werde sich darum kümmern, er solle am sechzehnten sein Mädchen haben. «So war es abgemacht», sagte er. «Was immer ihr haben wollt, sollt ihr bekommen. Ich kann nicht behaupten, daß sie so glücklich darüber waren, aber Vertrag ist Vertrag, haben sie gesagt, und also bitte. Wenn ihr mich fragt, war das sehr großzügig von ihnen. Es sind nette Burschen, die zwei, und wenn sie mal ihr Wort gegeben haben, tun sie alles, um es auch zu halten.»

Nashe kam das alles verkehrt vor. Flower und Stone waren keine Leute, die ihr Geld für die Parties anderer Leute verschleuderten, und daß sie Pozzis Bitte zugestimmt hatten, war für ihn eine deutliche Warnung. Das beste für sie beide wäre es, dachte er, wenn sie einfach weiterarbeiten und dann so schnell und unauffällig wie möglich verschwinden würden. Wie sich herausstellte, war die zweite Reihe weniger schwierig als die erste, und die Arbeit ging stetig voran, vielleicht stetiger als je zuvor. Die Mauer war jetzt höher, und um die Steine richtig einzusetzen, mußten sie sich nicht mehr ständig bücken und hinkauern und konnten so ihren Rücken schonen. Nur noch eine einzige kurze Bewegung war erforderlich, und als sie die Feinheiten dieses neuen Arbeitsrhythmus erst einmal beherrschten, vermochten sie ihre Leistung auf vierzig Steine pro Tag zu steigern. Aber der Junge hatte sich die Party in den Kopf gesetzt, und nun, da das Mädchen tatsächlich aufkreuzen sollte, merkte Nashe, daß er die Sache nur noch auf sich zukommen lassen konnte. Würde er sich dagegen äußern, entstünde der Eindruck, er versuche Pozzi den Spaß zu verderben, und das war das letzte, was er wollte. Der Junge hatte es verdient, sich ein bißchen auszutoben, und selbst wenn das mehr Ärger einbrachte, als die Sache wert war, fühlte Nashe sich moralisch verpflichtet, ihn gewähren zu lassen.

An den nächsten Abenden übernahm er die Rolle des Proviantmeisters, saß mit einem Bleistift im Wohnzimmer, machte sich Notizen und half dem Jungen, die Einzelheiten der Feier auszuarbeiten. Unzählige Entscheidungen waren zu treffen, und Nashe war entschlossen, den Jungen in jedem Punkt zufriedenzustellen. Sollte die Mahlzeit mit Shrimpscocktail oder französischer Zwiebelsuppe beginnen? Sollte es zum Hauptgang Steak oder Hummer geben oder beides? Wie viele Flaschen Champagner sollten sie bestellen? Sollte das Mädchen am Essen teilnehmen, oder sollten sie allein essen und es sich zum Nachtisch kommen lassen? Sollte dekoriert werden, und wenn ja, welche Farbe sollten die Ballons haben? Am Morgen des fünfzehnten übergaben sie Murks die vollständige Liste, und am Abend kam der Vorarbeiter eigens auf die Wiese, um die Pakete abzuliefern. Diesmal benutzte er den Jeep, und Nashe fragte sich, ob dies nicht ein ermutigendes Zeichen sei, ein Hinweis auf ihre bevorstehende Freiheit. Andererseits konnte es auch gar nichts zu bedeuten haben. Immerhin waren es nicht wenige Pakete, und womöglich hatte er den Wagen nur genommen, weil er das alles nicht von Hand transportieren konnte. Denn warum sollte Murks weiter den Revolver tragen, wenn sie ohnehin bald freigelassen würden?

Am letzten Tag setzten sie siebenundvierzig Steine ein und übertrafen damit ihren bisherigen Rekord um fünf. Um das zu schaffen, war eine enorme Anstrengung nötig, aber da sie beide mit einem Triumph aufhören wollten, schufteten sie, als gälte es, irgend etwas zu beweisen; sie verlangsamten kein einziges Mal das Tempo und schwangen die Steine mit einer Sicherheit an ihren Platz, die an Verachtung grenzte, als ginge es jetzt nur noch darum zu zeigen, daß sie nicht geschlagen waren, daß sie über diesen ganzen verdammten Mist triumphiert hatten. Um Punkt sechs gebot Murks ihnen aufzuhören, und sie ließen ihre Werkzeuge fallen; die kalte Herbstluft brannte noch in ihren Lungen. Es wurde jetzt früher dunkel, und als Nashe den Blick zum Himmel wandte, sah er, daß es bereits Abend war.

Eine Zeitlang war er so betäubt, daß er nicht wußte, was er denken sollte. Pozzi kam zu ihm und klopfte ihm aufgeregt schnatternd auf den Rücken, aber Nashes Kopf blieb seltsam leer, als könne er die Größe seiner Leistung einfach nicht fassen. Ich bin wieder auf Null, sagte er sich schließlich. Und plötzlich wurde ihm klar, daß soeben eine ganze Periode seines Lebens geendet hatte. Nicht nur die Sache mit der Mauer und der Wiese, sondern alles, was ihn überhaupt erst dorthin gebracht hatte, der ganze verrückte Roman der letzten zwei Jahre: Thérèse und das Geld und das Auto, einfach alles. Er war wieder auf Null, und jetzt war all das vorbei. Denn auch die kleinste Null war ein großes leeres Loch, ein Kreis, der die ganze Welt in sich fassen konnte.

Das Mädchen sollte mit einer Limousine aus Atlantic City gebracht werden. Murks hatte ihnen gesagt, sie könnten gegen acht Uhr mit ihr rechnen, aber es war schon eher neun, als sie endlich durch die Tür des Wohnwagens trat. Bis dahin hatten Nashe und Pozzi schon eine Flasche Champagner niedergemacht, und Nashe hatte in der Küche mit dem Hummertopf herumhantiert und zugesehen, wie das Wasser zum dritten- oder viertenmal an diesem Abend den Siedepunkt erreichte. Die drei Hummer in der Badewanne waren schon halb tot, aber da Pozzi das Mädchen beim Essen hatte dabeihaben wollen («Das macht einen besseren Eindruck»), blieb nun nichts anderes übrig, als ihr Erscheinen abzuwarten. Beide waren Champagner nicht gewöhnt, die

Bläschen stiegen ihnen rasch zu Kopf, und als die Feier dann endlich losgehen konnte, waren sie schon leicht benebelt.

Das Mädchen nannte sich Tiffany und war höchstens achtzehn oder neunzehn Jahre alt. Sie war eine dieser blassen, mageren Blondinen mit Hängeschultern und eingesunkener Brust, und sie schwankte auf ihren acht Zentimeter hohen Absätzen herum, als versuchte sie auf Schlittschuhen zu gehen. Nashe bemerkte den kleinen, gelbverfärbten Bluterguß an ihrem linken Oberschenkel, das übertriebene Make-up, den kläglichen Minirock, der ihre dünnen, formlosen Beine sehen ließ. Ihr Gesicht war beinahe hübsch zu nennen, dachte er, aber trotz ihrer schmollenden Kindermiene wirkte sie verlebt, strahlte eine Verdrossenheit aus, die auch ihr Lächeln und ihr scheinbar fröhliches Gebaren nicht verbergen konnten. Es spielte keine Rolle, wie jung sie war. Ihre Augen waren zu hart, zu zynisch, und sie gehörten einem Menschen, der bereits zuviel gesehen hatte.

Der Junge ließ die nächste Champagnerflasche knallen, und die drei setzten sich zu einem Aperitif – Pozzi und das Mädchen auf die Couch, Nashe in einen etwas abseits stehenden Sessel.

«Also, was darf's sein, Jungs?» sagte sie und nippte geziert an ihrem Glas. «Machen wir einen Dreier, oder wollt ihr's lieber nacheinander?»

«Ich bin nur der Koch», sagte Nashe, von der Unverblümtheit des Mädchens ein wenig aus dem Konzept gebracht. «Nach dem Essen ist für mich der Abend zu Ende.»

«Der Alte hier ist der reinste Kochkünstler», sagte Pozzi, «aber vor den Damen hat er Schiß. So was gibt's eben. Sie machen ihn nervös.»

«Ach ja?» sagte das Mädchen und musterte Nashe mit einem kalten, prüfenden Blick. «Was hast du, Großer, heut abend nicht in Stimmung?»

«Darum geht es nicht», sagte Nashe. «Ich habe bloß noch

eine ganze Menge zu lesen. Ich versuche, ein neues Rezept zu lernen, und einige Zutaten sind ganz schön kompliziert.»

«Na, du kannst es dir ja immer noch überlegen», sagte das Mädchen. «Dieser Fettwanst hat eine Menge dafür hingeblättert, und ich dachte, ich soll hier mit euch beiden ficken. Mich juckt das nicht. Für soviel Kohle würde ich notfalls auch 'nen Hund ficken.»

«Verstehe», sagte Nashe. «Aber mit Jack hier wirst du ohnehin schon alle Hände voll zu tun haben. Wenn der mal anfängt, ist er nicht mehr zu stoppen.»

«Allerdings, Baby», sagte Pozzi; er massierte ihren Schenkel, zog sie an sich und gab ihr einen Kuß. «Mein Appetit ist unersättlich.»

Das Essen verhieß ein rechtes Trauerspiel zu werden, aber Pozzis gute Laune machte etwas ganz anderes daraus – ein denkwürdiges, munteres Gelage mit herumfliegenden Hummerschalen und feuchtfröhlichem Gelächter. Der Junge war in dieser Nacht ein Wirbelwind, und weder Nashe noch das Mädchen konnten seiner Heiterkeit und der unbändigen Energie widerstehen, mit der er den ganzen Raum auflud. Er schien jederzeit genau zu wissen, was er dem Mädchen sagen mußte, wie er ihr schmeicheln, sie nekken und zum Lachen bringen konnte, und Nashe sah voller Erstaunen, wie sie den Attacken seines Charmes allmählich erlag, wie ihr Gesicht sich entspannte und ihre Augen immer heller strahlten. Nashe hatte dieses Talent mit Mädchen nie besessen, und er beobachtete Pozzis Vorstellung zusehends verwunderter und neidischer. Es kam einfach darauf an, jeden Menschen gleich zu behandeln, erkannte er, einer tristen, unattraktiven Prostituierten genausoviel Interesse und Aufmerksamkeit entgegenzubringen wie dem Mädchen seiner Träume. Nashe war für so etwas immer viel zu umständlich gewesen, zu reserviert und ernst, und er bewunderte den Jungen darum, daß er das Mädchen so sehr zum Lachen brachte, daß er das Leben in diesem Augenblick so sehr liebte, daß er aus ihr herauslocken konnte, was noch an Leben in ihr übrig war.

Die beste Improvisationsnummer zog Pozzi mitten während der Mahlzeit ab, als er plötzlich von ihrer Arbeit zu reden begann. Er und Nashe seien Architekten, erklärte er, und sie seien vor ein paar Wochen nach Pennsylvania gekommen, um den Bau eines von ihnen entworfenen Schlosses zu beaufsichtigen. Sie seien Spezialisten in der Kunst der «historischen Repristination», und da nur sehr wenige Leute es sich leisten könnten, ihre Dienste in Anspruch zu nehmen, seien ihre Auftraggeber fast durchweg exzentrische Millionäre. «Ich weiß nicht, was der Dicke im Haus dir von uns erzählt hat», sagte er, «aber das kannst du alles gleich vergessen. Der macht sich gern einen Jux, und er würde sich eher vor allen Leuten in die Hose machen, als irgendwem eine ehrliche Antwort geben.» Täglich käme ein Team von sechsunddreißig Maurern und Zimmerleuten auf die Wiese, doch er und Jim würden auf dem Bauplatz wohnen, weil sie das immer so hielten. Atmosphäre sei das Wichtigste, und sie würden stets bessere Arbeit abliefern, wenn sie das Leben führten, das nachzubilden man sie angeheuert habe. Bei diesem Job hier handle es sich um eine «mittelalterliche Repristination», weshalb sie bis auf weiteres wie Mönche zu leben hätten. Ihr nächster Auftrag werde sie nach Texas führen, wo ein Ölmagnat sie beauftragt habe, auf seinem Hof eine Kopie des Buckingham-Palastes zu errichten. Das höre sich vielleicht einfach an, aber wenn man sich einmal klarmache, daß jeder Stein im voraus zu numerieren sei, bekomme man allmählich eine Vorstellung davon, wie kompliziert ihre Arbeit eigentlich sei. Würden die Steine nicht in der richtigen Reihenfolge aufeinandergesetzt, würde das Ganze irgendwann einstürzen. Sie möge sich vorstellen: die Brooklyn Bridge im kalifornischen San Jose. Nun, das hätten sie gerade voriges Jahr für jemanden zustande gebracht. Oder ein Eiffelturm in Originalgröße über einem Ranchhaus im Randgebiet von New Jersey. Auch das gehe auf ihr Konto. Sicher, manchmal hätten sie Lust, einfach aufzuhören und in eine Eigentumswohnung in West Palm Beach zu ziehen, aber letzten Endes sei die Arbeit viel zu faszinierend, um damit Schluß zu machen, und es gebe so viele amerikanische Millionäre, die in europäischen Schlössern wohnen wollten, daß sie es nicht übers Herz brächten, denen allen einen Korb zu geben.

Begleitet wurde all dieser Unsinn von diversen Geräuschen: Hummerschalen knackten, Champagner wurde geschlürft. Als Nashe aufstand, um den Tisch abzuräumen, stolperte er über ein Stuhlbein und ließ zwei oder drei Schüsseln auf den Boden fallen. Sie zerbrachen mit lautem Klirren, und da eine davon die Reste der geschmolzenen Butter enthielt, gab es eine fürchterliche Schweinerei. Tiffany erhob sich, um Nashe zu helfen, aber das Gehen war ohnehin nicht ihre Stärke, und jetzt, mit dem perlenden Champagner im Blut, schaffte sie gerade eben zwei oder drei Schritte, ehe sie, von einem Lachanfall geschüttelt, bei Pozzi auf dem Schoß landete. Oder vielleicht war es Pozzi, der sie packte, bevor sie sich von ihm entfernen konnte (inzwischen konnte Nashe solche Nuancen nicht mehr unterscheiden), aber wie auch immer es zugegangen sein mochte, als Nashe mit den Steingutscherben in der Hand wieder aufstand, saßen die zwei jungen Leute eng umschlugen auf einem Stuhl und küßten sich leidenschaftlich. Pozzi fing an, eine Brust des Mädchens zu kneten, und gleich darauf langte Tiffany nach der Ausbeulung in seiner Hose, doch bevor sich die Dinge weiterentwickeln konnten, gab Nashe (dem nichts Besseres einfiel) ein Räuspern von sich und verkündete, es sei Zeit für den Nachtisch.

Sie hatten eine dieser Schokoladen-Schichttorten bestellt,

die man bei A & P in der Tiefkühltruhe findet, aber Nashe präsentierte sie mit der ganzen pompösen Feierlichkeit eines Oberhofmeisters, der im Begriff ist, der Königin die Krone aufs Haupt zu setzen. In Übereinstimmung mit dem Ernst des Anlasses hörte er sich plötzlich und unerwartet ein Kirchenlied aus seiner Kinderzeit singen – «Jerusalem», mit dem Text von William Blake –, und obwohl er das seit über zwanzig Jahren nicht mehr gesungen hatte, fielen ihm jetzt sämtliche Strophen wieder ein, und sie kamen ihm so fließend von den Lippen, als hätte er die letzten zwei Monate für diesen Augenblick geübt. Er hörte sich von dem *brennenden Gold*, dem *geistigen Kampf* und den *dunklen Mühlen des Satans* singen, und dabei ging ihm auf, wie schön und schmerzlich diese Worte waren, und er sang, als wolle er seine eigene Sehnsucht, die ganze Trauer und Freude zum Ausdruck bringen, die seit dem ersten Tag auf der Wiese in ihm aufgestiegen waren. Die Melodie war schwierig, aber bis auf ein paar falsche Töne in der ersten Strophe ließ seine Stimme ihn nicht im Stich. Er sang, wie er es sich immer erträumt hatte, und die Blicke seiner beiden Zuhörer, ihre verblüfften Mienen, als sie feststellten, daß die Töne tatsächlich aus seinem Mund kamen, all das sagte ihm, daß er sich nicht täuschte. Sie lauschten schweigend bis zum Ende, und als Nashe dann wieder Platz nahm und ihnen ein verlegenes Lächeln zuwarf, begannen sie beide zu klatschen und hörten erst auf, als er endlich einwilligte, noch einmal aufzustehen und sich zu verneigen.

Zu der Torte tranken sie die letzte Flasche Champagner und erzählten sich Geschichten aus ihrer Kindheit, und dann spürte Nashe, daß es Zeit war, sich zurückzuziehen. Er wollte dem Jungen nicht länger im Weg sein, und nachdem das Essen als Vorwand jetzt weggefallen war, hatte er keinen mehr, noch länger dazubleiben. Diesmal bat ihn das Mädchen nicht mehr, es sich noch einmal zu überlegen, umarmte ihn aber dennoch herzlich und sagte, sie würden sich hoffentlich irgendwann noch mal über den Weg laufen. Das fand er nett von ihr, und er sagte, das hoffe er auch, worauf er dem Jungen zuzwinkerte und in sein Bett taumelte.

Aber es war nicht leicht, dort im Dunkeln zu liegen und die beiden lachend im Nebenzimmer herumpoltern zu hören. Er versuchte sich nicht vorzustellen, was sich da abspielte, aber es gelang ihm nur, indem er an Fiona dachte, und das schien alles nur noch schlimmer zu machen. Glücklicherweise war er zu betrunken, um noch allzulange die Augen aufzubehalten. Bevor er sich so richtig leid tun konnte, war er für die Welt bereits gestorben.

Sie hatten sich vorgenommen, den nächsten Tag freizunehmen. Nach sieben Wochen ununterbrochener Arbeit schien das nur angemessen, und da ihrem Zechgelage mit Sicherheit ein Kater folgen würde, hatten sie diese Ruhepause schon einige Tage im voraus mit Murks abgemacht. Nashe erwachte kurz nach zehn, der Schädel platzte ihm an beiden Schläfen, und er machte sich auf den Weg zur Dusche. Dabei warf er einen Blick in Pozzis Zimmer; der Junge schlief noch, allein in seinem Bett, die Arme zu beiden Seiten weit von sich gestreckt. Nashe stand gute sechs oder sieben Minuten unter dem Wasser, dann trat er mit einem Handtuch um die Hüfte ins Wohnzimmer. Ein zerknäulter schwarzer Spitzen-BH lag auf dem Sofa, aber das Mädchen selbst war nicht mehr da. Das Zimmer sah aus, als hätte über Nacht eine plündernde Armee darin gelagert, auf dem Fußboden ein Chaos von leeren Flaschen und umgekippten Aschenbechern, Luftschlangen und zerschrumpelten Ballons. Nashe tappte durch den Unrat in die Küche und machte sich eine Kanne Kaffee.

Er trank drei Tassen, saß am Tisch und rauchte Zigaretten aus einer Packung, die das Mädchen zurückgelassen hatte. Als er sich ausreichend wach fühlte, wieder etwas zu tun, stand er auf und begann, um den Jungen nicht zu wekken, so leise wie möglich den Wohnwagen aufzuräumen. Als erstes nahm er das Wohnzimmer in Angriff, beseitigte systematisch die verschiedenen Arten von Abfall (Asche, Ballons, zerbrochene Gläser) und begab sich dann in die Küche, wo er Teller abkratzte, Hummerschalen wegwarf und Geschirr und Besteck abwusch. Er brauchte zwei Stunden, um das kleine Haus in Ordnung zu bringen, und Pozzi schlief die ganze Zeit weiter, ohne sich auch nur einmal in seinem Zimmer zu rühren. Nach der Säuberungsaktion machte Nashe sich ein Schinken- und Käse-Sandwich und eine frische Kanne Kaffee, ging dann auf Zehenspitzen in sein Zimmer und griff zu einem seiner noch nicht gelesenen Bücher – *Unser gemeinsamer Freund* von Charles Dickens. Er aß das Sandwich, trank noch eine Tasse Kaffee, trug dann einen Küchenstuhl nach draußen und stellte ihn so hin, daß er seine Beine auf die Stufen des Wohnwagens legen konnte. Es war ein ungewöhnlich warmer und sonniger Tag für Mitte Oktober, und als Nashe sich mit dem Buch auf dem Schoß hingesetzt hatte und eine der Zigarren anzündete, die sie für die Party bestellt hatten, fühlte er sich plötzlich so ruhig, so vollkommen in Frieden mit sich selbst, daß er beschloß, das Buch erst aufzuschlagen, wenn er die Zigarre zu Ende geraucht hätte.

So hatte er fast zwanzig Minuten gesessen, als er drüben im Wald Blätter rascheln hörte. Er stand auf, wandte sich nach dem Geräusch um und sah Murks, das Halfter um die blaue Jacke gegürtet, aus dem Laubwerk hervortreten und auf sich zukommen. Nashe hatte sich an den Revolver inzwischen so gewöhnt, daß er ihm gar nicht mehr auffiel, aber Murks' Anblick überraschte ihn, und da sie heute auf keinen Fall arbeiten würden, fragte er sich, was dieser unerwartete Besuch zu bedeuten haben könnte. In den ersten drei oder vier Minuten machten sie Smalltalk über die Party und das milde Wetter. Murks erzählte, der Chauffeur sei um halb sechs mit dem Mädchen weggefahren, und so, wie der Junge da drin schlafe, sagte er, dürfte er in der Nacht reichlich beschäftigt gewesen sein. Ja, sagte Nashe, er sei nicht enttäuscht worden, die Sache sei sehr gut gelaufen.

Danach entstand eine lange Pause, Murks sah fünfzehn oder zwanzig Sekunden lang auf den Boden und scharrte mit der Schuhspitze in der Erde herum. «Leider habe ich schlechte Neuigkeiten für euch», sagte er schließlich und wagte es noch immer nicht, Nashe in die Augen zu blicken.

«Das ist mir klar», sagte Nashe. «Sonst wären Sie heute nicht hier rausgekommen.»

«Also, tut mir schrecklich leid», sagte Murks, zog einen verschlossenen Umschlag aus der Tasche und gab ihn Nashe. «Als sie mir davon erzählten, war ich richtig verwirrt, aber ich schätze, sie sind wohl im Recht. Hängt alles davon ab, wie man es betrachtet, vermute ich.»

Als Nashe den Umschlag sah, nahm er automatisch an, es handle sich um einen Brief von Donna. Niemand sonst würde ihm schreiben, dachte er, und kaum war ihm dieser Gedanke in den Kopf gekommen, wurde er plötzlich von Ekel und Scham geschüttelt. Er hatte Juliettes Geburtstag vergessen. Vor fünf Tagen war der zwölfte gekommen und gegangen, und er hatte es nicht einmal gemerkt.

Dann sah er den Umschlag an und bemerkte, daß er unbeschriftet war. Keine Briefmarken, deshalb konnte er nicht von Donna sein, sagte er sich, und als er ihn dann endlich aufriß, fand er nur ein maschinengeschriebenes Blatt darin – Worte und Zahlen in sauberen Spalten, mit der Überschrift: NASHE UND POZZI, SPESENRECHNUNG.

«Was soll das sein?» fragte er.

«Das haben die Chefs berechnet», sagte Murks. «Soll und Haben, eine Gegenüberstellung der Ausgaben und Einnahmen.»

Nashe studierte das Blatt genauer und merkte, daß es tatsächlich genau das war. Eine kaufmännische Abrechnung, die sorgfältige Arbeit eines Buchhalters, was immerhin bewies, daß Flower seinen alten Beruf noch nicht vergessen hatte, seit er vor sieben Jahren plötzlich reich geworden war. Die Einnahmen waren in der linken Spalte aufgeführt und ordnungsgemäß nach Nashes und Pozzis Berechnungen notiert, da gab es keine Haarspaltereien oder Diskrepanzen: 1000 Stunden Arbeit zu $ 10 die Stunde = 10000. Doch in der rechten Spalte standen die Ausgaben, eine Liste von Beträgen, die auf eine Bestandsaufnahme alles dessen hinauslief, was sie in den vergangenen fünfzig Tagen erlebt hatten:

Essen	$ 1628,41
Bier, Schnaps	217,36
Bücher, Zeitungen, Zeitschriften	72,15
Tabak	87,48
Radio	59,86
zerbrochenes Fenster	66,50
Unterhaltung (16.10.)	900,00
– Hosteß $ 400	
– Wagen $ 500	
Sonstiges	41,14
	($ 3072,90)

«Soll das», fragte Nashe, «ein Scherz sein?»

«Ich fürchte, nein», sagte Murks.

«Aber das alles sollte doch inklusive sein.»

«Das dachte ich auch. Aber wir haben uns wohl geirrt.»

«Was soll das heißen: geirrt? Wir haben uns die Hand darauf gegeben. Das wissen Sie so gut wie ich.»

«Mag sein. Aber wenn man sich den Vertrag ansieht, ist

dort von Essen nicht die Rede. Von Unterkunft, ja. Von Arbeitskleidung, ja. Aber von Essen steht da kein Wort.»

«Das ist eine ganz miese Schweinerei, Calvin. Das ist Ihnen hoffentlich klar.»

«Dazu kann ich mich nicht äußern. Mich haben die Chefs immer fair behandelt, ich hab nie Grund zur Klage gehabt. So wie ich das sehe, ist ein Job dazu da, daß man mit einer bestimmten Arbeit Geld verdient, aber wie man dieses Geld ausgibt, ist jedermanns eigene Sache. Bei mir ist es jedenfalls so. Die geben mir meinen Lohn und ein Haus, in dem ich wohnen kann, aber für das Essen sorge ich selbst. Ich finde das sehr großzügig. Neunzig Prozent der arbeitenden Bevölkerung sind nicht halb so gut dran. Die müssen für alles bezahlen. Nicht bloß fürs Essen, sondern auch fürs Wohnen. So ist es auf der ganzen Welt üblich.»

«Aber das hier sind besondere Umstände.»

«Na, vielleicht sind sie doch nicht so besonders. Genaugenommen solltet ihr froh sein, daß sie euch keine Miete und Nebenkosten berechnet haben.»

Nashe merkte, daß seine Zigarre ausgegangen war. Er betrachtete sie kurz, ohne sie eigentlich zu sehen, warf sie dann auf den Boden und zertrat sie mit dem Schuh. «Ich denke, ich werde jetzt mal zum Haupthaus rübergehen und ein Wörtchen mit Ihren Chefs reden», sagte er.

«Das geht nicht», sagte Murks. «Sie sind weg.»

«Weg? Wovon reden Sie?»

«Ich sag doch, sie sind weg. Sie sind vor etwa drei Stunden nach Paris abgereist und werden erst nach Weihnachten wieder zurückkommen.»

«Kaum zu glauben, daß sie einfach so verschwinden – ohne sich die Mauer anzusehen. Das ist doch absurd.»

«Aber sie haben sie sich angesehen. Heute morgen, als ihr beide noch am Schlafen wart, bin ich mit ihnen hier gewesen. Sie meinten, es ginge doch recht gut voran. Gute Arbeit, haben sie gesagt, nur weiter so. Sie hätten nicht zufriedener sein können.»

«Scheiße», sagte Nashe. «Ich scheiße auf sie und ihre gottverdammte Mauer.»

«Hat keinen Sinn, wütend zu werden, Freund. Es geht doch bloß um zwei oder drei Wochen. Wenn ihr auf Parties und so verzichtet, seid ihr im Handumdrehen hier weg.»

«In drei Wochen haben wir schon November.»

«Ganz genau. Du bist ein harter Bursche, Nashe, du wirst schon damit fertig werden.»

«Sicher, ich kann damit fertig werden. Aber was ist mit Jack? Wenn er dieses Papier sieht, bringt es ihn um.»

Zehn Minuten nach Nashes Rückkehr in den Wohnwagen wachte Pozzi auf. Der Junge sah so zerzaust aus und hatte so dicke Augen, daß Nashe es nicht übers Herz brachte, ihn gleich mit der Neuigkeit zu konfrontieren, und so ließ er die Unterhaltung in der nächsten halben Stunde mit planlosen, unwichtigen Bemerkungen dahinplätschern und hörte sich Pozzis detaillierte Schilderung all dessen an, was er und das Mädchen miteinander getrieben hatten, nachdem Nashe ins Bett gegangen war. Es kam ihm nicht richtig vor, eine solche Erzählung zu unterbrechen und dem Jungen das Vergnügen daran zu verderben, aber nachdem er genügend Zeit hatte verstreichen lassen, wechselte Nashe schließlich das Thema und zog den Umschlag hervor, den Murks ihm gegeben hatte.

«Die Sache ist die, Jack», sagte er, ohne dem Jungen eine Chance zu geben, sich das Papier richtig anzusehen. «Sie haben uns reingelegt, und jetzt sitzen wir in der Tinte. Wir dachten, wir wären quitt, aber so wie die das ausgerechnet haben, sind wir immer noch mit dreitausend Dollar in der Kreide. Essen, Zeitschriften, sogar das gottverdammte kaputte Fenster – alles haben sie uns auf die Rechnung gesetzt.

Ganz zu schweigen von deiner Edelnutte und ihrem Chauffeur, das versteht sich ja wohl von selbst. Wir sind davon ausgegangen, daß diese Dinge durch den Vertrag abgedeckt würden, aber darin steht kein Wort davon. Schön. Wir haben also einen Fehler gemacht. Die Frage ist: Was tun wir jetzt? Von mir aus kannst du gern aussteigen. Du hast genug getan, und von heute an ist diese Sache mein Problem. Ich werde dir hier raushelfen. Wir graben ein Loch unterm Zaun, und wenn es dunkel ist, kriechst du da durch und machst dich aus dem Staub.»

«Und was ist mit dir?» fragte Pozzi.

«Ich bleibe hier und mach den Job zu Ende.»

«Kommt nicht in die Tüte. Du wirst mit mir durch dieses Loch kriechen.»

«Nein, Jack. Ich kann nicht.»

«Und warum nicht, zum Teufel? Hast du Angst vor Löchern oder was? Du lebst schon seit zwei Monaten in einem – oder ist dir das noch nicht aufgefallen?»

«Ich habe mir versprochen, die Sache zu Ende zu bringen. Ich verlange nicht, daß du mich verstehst, aber ich werde auf keinen Fall von hier weglaufen. Das habe ich schon zu oft getan, und so will ich einfach nicht mehr weiterleben. Wenn ich mich verdrücke, bevor die Schulden hier beglichen sind, kann ich mich gleich als ein Stück Dreck betrachten.»

«Custers letztes Gefecht.»

«Genau. Die alte Friß-oder-stirb-Nummer.»

«Das ist die falsche Schlacht. Jim. Du verschwendest nur deine Zeit, machst dich für nichts und wieder nichts kaputt. Wenn die drei Riesen dir so wichtig sind, kannst du ihnen doch einen Scheck schicken. Denen ist es egal, wie sie ihr Geld bekommen, und sie kriegen es sehr viel früher, wenn du heute nacht mit mir verschwindest. Scheiße, ich würde sogar halbe-halbe mit dir machen. Ich kenne einen Typen in

Philly, der uns noch morgen abend ein Spielchen besorgen kann. Wir brauchen bloß hinzutrampen, und in weniger als achtundvierzig Stunden haben wir die Knete. Ganz einfach. Wir schicken sie ihnen per Eilzustellung, und damit ist die Sache erledigt.»

«Flower und Stone sind nicht hier. Sie sind heute morgen nach Paris abgereist.»

«Mann, du bist mir vielleicht ein hartnäckiger Fall! Ist doch scheißegal, wo sie sind.»

«Tut mir leid, Junge. Nichts zu machen. Du kannst reden, bis du schwarz wirst, aber ich bleibe hier.»

«Wenn du allein arbeitest, brauchst du doppelt so lang, Arschloch. Schon mal dran gedacht? Zehn Dollar die Stunde, nicht zwanzig. Da wirst du bis Weihnachten hier Steine schleppen.»

«Das weiß ich. Vergiß bloß nicht, mir eine Karte zu schikken, Jack, mehr verlange ich nicht. Um diese Jahreszeit werde ich nämlich immer irgendwie sentimental.»

Noch fünfundvierzig Minuten argumentierten sie weiter so hin und her, bis Pozzi schließlich mit der Faust auf den Tisch schlug und die Küche verließ. Er war so wütend auf Nashe, daß er in den nächsten drei Stunden nicht mit ihm reden wollte, sondern sich hinter der Tür seines Schlafzimmers verbarrikadierte und sich weigerte herauszukommen. Um vier Uhr ging Nashe an die Tür und erklärte, er werde jetzt losgehen und anfangen, das Loch zu graben. Pozzi antwortete nicht, aber kurz nachdem Nashe seine Jacke angezogen und den Wohnwagen verlassen hatte, hörte er die Tür noch einmal zuschlagen, und gleich darauf kam der Junge über die Wiese getrabt, um ihn einzuholen. Nashe wartete, und dann gingen sie schweigend zum Werkzeugschuppen. Keiner wagte es, den Streit von neuem zu beginnen.

«Ich hab drüber nachgedacht», sagte Pozzi, als sie vor der abgeschlossenen Tür des Schuppens standen. «Warum diese ganze Sache mit der Flucht? Wäre es nicht unkomplizierter, wir würden einfach zu Calvin gehen und ihm sagen, daß ich verschwinde? Was macht es für einen Unterschied, solange du hierbleibst und den Vertrag erfüllst?»

«Ich sag dir warum», sagte Nashe, während er einen Stein vom Boden aufhob und damit gegen die Tür hämmerte, um das Schloß aufzubrechen. «Weil ich ihm nicht vertraue. Calvin ist nicht so dumm, wie er aussieht, und er weiß, daß dein Name auf dem Vertrag steht. Jetzt, wo Flower und Stone nicht da sind, wird er sagen, er sei nicht befugt, irgendwelche Änderungen daran vorzunehmen, und wir könnten nichts machen, ehe die zwei zurück sind. Du kennst doch seine Leier: Ich arbeite hier nur, Jungs, und ich tue, was die Chefs mir auftragen. Aber er weiß genau Bescheid, er ist von Anfang an daran beteiligt gewesen. Sonst hätten Flower und Stone sich nicht verdrückt und ihm die Verantwortung übertragen. Er tut so, als wäre er auf unserer Seite, aber er gehört zu denen, wir beide sind ihm piepegal. Sobald wir ihm sagen würden, daß du gehen willst, käme er auf die Idee, daß wir abhauen wollten. Das wäre doch der nächste Schritt, oder? Und ich will ihn auf keinen Fall mißtrauisch machen. Wer weiß, was er uns dann wieder für einen Streich spielt?»

Also brachen sie die Schuppentür auf, holten zwei Schaufeln heraus und gingen damit zu dem Trampelpfad, der in den Wald führte. Der Weg zum Zaun war länger, als sie ihn in Erinnerung hatten, und als sie zu graben anfingen, begann das Licht schon abzunehmen. Der Boden war hart und der Zaun tief versenkt, und die beiden stießen ihre Schaufeln ächzend in die Erde. Sie konnten die Straße unmittelbar vor sich sehen, aber in der halben Stunde, die sie dort verbrachten, fuhr nur ein einziges Auto vorbei, ein ramponierter Kombi, in dem ein Mann, eine Frau und ein kleiner Junge saßen. Der Junge winkte ihnen mit erstaunter Miene zu, aber weder Nashe noch Pozzi winkten zurück. Schweigend gruben sie weiter, und als das Loch endlich groß genug war, daß Pozzi hindurchkriechen konnte, taten ihnen vor Erschöpfung die Arme weh. Sie warfen ihre Schaufeln hin und gingen zum Wohnwagen zurück, und als sie über die Wiese kamen, glomm der Himmel schwach dunkelrot in der Oktoberdämmerung.

Bei ihrer letzten gemeinsamen Mahlzeit benahmen sie sich wie Fremde. Sie wußten nicht, was sie einander noch sagen sollten, und ihre Versuche, ein Gespräch anzufangen, waren plump und manchmal geradezu peinlich. Pozzis Abschied stand so nahe bevor, daß sie an nichts anderes mehr denken konnten, und doch wollte keiner von ihnen darüber reden, also schwiegen sie immer wieder lange vor sich hin, während jeder sich vorstellte, was ohne ihn aus dem anderen werden würde. Es hatte keinen Sinn, über die Vergangenheit zu reden, Rückschau zu halten auf die guten Zeiten, die sie miteinander verbracht hatten, denn es hatte keine guten Zeiten gegeben, und die Zukunft war so ungewiß, daß sie nur ein Schatten war, eine formlose, unscharfe Erscheinung, die keiner von ihnen allzu genau untersuchen wollte. Erst nachdem sie vom Tisch aufgestanden waren und ihre Teller abräumten, machte sich die Spannung wieder in Worten Luft. Es war Nacht geworden, und plötzlich war der Augenblick der letzten Vorbereitungen und des Abschiednehmens gekommen. Sie tauschten Adressen und Telefonnummern aus und versprachen, in Kontakt miteinander zu bleiben, aber Nashe wußte, das würde nie passieren, er würde Pozzi niemals wiedersehen. Sie packten eine kleine Tasche mit Vorräten – Essen, Zigaretten, Straßenkarten von Pennsylvania und New Jersey –, und dann gab Nashe dem Jungen einen Zwanzig-Dollar-Schein, den er am Nachmittag ganz unten in seinem Koffer gefunden hatte.

«Das ist nicht viel», sagte er, «aber immerhin besser als gar nichts.»

Draußen war es kalt in dieser Nacht, und bevor sie den Wohnwagen verließen, hüllten sie sich in Sweatshirts und Jacken. Sie gingen mit Taschenlampen über die Wiese, immer an der unfertigen Mauer entlang, die ihnen als Führer durch die Dunkelheit diente. Als sie das Ende erreichten und die riesigen Steinhaufen am Waldrand liegen sahen, ließen sie im Vorbeigehen kurz ihre Lichtstrahlen darübergleiten, was einen gespenstischen Effekt hervorrief; unheimliche Gestalten sprangen auf, Schatten zuckten, und unwillkürlich mußte Nashe denken, die Steine seien lebendig, die Nacht habe sie in eine Horde schlafender Tiere verwandelt. Er wollte einen Scherz darüber machen, aber es fiel ihm nicht schnell genug einer ein, und gleich darauf schritten sie über den Pfad in den Wald hinein. Als sie an den Zaun kamen, sah er die zwei Schaufeln, die sie auf dem Boden zurückgelassen hatten, und meinte, es würde nicht richtig aussehen, wenn Murks sie beide vorfände. Eine Schaufel würde bedeuten, daß Pozzi seine Flucht allein geplant hatte, während zwei Schaufeln bedeuten würden, daß auch Nashe daran beteiligt gewesen war. Sobald Pozzi verschwunden wäre, würde er eine aufheben und in den Schuppen zurückbringen müssen.

Pozzi machte ein Streichholz an, und als er die Flamme an seine Zigarette hob, sah Nashe seine Hand zittern. «Tja, Feuerwehrmann», sagte er, «sieht aus, als ob unsere Wege sich hier trennen.»

«Du wirst es schon schaffen, Jack», sagte Nashe. «Vergiß bloß nicht, dir nach den Mahlzeiten die Zähne zu putzen, dann kann überhaupt nichts schiefgehen.»

Sie faßten sich an den Ellbogen, drückten kurz und kräftig zu, und dann bat ihn Pozzi, die Zigarette zu halten, während er durch das Loch kröche. Gleich darauf stand er auf der anderen Seite des Zauns, und Nashe gab ihm die Zigarette zurück.

«Komm doch mit», sagte Pozzi. «Stell dich nicht so blöd an, Jim. Komm jetzt.»

Er sagte das mit solchem Ernst, daß Nashe beinahe nachgab, aber dann wartete er zu lange mit einer Antwort, und in dieser Zeit ging die Versuchung vorüber. «Ich werde in ein paar Monaten nachkommen», sagte er. «Du solltest jetzt besser verschwinden.»

Pozzi trat vom Zaun zurück, zog noch einmal an der Zigarette und schnippte sie dann weg, so daß ein kleiner Funkenschauer über die Straße stäubte. «Morgen ruf ich deine Schwester an und sag ihr, daß es dir gutgeht», sagte er.

«Nun hau schon ab», sagte Nashe und rüttelte mit einer schroffen, ungeduldigen Geste am Zaun. «Halt dich ran.»

«Ich bin ja schon weg», sagte Pozzi. «Bevor du bis hundert gezählt hast, weißt du bereits nicht mehr, wer ich bin.»

Dann drehte er sich ohne ein Abschiedswort um und begann die Straße hinunterzulaufen.

Als Nashe danach im Bett lag, studierte er die Geschichte ein, die er Murks am Morgen erzählen wollte, und ging sie so lange durch, bis sie sich überzeugend anhörte: daß er und Pozzi sich gegen zehn Uhr schlafen gelegt hätten, daß er in den nächsten acht Stunden kein Geräusch gehört habe («Ich schlafe immer wie ein Stein»), daß er um sechs aus seinem Zimmer gekommen sei, um Frühstück zu machen, daß er an die Tür des Jungen geklopft habe, um ihn zu wekken, und dann entdeckt habe, daß er nicht da sei. Nein, Jack habe nicht davon gesprochen, daß er wegwolle, und er habe auch keinen Brief oder sonst einen Hinweis hinterlassen, wo er jetzt sein könnte. Wer weiß, was ihm zugestoßen sei? Vielleicht sei er bloß früh aufgestanden und habe sich zu einem Spaziergang entschlossen. Sicher, ich werde Ihnen helfen, ihn zu finden. Wahrscheinlich wandert er irgendwo im Wald herum und versucht einen Blick auf die nach Süden ziehenden Gänse zu erhaschen.

Aber Nashe hatte keine Chance, irgendeine dieser Lügen zu erzählen. Als am Morgen um sechs sein Wecker klingelte, ging er in die Küche, setzte das Kaffeewasser auf, öffnete dann, neugierig auf die Außentemperatur, die Wohnwagentür und streckte prüfend den Kopf hinaus. Und da erblickte er Pozzi – obwohl es eine Weile dauerte, bis er ihn erkannt hatte. Anfangs sah er bloß einen schemenhaften Haufen, ein Bündel blutbespritzter Kleidung auf dem Boden, und selbst nachdem er gemerkt hatte, daß ein Mann in diesen Kleidern steckte, sah er darin nicht Pozzi, sondern eine Halluzination, etwas das einfach nicht dasein konnte. Ihm fiel auf, daß die Kleider denen, die Pozzi am Abend zuvor getragen hatten, bemerkenswert ähnlich waren, daß der Mann die gleiche Windjacke, das gleiche Sweatshirt mit Kapuze, die gleichen Jeans und die gleichen senffarbenen Stiefel trug, aber noch immer konnte Nashe die Fakten nicht zusammensetzen und sich sagen: *Ich sehe Pozzi.* Denn die Glieder des Mannes waren seltsam verdreht und schlaff, sein Kopf war (in einem fast unmöglichen Winkel, als wolle er sich vom Körper trennen) zur Seite abgeknickt, so daß Nashe zu der Überzeugung gelangte, der Mann müsse tot sein.

Dann ging er langsam die Treppe hinunter, und jetzt endlich begriff er, wen er da vor sich sah. Als er über das Gras auf den Körper des Jungen zuging, hörte Nashe leise würgende Geräusche aus seiner Kehle kommen. Er fiel auf die Knie, nahm Pozzis zerschlagenes Gesicht in die Hände und stellte fest, daß noch ein schwacher Puls durch die Halsadern des Jungen flatterte. «Mein Gott», sagte er, sich nur halb bewußt, daß er laut redete. «Was haben sie mit dir gemacht, Jack?» Die Augen des Jungen waren zugeschwollen, große Wunden klafften auf seiner Stirn, an den Schläfen, um den Mund, und mehrere Zähne fehlten: ein zertrümmertes Gesicht, ein zur Unkenntlichkeit zerschlagenes Gesicht. Nashe hörte wieder das Würgen aus seiner Kehle, und dann nahm er Pozzi wimmernd in die Arme und trug ihn die Treppe hinauf in den Wohnwagen.

Wie ernst die Verletzungen waren, ließ sich unmöglich feststellen. Der Junge war bewußtlos, vielleicht sogar im Koma, aber daß er Gott weiß wie lange dort draußen in der eisigen Herbstluft gelegen hatte, konnte alles nur noch schlimmer gemacht haben. Wahrscheinlich hatte das am Ende genausoviel Schaden angerichtet wie die Schläge selbst. Nashe legte den Jungen auf das Sofa, stürzte dann erst ins eine, dann ins andere Schlafzimmer und zog die Decken von den Betten. Er hatte einige Leute, die aus brennenden Häusern gerettet worden waren, am Schock sterben sehen, und Pozzi wies alle Symptome eines schlimmen Falles auf: die schreckliche Blässe, die blauen Lippen, die eiskalten, leichenhaften Hände. Nashe tat, was er konnte, um ihn warm zu halten, massierte den Körper unter den Decken und schwenkte, um das Blut wieder in Fluß zu bringen, die Beine des Jungen auf und nieder, aber auch als seine Temperatur ein wenig anzusteigen begann, wies nichts darauf hin, daß er aufwachen würde.

Danach ging alles schnell. Um sieben stapfte Murks die Stufen hoch und klopfte wie gewöhnlich an die Tür, und als Nashe ihn hineinrief, mußte er beim Anblick Pozzis erst einmal lachen. «Was ist denn mit dem los?» sagte er und zeigte mit dem Daumen nach dem Sofa. «Hat er sich gestern wieder vollaufen lassen?» Aber als er näher kam und Pozzis Gesicht sehen konnte, verwandelte sich seine Belustigung in Entsetzen. «Gott im Himmel», sagte er. «Dem Jungen geht es schlecht.» – «Allerdings, verdammt, es geht ihm schlecht», sagte Nashe. «Wenn er nicht binnen einer Stunde im Krankenhaus ist, wird er es nicht überleben.»

Murks lief zum Haus zurück, um den Jeep zu holen, und Nashe schleppte in der Zwischenzeit die Matratze von Pozzis Bett und lehnte sie an die Wand des Wohnwagens; damit sollte ihr behelfsmäßiger Krankenwagen ausgelegt werden. Die Fahrt würde ohnehin rauh genug, aber vielleicht konnte das Polster verhindern, daß der Junge allzu heftig herumgestoßen würde. Als Murks endlich zurückkam, saß noch ein zweiter Mann auf dem Beifahrersitz des Jeeps. «Das ist Floyd», sagte er. «Er kann uns helfen, den Jungen zu tragen.» Floyd war Murks' Schwiegersohn. Alter etwa Mitte bis Ende Zwanzig – ein hochgewachsener, kräftig gebauter junger Mann, knapp einsfünfundneunzig groß, mit einem glatten rötlichen Gesicht und einer wollenen Jagdmütze auf dem Kopf. Er schien jedoch allenfalls mäßig intelligent zu sein, und als Murks ihn Nashe vorstellte, streckte er ihm mit einer der Situation vollkommen unangemessenen plumpernsten Fröhlichkeit die Hand entgegen. Nashe war so angewidert, daß er sich weigerte, ihm seinerseits die Hand zu geben, und er starrte Floyd so lange an, bis der große Mann den Arm wieder sinken ließ.

Nashe manövrierte die Matratze auf die Rückbank des Jeeps, und dann gingen die drei in den Wohnwagen, hoben Pozzi mitsamt den Decken vom Sofa und trugen ihn nach draußen. Nashe deckte ihn sorgsam zu, versuchte es ihm so bequem wie möglich zu machen, aber jedesmal wenn er dem Jungen ins Gesicht sah, wußte er, daß es keine Hoffnung mehr gab. Pozzi hatte keine Chance mehr. Bis sie ihn ins Krankenhaus gebracht hätten, wäre er längst tot.

Aber es sollte noch schlimmer kommen. Jetzt schlug nämlich Murks Nashe mit der Hand auf die Schulter und sagte: «Wir kommen so schnell wie möglich zurück.» Und als Nashe dann endlich aufging, daß sie nicht vorhatten, ihn mitzunehmen, brannten ihm plötzlich die Sicherungen durch, und er fuhr wütend zu Murks herum. «Tut mir leid», sagte Murks. «Ich kann dich nicht mitnehmen. Es hat für heute schon genug Ärger gegeben, und ich will nicht, daß die Lage außer Kontrolle gerät. Du brauchst dir keine Sorgen zu machen, Nashe. Floyd und ich schaffen das auch allein.»

Aber Nashe war außer sich, und anstatt zurückzuweichen, stürzte er sich auf Murks und packte ihn an der Jacke, nannte ihn einen Lügner und einen gottverdammten Mistkerl. Doch ehe er seine Faust in Calvins Gesicht landen konnte, war plötzlich Floyd über ihm, umschlang ihn von hinten und riß ihn vom Boden hoch. Murks wich ein paar Schritte zurück, zog seinen Revolver aus dem Halfter und richtete ihn auf Nashe. Aber auch das machte der Sache kein Ende. Nashe schrie und zappelte in Floyds Umklammerung weiter. «Erschieß mich doch, du Schwein!» sagte er zu Murks. «Los, mach schon, erschieß mich doch!»

«Er weiß nicht mehr, was er redet», sagte Murks gelassen und warf seinem Schwiegersohn einen Blick zu. «Die arme Sau hat den Verstand verloren.»

Ohne Vorwarnung schleuderte Floyd ihn gewaltsam zu Boden, und ehe Nashe wieder hochkommen und seinen Angriff fortsetzen konnte, krachte ihm ein Stiefel in den Magen. Es verschlug ihm den Atem, und während er am Boden keuchend nach Luft rang, gingen die beiden Männer zum Jeep und stiegen ein. Nashe hörte den Motor anspringen, und als er endlich wieder stehen konnte, waren sie bereits losgefahren und verschwanden mit Pozzi im Wald.

Danach zögerte er keinen Augenblick. Er ging hinein, zog seine Jacke an, stopfte sich die Taschen mit Essen voll und kam gleich wieder aus dem Wohnwagen. Er hatte nur noch den Gedanken fortzukommen. Eine günstigere Gelegenheit zur Flucht würde sich nie mehr bieten, und die wollte er nicht verstreichen lassen. Er würde durch das Loch kriechen, das er am Abend zuvor mit Pozzi gegraben hatte, und dann hätte er die Sache hinter sich.

Ohne einen Blick an die Mauer zu verschwenden, ging er mit raschen Schritten über die Wiese, und als er den Waldrand erreichte, fing er plötzlich an zu laufen, rannte den Pfad entlang, als ginge es um sein Leben. Wenige Minuten später kam er an den Zaun; von der Anstrengung keuchend, stützte er sich mit den Armen am Gitter ab und starrte auf die Straße dahinter. Zunächst fiel ihm gar nicht auf, daß das Loch verschwunden war. Doch als er langsam wieder zu Atem kam, blickte er nach unten und sah, daß er auf ebenem Boden stand. Das Loch war zugeschüttet, die Schaufel verschwunden, und die ganzen Blätter und Zweige um ihn her machten es fast unmöglich zu erkennen, daß hier einmal ein Loch gewesen war.

Nashe packte den Zaun mit allen zehn Fingern und drückte zu, so fest er konnte. So stand er fast eine Minute lang, dann löste er seine Hände, hob sie ans Gesicht und begann zu schluchzen.

8

In den Nächten danach hatte er mehrmals den gleichen Traum. Ihm war, als erwachte er in der Dunkelheit seines Zimmers, und wenn er begriff, daß er nicht mehr schlief, zog er sich an, stieg aus dem Wohnwagen und begann über die Wiese zu gehen. Wenn er zu dem Werkzeugschuppen am anderen Ende kam, trat er die Tür ein, nahm eine Schaufel und lief weiter über den Waldpfad zum Zaun. Der Traum war jedesmal deutlich und genau, keine Verzerrung der Wirklichkeit, eher ein Abbild, ein an Einzelheiten des realen Lebens so reiches Trugbild, daß Nashe nie argwöhnte, es könnte nur geträumt sein. Er hörte das leise Knistern auf dem Boden unter seinen Füßen, er spürte die frostige Nachtluft auf seiner Haut, er roch den scharfen Fäulnisgeruch unter den Bäumen. Aber sobald er mit der Schaufel in der Hand am Zaun ankam, brach der Traum plötzlich ab, er wachte auf und stellte fest, daß er noch im Bett lag.

Die Frage war: Warum stand er jetzt nicht auf und tat genau das, was er eben im Traum getan hatte? Nichts konnte ihn daran hindern, einen Fluchtversuch zu unternehmen, und doch schreckte er immer wieder davor zurück und weigerte sich, dies auch nur als Möglichkeit in Betracht zu ziehen. Anfangs erklärte er sich diesen Widerwillen mit seiner Angst. Er war überzeugt, daß Murks die Verantwortung für das trug, was Pozzi zugestoßen war (zweifellos hatte auch Floyd dabei mitgewirkt), und er hatte allen Grund zu der Annahme, daß er, sollte er sich aus dem Vertrag zu stehlen versuchen, mit einer ähnlichen Behandlung zu rechnen hatte. Gewiß, Murks hatte einen bestürzten Eindruck gemacht, als er Pozzi morgens im Wohnwagen sah, aber wer konnte schon wissen, ob das nicht nur Schauspielerei gewesen war? Nashe hatte Pozzi die Straße entlanglaufen sehen; wie hätte er denn wieder auf die Wiese zurückgelangen können, wenn Murks ihn nicht dort abgelegt hatte? Wäre der Junge von jemand anderem zusammengeschlagen worden, hätte dieser ihn auf der Straße liegen lassen und sich aus dem Staub gemacht. Und selbst wenn Pozzi da noch bei Bewußtsein gewesen wäre, hätte er nicht mehr die Kraft gehabt, durch das Loch zurückzukriechen, geschweige denn allein die ganze Wiese zu überqueren. Nein, Murks hatte ihn dort abgelegt, um Nashe zu warnen, um ihm zu zeigen, was mit Leuten geschah, die einen Ausbruch wagten. Angeblich hatte er Pozzi in das Sisters of Mercy-Hospital in Doylestown gefahren, aber konnte nicht auch diese Behauptung nur eine Lüge sein? Genausogut konnten sie den Jungen einfach irgendwo im Wald verbuddelt haben. Selbst wenn er da noch am Leben gewesen wäre. Man braucht einem Menschen nur etwas Erde aufs Gesicht zu schaufeln, und bevor man bis hundert gezählt hat, ist er erstickt. Immerhin war Murks Meister im Zuschütten von Löchern. Wenn der sich eines vornahm, konnte man hinterher nicht mehr erkennen, ob es überhaupt je dagewesen war.

Ganz allmählich jedoch ging Nashe auf, daß die Sache mit Angst nichts zu tun hatte. Sobald er sich ausmalte, wie er von der Wiese weglief, sah er Murks mit dem Revolver auf seinen Rücken zielen und langsam abdrücken – aber die Vorstellung von einer Kugel, die in seinen Körper drang und ihm das Herz zerfetzte, machte ihn nicht ängstlich, sondern eher wütend. Vielleicht hatte er ja den Tod verdient, aber Murks sollte auf keinen Fall die Genugtuung haben, ihn zu töten. Das wäre ein zu einfacher, zu absehbarer Abschluß der Angelegenheit. Nashe hatte bereits den Tod des Jungen auf dem Gewissen, denn er hatte ihn zur Flucht überredet, aber selbst wenn er nun auch noch seinen eigenen Tod herbeiführte (und manchmal wurde dieser Gedanke fast unwiderstehlich), ließe sein Unrecht sich damit nicht ungeschehen machen. Und deshalb setzte er die Arbeit an der Mauer fort – nicht weil er Angst hatte, nicht weil er sich verpflichtet fühlte, seine Schulden abzuarbeiten, sondern weil er sich rächen wollte. Er würde seine Zeit dort ableisten, und wenn man ihn endlich ziehen ließe, würde er zur Polizei gehen und Murks verhaften lassen. Das war das mindeste, was er jetzt noch für den Jungen tun konnte, meinte er. Er mußte lange genug am Leben bleiben, um dafür sorgen zu können, daß dieser Mistkerl bekam, was er verdient hatte.

Er setzte sich hin und schrieb einen Brief an Donna, worin er erklärte, daß seine Arbeit auf der Baustelle sich länger hinziehe als erwartet. Er habe gedacht, um diese Zeit damit fertig zu sein, doch werde er wohl noch sechs bis acht Wochen weitermachen müssen. Da er nicht daran zweifelte, daß Murks den Brief öffnen und lesen würde, bevor er ihn abschickte, erwähnte er die Ereignisse um Pozzi mit keinem Wort. Er versuchte einen unbeschwerten und heiteren Tonfall durchzuhalten und legte noch ein besonderes Blatt für Juliette dazu – die Zeichnung einer Burg und einige Scherzfragen, die sie amüsieren mochten –, und eine Woche später schrieb Donna in ihrer Antwort, sie sei froh, daß er einen so zufriedenen Eindruck mache. Was er arbeite, spiele keine Rolle, fügte sie hinzu. Solange es ihm Freude mache, sei dies schon Lohn genug. Doch hoffe sie sehr, er werde sich nach Abschluß dieser Arbeit irgendwo niederlassen. Sie alle würden ihn schrecklich vermissen, und Juliette könne es kaum erwarten, ihn wiederzusehen.

Dieser Brief tat Nashe weh, und noch Tage danach gab es

ihm jedesmal einen Stich, wenn er daran dachte, wie gründlich er seiner Schwester etwas vorgemacht hatte. Er war jetzt so abgeschnitten von der Welt wie nie zuvor, und es gab Augenblicke, in denen er spürte, wie etwas in ihm zusammenbrach, als gäbe der Boden unter seinen Füßen langsam nach und zerbröckelte unter dem Druck seiner Einsamkeit. Die Arbeit ging weiter, aber auch das war ein einsames Geschäft, bei dem er Murks soweit wie möglich aus dem Weg ging und nur mit ihm redete, wenn es absolut unumgänglich war. Murks trug das gleiche gelassene Gebaren zur Schau wie immer, aber Nashe ließ sich nicht davon einlullen, sondern trat der gespielten Freundlichkeit des Vorarbeiters mit kaum verhüllter Verachtung entgegen. Mindestens einmal täglich malte er sich eine komplizierte Szene aus, in der er sich in einem plötzlichen Wutanfall auf Murks stürzte – ihn ansprang und zu Boden warf, ihm den Revolver aus dem Halfter zog und genau zwischen die Augen hielt. Arbeiten war das einzige Ventil für diesen inneren Aufruhr, das geistlose Schleppen und Ziehen der Steine, und er stürzte sich mit so grimmiger, schonungsloser Leidenschaft hinein, daß er allein am Tag mehr schaffte als früher mit Pozzi zusammen. Da er den Karren immer mit drei oder vier Steinen gleichzeitig belud, bekam er die zweite Reihe in weniger als einer Woche fertig. Rätselhaft war es ihm, daß er bei jedem Gang über die Wiese an Stones kleine Welt im Haupthaus denken mußte, als ob jeder echte Stein, den er anfaßte, ihn an den Mann erinnerte, der diesen Namen trug. Früher oder später würde Stone auch von diesem Ort ein Modell herstellen, dachte Nashe, ein maßstabgetreues Abbild der Mauer, der Wiese und des Wohnwagens, und wenn er damit fertig wäre, würde er zwei winzige Figuren mitten in dieses Gelände setzen: eine für Pozzi und eine für ihn selbst. Die Vorstellung so übertriebener Verkleinerung begann auf Nashe eine fast unerträgliche Faszination auszuüben. Unfähig, von dem Gedanken abzulassen, stellte er sich manchmal sogar vor, er lebe bereits im Innern dieses Modells und Flower und Stone sähen von oben auf ihn herab. Und plötzlich konnte er sich durch ihre Augen sehen – als sei er nicht größer als ein Daumen, eine kleine graue Maus, die in ihrem Käfig hin und her huschte.

Am schlimmsten aber war es abends, wenn die Arbeit getan war und er allein zum Wohnwagen zurückging. Dann vermißte er Pozzi am meisten, und anfangs setzten ihm Kummer und Sehnsucht zuweilen so heftig zu, daß er kaum noch die Kraft aufbringen konnte, sich ein anständiges Essen zuzubereiten. Ein paarmal aß er überhaupt nichts, sondern saß lediglich mit einer Flasche Bourbon im Wohnzimmer und hörte sich bis zum Schlafengehen mit voller Lautstärke Requiems von Mozart und Verdi an; er heulte buchstäblich im dröhnenden Lärm der Musik, dachte im Sturmgetöse menschlicher Stimmen an den Jungen, als sei er nur noch ein Stück Erde, ein spröder Klumpen Erde, der zu dem Staub zerfiel, aus dem er gemacht war. Es tröstete ihn, sich in solch theatralischem Schmerz zu ergehen, in den Tiefen einer düsteren, unergründlichen Trauer zu versinken, aber selbst nachdem er sich wieder gefangen hatte und seine Einsamkeit ihm zur Gewohnheit wurde, kam er nie ganz über Pozzis Abwesenheit hinweg und hörte nicht auf, den Jungen zu betrauern, so als wäre ein Teil seiner selbst für immer verlorengegangen. Die Arbeit im Haushalt wurde ihm langweilig und erschien sinnlos, eine mechanische Plakkerei – Essen kochen und in den Mund schaufeln, Dinge schmutzig machen und wieder säubern –, ein animalischer Automatismus. Er versuchte die Leere durch Lektüre auszufüllen, erinnerte sich, wieviel Vergnügen die Bücher ihm unterwegs bereitet hatten, doch jetzt fiel es ihm schwer, sich zu konzentrieren, und kaum begann er eine Seite zu lesen, bedrängte ihn ein Schwarm von Bildern aus der Vergangenheit:

wie er an einem Nachmittag vor fünf Monaten in Minnesota mit Juliette im Garten Seifenblasen gepustet hatte; wie er seinen Freund Bobby Turnbull in Boston durch einen brennenden Fußboden hatte stürzen sehen; mit welchen Worten er Thérèse gebeten hatte, ihn zu heiraten; das Gesicht seiner Mutter, als er sie nach ihrem Schlaganfall zum erstenmal in Florida im Krankenhaus besucht hatte; wie Donna als Cheerleader in der High-School herumgehüpft war. Er wollte sich nicht an all das erinnern, doch solange die Geschichten in den Büchern ihn nicht von sich selbst ablenkten, vermochte er gegen den Ansturm der Erinnerungen einfach nichts auszurichten. Er ertrug diese nächtlichen Attakken fast eine Woche lang, aber dann brach er eines Morgens verzweifelt zusammen und fragte Murks, ob er ihm nicht ein Klavier besorgen könnte. Nein, es müsse kein richtiges Klavier sein, sagte er, er brauche nur etwas, um sich zu beschäftigen, eine Zerstreuung, um seine Nerven zu beruhigen.

«Kann ich verstehen», sagte Murks betont einfühlsam. «Es muß ja einsam sein, so ganz allein hier draußen. Ich meine, der Junge war schon ziemlich verquer, aber immerhin Gesellschaft. Aber das wird teuer. Was dir natürlich klar ist.»

«Mir egal», sagte Nashe. «Ich verlange kein richtiges Klavier. Allzuviel sollte es nicht kosten.»

«Hab noch nie von einem Klavier gehört, das keines ist. Von was für einem Instrument reden wir hier eigentlich?»

«Von einem elektronischen Keyboard. Sie kennen doch diese transportablen Dinger, die man an die Steckdose anschließt. Sie haben Lautsprecher und komische kleine Plastiktasten. So was haben Sie bestimmt schon mal im Kaufhaus gesehen.»

«Kann ich nicht behaupten. Aber das heißt ja nichts. Sag mir einfach, was du haben willst, Nashe, und ich besorg es dir.»

Zum Glück hatte er seine Notenhefte noch, Material zum Spielen war also genug vorhanden. Als er sein Klavier verkauft hatte, war es ihm ziemlich sinnlos erschienen, sie zu behalten, doch hatte er es nicht über sich gebracht, sie wegzuwerfen, und so waren sie das ganze Jahr über im Kofferraum seines Wagens mit ihm herumgereist. Insgesamt waren es über ein Dutzend Hefte: Auswahlen aus einer Vielzahl von Komponisten (Bach, Couperin, Mozart, Beethoven, Schubert, Bartók, Satie), ein paar Hefte mit Übungen von Czerny und ein dicker Band mit Klavierbearbeitungen von beliebten Jazz- und Bluesnummern. Am nächsten Abend brachte Murks das Instrument, und so bizarr und lächerlich dieses Erzeugnis der Technik auch sein mochte – in Wahrheit war es kaum mehr als ein Kinderspielzeug –, Nashe hob das Ding glücklich aus der Kiste und stellte es auf den Küchentisch. Zwei Abende lang spielte er sich in den Stunden zwischen Essen und Schlafengehen wieder ein, absolvierte zahllose Fingerübungen, um die eingerosteten Gelenke geschmeidig zu machen, und lernte die Möglichkeiten und Grenzen der seltsamen Maschine kennen: die eigenartige Griffweite, die verstärkten Töne, der fehlende Anschlag. In dieser Hinsicht funktionierte das Keyboard eher wie ein Cembalo, und als er am dritten Abend endlich richtige Stücke zu spielen begann, bemerkte er, daß ältere Werke – Stücke, die vor der Erfindung des Klaviers geschrieben worden waren – sich darauf meist besser anhörten als neuere. Also konzentrierte er sich auf Werke, die vor dem neunzehnten Jahrhundert entstanden waren. *Das Notenbüchlein der Anna Magdalena Bach, Das Wohltemperierte Klavier*, «Die geheimnisvollen Barrikaden». Wenn er dieses letztere spielte, mußte er unweigerlich an die Mauer denken, und er spielte es immer wieder, viel öfter als irgendeines der anderen. Das Stück dauerte kaum länger als zwei Minuten, und an keiner Stelle seines langsamen, würdigen Fortschreitens mit all den

Pausen, Ritardandi und Wiederholungen mußte er mehr als einen Ton auf einmal anschlagen. Die Musik fing an und hörte auf, fing wieder an, hörte wieder auf, doch bei alldem schritt das Stück ständig voran, drängte einer Auflösung entgegen, die niemals kam. Waren das die geheimnisvollen Barrikaden? Nashe erinnerte sich, irgendwo gelesen zu haben, daß niemand genau wisse, was Couperin mit diesem Titel gemeint habe. Einige Fachleute interpretierten ihn als eine komische Anspielung auf Damenunterwäsche – die Undurchdringlichkeit der Korsette –, während andere darin einen Verweis auf die ungelösten Harmonien des Stückes erblickten. Nashe selbst tappte im dunkeln. Was ihn betraf, standen die Barrikaden für die Mauer, die er auf der Wiese baute, aber damit wußte er natürlich noch nicht, was sie wirklich bedeuteten.

Die Stunden nach der Arbeit waren ihm jetzt keine unausgefüllte und bleierne Zeit mehr. Die Musik brachte Vergessen, das angenehme Gefühl, nicht mehr über sich selbst nachdenken zu müssen, und wenn er seine abendlichen Übungen beendet hatte, fühlte Nashe sich gewöhnlich so abgestumpft und emotionslos, daß er ohne große Schwierigkeiten einschlafen konnte. Aber er verachtete sich, weil er es zuließ, daß seine Gefühle für Murks freundlicher wurden, weil er mit solcher Dankbarkeit der Güte des Vorarbeiters gedachte. Murks hatte nicht nur große Anstrengungen unternommen, ihm das Keyboard zu besorgen, sondern sich geradezu auf diese Chance gestürzt, als hätte er im Leben nur den einen Wunsch, Nashes gute Meinung von ihm wiederherzustellen. Nashe wollte Murks von Grund auf hassen, ihn durch die schiere Kraft dieses Hasses in ein Tier verwandeln, aber wie war das möglich, wenn der Mann sich einfach nicht wie ein Ungeheuer aufführen wollte? Murks brachte jetzt ab und zu kleine Geschenke in den Wohnwagen mit (Pasteten, die seine Frau gebacken hatte, Wollschals, Extradecken), und bei der Arbeit war er die Großmut selbst und sagte immer wieder, Nashe solle langsamer machen und sich nicht so anstrengen. Und was das unangenehmste war, er schien sich sogar um Pozzi zu sorgen; mehrmals in der Woche gab er Nashe Nachricht vom Befinden des Jungen, wobei er redete, als stünde er in ständigem Kontakt mit dem Krankenhaus. Wie sollte Nashe diese Besorgnis verstehen? Er hielt sie für einen Trick, für eine Nebelwand, hinter der die wahre Gefahr, die Murks für ihn darstellte, verborgen werden sollte – aber konnte er wirklich sicher sein? Ganz allmählich spürte er, wie er schwach wurde, der stillen Beharrlichkeit des Vorarbeiters nachgab. Jedesmal wenn er ein Geschenk akzeptierte, jedesmal wenn er über eine Bemerkung Calvins lächelte oder eine Pause einlegte, um über das Wetter zu plaudern, hatte er das Gefühl, einen Verrat an sich selbst zu begehen. Und doch tat er es immer wieder. Schließlich hielt ihn nur noch die fortgesetzte Präsenz des Revolvers davon ab zu kapitulieren. Die Waffe machte unmißverständlich klar, wie es zwischen ihnen stand, und wenn er sich ihre fundamentale Ungleichheit ins Gedächtnis zurückrufen wollte, brauchte er nur einen Blick auf Murks' Hüfte zu werfen. Nur um zu sehen, was passieren würde, wandte er sich dann eines Tages an Murks und sagte: «Was soll eigentlich der Revolver, Calvin? Rechnen Sie noch immer mit Schwierigkeiten?» Worauf Murks mit verwirrter Miene nach seinem Halfter sah und sagte: «Keine Ahnung. Ich trage ihn wohl nur noch aus Gewohnheit.» Und als er am nächsten Morgen zur Arbeit auf die Wiese kam, war der Revolver verschwunden.

Nashe wußte nicht mehr, was er denken sollte. Wollte Murks ihm damit bedeuten, daß er jetzt frei sei, oder war auch dies nur wieder ein Schachzug in einem ausgeklügelten Betrugsmanöver? Ehe Nashe zur Besinnung kommen konnte, wurde gar noch ein weiterer Brocken in den Mahlstrom seiner Ungewißheit geworfen. Und zwar in Form eines kleinen Jungen, und etliche Tage danach hatte Nashe das Gefühl, am Rand eines Abgrunds zu stehen, ins Innere einer privaten Hölle zu starren, von deren Existenz er nie etwas geahnt hatte: eine glühende Unterwelt voller lärmender Bestien und dunkler, unvorstellbarer Triebe. Am dreizehnten Oktober, kurz nachdem er die Waffe abgelegt hatte, kam Murks mit einem vierjährigen Jungen auf die Wiese, den er als seinen Enkel Floyd junior vorstellte.

«Floyd senior hat diesen Sommer in Texas seinen Job verloren», sagte er, «und jetzt sind er und meine Tochter Sally hierher zurückgekommen, um noch mal von vorn anzufangen. Sie sind beide unterwegs auf Arbeits- und Wohnungssuche, und da Addie sich bei dem Wetter heut morgen nicht ganz wohl fühlt, hat sie gemeint, der kleine Floyd könnte doch mal mit mir mitzuckeln. Ich hoffe, du hast nichts dagegen. Ich werde ihn im Auge behalten und aufpassen, daß er dir nicht in die Quere kommt.»

Es war ein magerer Junge mit einem langen, schmalen Gesicht und einer triefenden Nase; in einen dicken roten Parka gehüllt stand er neben seinem Großvater und bedachte Nashe mit Blicken, die ebenso neugierig wie gleichgültig waren, so als sei er plötzlich mit einem merkwürdigen Vogel oder Strauch konfrontiert. Nein, Nashe hatte nichts dagegen, aber selbst wenn, wie hätte er es wagen können, das auszusprechen? Die meiste Zeit an diesem Vormittag kletterte und tollte der Junge zwischen den Steinhaufen am einen Ende der Wiese herum wie ein seltsam stummes Äffchen, doch immer wenn Nashe wieder in diese Ecke kam, um den Karren vollzuladen, unterbrach der Junge sein Treiben, blieb irgendwo da oben hocken und musterte ihn mit stets gespannten, ausdruckslosen Blicken. Nashe fühlte sich immer unbehaglicher, und nachdem sich das sechs- oder siebenmal wiederholt hatte, war er davon so entnervt, daß er sich zwang, zu dem Jungen aufzublicken und ihn anzulächeln – einfach, um irgendwie den Bann zu brechen. Unerwartet lächelte der Junge zurück und winkte ihm zu, und wie eine Erinnerung aus einem anderen Jahrhundert kam Nashe in diesem Moment die Erkenntnis, daß dies derselbe Junge war, der ihm und Pozzi in jener Nacht vom Rücksitz des Kombis zugewinkt hatte. Ob sie es dadurch herausbekommen hatten? fragte er sich. Hatte der Junge seinen Eltern erzählt, daß er die beiden Männer ein Loch unter dem Zaun hatte graben sehen? Hatte der Vater dann Murks aufgesucht und ihm von der Beobachtung des Jungen berichtet? Nashe kam nie ganz dahinter, wie es zugegangen sein mochte, aber kaum war ihm der Gedanke gekommen, blickte er noch einmal zu Murks' Enkel auf und merkte, daß er ihn mehr haßte als jeden anderen Menschen, den er je in seinem Leben gehaßt hatte. Er haßte ihn so sehr, daß er ihn hätte umbringen können.

Und damit fing der Horror an. Ein winziges Samenkorn war ihm in den Kopf gepflanzt worden, und bevor er überhaupt merkte, daß es da war, keimte es bereits in ihm auf und begann wie eine wilde mutierte Pflanze ins Kraut zu schießen, entwickelte ein ekstatisches Wachstum, das den ganzen Boden seines Bewußtseins zu überwuchern drohte. Er brauchte sich nur den Jungen zu schnappen, dachte er, und alles würde sich ändern: plötzlich würde er erfahren, was er unbedingt wissen mußte. Den Jungen für die Wahrheit, würde er zu Murks sagen, und dann würde Calvin reden und ihm erzählen müssen, was er mit Pozzi getan hatte. Er hätte keine andere Wahl. Wenn er nicht redete, würde sein Enkel sterben. Dafür würde Nashe sorgen. Er würde den Jungen vor seinen Augen erwürgen.

Kaum hatte Nashe diesen Gedanken zugelassen, schlossen sich andere an, jeder brutaler und abscheulicher als sein Vorgänger. Er schlitzte dem Jungen mit einer Rasierklinge die Kehle durch. Er trat ihn mit seinen Stiefeln tot. Er nahm seinen Kopf und schmetterte ihn an einen Stein, zertrümmerte ihm den kleinen Schädel, bis das Hirn als Brei hervorquoll. Gegen Ende des Vormittags befand sich Nashe im Zustand der Raserei, in einem mordgierigen Delirium. Er mochte sich dieser Bilder noch so verzweifelt erwehren, kaum waren sie verschwunden, lechzte er auch schon wieder danach. Das war das eigentlich Entsetzliche: nicht daß er sich vorstellen konnte, den Jungen umzubringen, sondern daß er es sich unablässig von neuem vorstellen wollte.

Das schlimmste dabei war, daß der Junge immer wieder auf die Wiese kam – nicht nur am nächsten Tag, sondern auch am übernächsten. Die ersten Stunden waren schon schlimm genug gewesen, aber dann mußte der Junge partout auch noch einen Narren an ihm fressen: daß sie einander angelächelt hatten, schien für ihn einem Schwur auf lebenslange Freundschaft gleichzukommen. Noch vor der Mittagspause war Floyd junior von seinem Steinhaufen heruntergekrabbelt und trabte nun seinem neuen Helden hinterher, wenn dieser den Karren über die Wiese zog. Murks wollte ihn davon abhalten, aber Nashe, der auch schon davon träumte, wie er das Kind umbringen würde, winkte ihn fort und sagte, es sei schon gut. «Das stört mich nicht», sagte er. «Ich habe Kinder gern.» Inzwischen hatte Nashe wahrgenommen, daß etwas mit dem Jungen nicht stimmte – er wirkte irgendwie stumpf und einfältig, beinahe schwachsinnig. Er konnte kaum sprechen, und während er hinter Nashe durchs Gras lief, sagte er nur immer wieder *Jim! Jim! Jim!*, wie eine Art debile Zauberformel. Bis auf sein Alter schien er mit Juliette nichts gemeinsam zu haben, und als Nashe die traurige Blässe des kleinen Jungen mit dem sprühenden Frohsinn seiner lockenköpfigen Tochter, seiner geliebten wilden Range mit dem kristallhellen Lachen und den molligen Knien verglich, empfand er nichts als Verachtung für ihn. Mit jeder weiteren Stunde wurde der Drang, über ihn herzufallen, heftiger und unbezähmbarer, und als es endlich sechs Uhr geworden war, kam es Nashe fast wie ein Wunder vor, daß der Junge noch lebte. Er brachte sein Werkzeug in den Schuppen, und als er gerade die Tür schließen wollte, trat Murks neben ihn und klopfte ihm auf die Schulter: «Das muß man dir lassen, Nashe», sagte er. «Du hast ein geschicktes Händchen. So wie mit dir heute hat der kleine Kerl sich noch nie mit jemandem angefreundet. Wenn ich es nicht mit eigenen Augen gesehen hätte, würde ich es nicht glauben.»

Am nächsten Morgen kam der Junge in seiner Halloween-Maskerade auf die Wiese: ein schwarzweißes Skelett-Kostüm mit einer Maske, die wie ein Schädel aussah. Es war eins dieser geschmacklosen billigen Dinger, die man bei Woolworth in einer Schachtel kauft, und da es an diesem Tag kalt war, trug er es über seinem Parka, was ihn seltsam aufgebläht erscheinen ließ, als hätte er über Nacht sein Gewicht verdoppelt. Murks erklärte, der Junge habe dieses Kostüm unbedingt anziehen wollen, damit Nashe ihn darin bewundern könne, und in seiner Umnachtung begann Nashe sich gleich zu fragen, ob der Junge ihm damit nicht irgend etwas sagen wollte. Schließlich stand dieses Kostüm für den Tod, den Tod in seiner reinsten und symbolischsten Form, und demnach ahnte der Junge womöglich, was Nashe vorhatte, war als Tod verkleidet auf die Wiese gekommen, weil er wußte, daß er sterben würde. Nashe konnte darin nur eine verschlüsselte Botschaft sehen. Der Junge sagte ihm: Es ist gut so, es ist alles gut, solange nur Nashe es ist, der mich tötet.

Den ganzen Tag kämpfte er gegen sich an und erfand alle möglichen Tricks, den Skelettjungen in sicherer Entfernung von seinen Mörderhänden zu halten. Am Morgen trug er ihm auf, einen bestimmten Stein an der Rückseite eines der

Haufen zu bewachen, damit dieser nicht plötzlich verschwinde, und am Nachmittag ließ er ihn mit dem Karren spielen, während er selbst sich am anderen Ende der Wiese mit Maurerarbeiten beschäftigte. Doch unvermeidlich ließ die Aufmerksamkeit des Jungen gelegentlich nach, und dann kam er zu Nashe gelaufen; und in den Zwischenzeiten hatte Nashe die aus der Ferne zu ihm herwehende Litanei seines Namens zu ertragen, das endlose *Jim, Jim, Jim*, das ihm wie ein Alarmruf aus den Tiefen seiner Angst in die Ohren schallte. Immer wieder wollte er Murks bitten, den Jungen nicht mehr mitzubringen, aber die Anstrengung, seine Gefühle unter Kontrolle zu behalten, nahm ihn so sehr mit, brachte ihn so nahe an den Rand eines Nervenzusammenbruchs, daß er seinen Worten nicht mehr trauen mochte. Am Abend trank er bis zur Besinnungslosigkeit, und als er am nächsten Morgen aus dem Wohnwagen trat, glaubte er in einem Alptraum zu erwachen – der Junge war wieder da. Er hielt eine Tüte mit Halloween-Bonbons an die Brust gedrückt, die er Nashe dann stumm und feierlich überreichte wie ein junger Krieger, der dem Stammeshäuptling die Beute seiner ersten Jagd abliefert.

«Was soll das?» fragte Nashe, an Murks gewandt.

«Jim», beantwortete der Junge die Frage selbst. «Bonbons für Jim.»

«Richtig», sagte Murks. «Er möchte seine Süßigkeiten mit dir teilen.»

Nashe machte die Tüte einen Spalt weit auf, spähte hinein und sah einen Mischmasch von Zuckerriegeln, Äpfeln und Rosinen. «Finden Sie das nicht ein bißchen übertrieben, Calvin? Was hat der Junge vor – will er mich vergiften?»

«Er denkt sich überhaupt nichts dabei», sagte Murks. «Er hatte bloß Mitleid mit dir – weil du die Halloween-Umzüge und all das verpaßt hast. Du mußt das Zeug ja nicht essen.»

«Aha», sagte Nashe; er starrte den Jungen an und fragte sich, wie er noch so einen Tag überleben sollte. «Auf die gute Absicht kommt es an, richtig?»

Aber er hielt es nicht mehr aus. Sobald er auf die Wiese hinausging, wußte er, daß er seine Grenzen erreicht hatte, daß der Junge innerhalb der nächsten Stunde sterben würde, wenn er nicht irgendeine Möglichkeit fände, sich zu bremsen. Er legte einen Stein auf den Karren, hob den nächsten und ließ ihn dann wieder aus den Händen fallen, so daß er mit einem dumpfen Geräusch auf den Boden schlug.

«Irgendwas stimmt heute nicht mit mir», sagte er zu Murks. «Ich bin wohl nicht ganz auf der Höhe.»

«Vielleicht hat dich der Grippevirus erwischt, der derzeit im Umlauf ist», sagte Murks.

«Tja, das wird es sein. Wahrscheinlich habe ich die Grippe in den Knochen.»

«Du arbeitest zuviel, Nashe, das ist das Problem. Du bist fix und fertig.»

«Wenn ich mich ein paar Stunden hinlege, geht es mir am Nachmittag vielleicht schon wieder besser.»

«Vergiß den Nachmittag. Nimm dir den ganzen Tag frei. Es hat keinen Sinn, das übers Knie zu brechen, gar keinen Sinn. Du mußt wieder zu Kräften kommen.»

«Also schön. Ich werde ein paar Aspirin schlucken und mich ins Bett legen. Trotzdem, ich verliere den Tag nur sehr ungern. Aber das läßt sich wohl nicht ändern.»

«Wegen dem Geld mach dir mal keine Sorgen. Die zehn Stunden werd ich dir auf jeden Fall gutschreiben. Nennen wir's eine Prämie fürs Kinderhüten.»

«Das muß aber nicht sein.»

«Nein, muß es nicht, aber machen kann ich es trotzdem. Wahrscheinlich ist es auch besser so. Für den Kleinen ist es sowieso viel zu kalt hier draußen. Wenn er den ganzen Tag auf der Wiese rumsteht, holt er sich womöglich noch den Tod.»

«Tja, da könnten Sie recht haben.»

«Natürlich hab ich recht. An einem Tag wie diesem kann der Junge sich den Tod holen.»

Als er mit Murks und dem Jungen zum Wohnwagen zurückging, brummte Nashe der Schädel von diesen seltsam allwissenden Worten, und als er die Tür aufmachte, fühlte er sich bereits tatsächlich krank. Sein ganzer Körper schmerzte, seine Muskeln waren unsäglich schwach vor Erschöpfung, als würde er plötzlich in hohem Fieber erglühen. Merkwürdig, wie schnell ihn das überkommen hatte: Kaum hatte Murks das Wort *Grippe* ausgesprochen, schien er sich auch schon angesteckt zu haben. Vielleicht hatte er sich überanstrengt, dachte er, und jetzt war er ausgelaugt. Vielleicht war er inzwischen so leer, daß sogar ein Wort ihn krank machen konnte.

Als er gerade gehen wollte, schlug Murks sich an die Stirn und sagte: «Ach du Schreck, beinahe hätt ich's vergessen.»

«Vergessen?» fragte Nashe. «Was denn vergessen?»

«Es geht um Pozzi. Ich hab gestern abend im Krankenhaus angerufen, um mich nach ihm zu erkundigen. Die Schwester hat gesagt, er sei weg.»

«Weg? Was soll das heißen?»

«Eben weg. Ab durch die Mitte. Er ist aus dem Bett gestiegen, hat seine Sachen angezogen und das Krankenhaus verlassen.»

«Sie brauchen mir keine Märchen zu erzählen, Calvin. Jack ist tot. Er ist vor zwei Wochen gestorben.»

«Nein, Mann, er ist nicht tot. Eine Zeitlang sah's ziemlich schlimm aus, das will ich zugeben, aber dann hatte er's geschafft. Der Knilch ist zäher, als wir gedacht haben. Und mittlerweile geht es ihm viel besser. Jedenfalls so gut, daß er aufstehen und aus dem Krankenhaus gehen kann. Ich dachte, das würde dich interessieren.»

«Mich interessiert nur die Wahrheit. Sonst gar nichts.»

«Nun, das ist die Wahrheit. Jack Pozzi ist weg, und du brauchst dir keine Sorgen mehr um ihn zu machen.»

«Dann lassen Sie mich selbst im Krankenhaus anrufen.»

«Das geht nicht, mein Sohn, das weißt du doch. Keine Telefonate, bis deine Schulden abgezahlt sind. Bei deinem Tempo wird das nicht mehr lange dauern. Dann kannst du telefonieren, solange du willst. Von mir aus bis zum Jüngsten Tag.»

Drei Tage dauerte es, bis Nashe wieder arbeiten konnte. An den ersten zwei Tagen schlief er und raffte sich nur auf, wenn Murks in den Wohnwagen kam und ihm Aspirin, Tee und Dosensuppen brachte, und als er wieder hinreichend klarsehen konnte und begriff, daß ihm diese zwei Tage einfach entgangen waren, erkannte er, daß der Schlaf nicht nur eine physische Notwendigkeit, sondern auch eine moralische Pflicht gewesen war. Das Drama mit dem kleinen Jungen hatte ihn verändert, und ohne den anschließenden Winterschlaf, ohne diese achtundvierzig Stunden, in denen er zeitweilig von sich Abschied genommen hatte, wäre ihm vielleicht nie aufgegangen, was aus ihm geworden war. Sein Schlaf war der Übergang von einem Leben in ein anderes gewesen, ein kleiner Tod, der die Dämonen in seinem Innern hatte auflodern lassen und sie dann wieder in die Flammen zurückgeschmolzen hatte, aus denen sie geboren waren. Nicht daß sie jetzt verschwunden waren, aber sie hatten keine Gestalt mehr, in ihrer formlosen Allgegenwart hatten sie sich in seinem ganzen Körper ausgebreitet – unsichtbar, aber gegenwärtig, ebenso ein Teil seiner selbst wie sein Blut und seine Chromosomen, ein feuriges Elixier in den Flüssigkeiten, die ihn am Leben erhielten. Er hielt sich nicht für besser oder schlechter als vorher, aber er verspürte keine Angst mehr. Das war der entscheidende Unterschied. Er war in das brennende Haus gestürzt und hatte sich selbst aus den Flammen gerettet, und nachdem er es einmal getan hatte, konnte die Vorstellung, es noch einmal zu tun, ihn nicht mehr schrecken.

Am dritten Morgen wachte er hungrig auf, stieg instinktiv aus dem Bett und ging in die Küche; er war noch reichlich wacklig auf den Beinen, wußte aber, daß Hunger ein gutes Zeichen war und daß er sich auf dem Weg der Besserung befand. Dann kramte er in einer der Schubladen nach einem sauberen Löffel und stieß dabei auf einen Zettel mit einer Telefonnummer, und als er die kindliche, unvertraute Schönschrift genauer betrachtete, fiel ihm plötzlich das Mädchen ein. Irgendwann während der Party am sechzehnten hatte sie ihm ihre Nummer aufgeschrieben, das wußte er noch, aber er brauchte einige Minuten, um sich auf ihren Namen zu besinnen. Ein paarmal war er ganz nahe daran (Tammy, Kitty, Tippi, Kimberley), dann war dreißig oder vierzig Sekunden lang alles leer, und als er gerade aufgeben wollte, kam er drauf: Tiffany. Sie war der einzige Mensch, der ihm helfen konnte, erkannte er. Zwar würde diese Hilfe ihn ein Vermögen kosten, aber was spielte das für eine Rolle, wenn er damit endlich Antwort auf seine Fragen erhielte? Das Mädchen hatte Pozzi gemocht, ja sie schien geradezu verrückt nach ihm gewesen zu sein, und wenn sie erführe, was ihm nach der Party zugestoßen war, müßte sie eigentlich bereit sein, im Krankenhaus anzurufen. Mehr wäre nicht erforderlich – nur ein einziger Anruf. Sie würde fragen, ob sie dort einmal einen Patienten namens Jack Pozzi gehabt hätten, und dann würde sie Nashe einen Brief schreiben – eine kurze Benachrichtigung, was sie herausgefunden hätte. Mit dem Brief konnte es natürlich Probleme geben, aber dieses Risiko würde er eingehen müssen. Er glaubte nicht, daß

Donnas Briefe geöffnet worden waren. Zumindest hatten die Umschläge nicht so ausgesehen, und warum sollte nicht auch Tiffanys Brief zu ihm durchkommen? Einen Versuch war es auf alle Fälle wert. Je mehr Nashe über seinen Plan nachdachte, desto verheißungsvoller erschien er ihm. Was hatte er außer Geld schon zu verlieren? Er setzte sich an den Küchentisch, begann seinen Tee zu trinken und versuchte sich auszumalen, wie der Besuch des Mädchens im Wohnwagen ablaufen würde. Und ehe ihm irgend etwas eingefallen war, was er zu ihr sagen könnte, bemerkte er, daß er eine Erektion hatte.

Aber erst einmal mußte Murks dazu überredet werden. Als Nashe ihm eröffnete, er wolle das Mädchen sehen, reagierte Calvin zunächst überrascht und bedachte ihn dann fast unmittelbar darauf mit einem tief gekränkten Blick. Es war, als sei er von Nashe enttäuscht, als habe Nashe gegen irgendeine stillschweigende Abmachung zwischen ihnen verstoßen, und er war nicht bereit, sich kampflos zu ergeben.

«So was Sinnloses», sagte Murks. «Neunhundert Dollar, um sich einmal im Heu zu wälzen. Das sind neun Tage Arbeit, Nashe, neunzig Stunden Schweiß und Mühen für nichts. Das lohnt sich doch nicht. Ein bißchen Weiberfleisch für soviel Schufterei. Jeder kann sehen, daß sich das einfach nicht lohnt. Du bist doch ein schlauer Bursche, Nashe, du weißt genau, wovon ich rede.»

«Ich frage Sie nicht, wie Sie Ihr Geld ausgeben», sagte Nashe. «Und wie ich meines ausgebe, geht Sie gar nichts an.»

«Ich hasse es einfach, wenn ein Mann sich zum Narren macht, das ist alles. Besonders wenn es so überflüssig ist.»

«Meine Bedürfnisse sind nicht Ihre Bedürfnisse, Calvin. Solange ich meine Arbeit mache, habe ich ein Recht auf alles, was ich verlange. So lautet die schriftliche Abmachung, und Ihnen steht es überhaupt nicht zu, darüber auch nur ein Wort zu verlieren.»

Damit hatte Nashe den Streit für sich entschieden, und

obwohl Murks noch weiter herumschimpfte, gehorchte er und traf die Vorkehrungen für den Besuch des Mädchens. Sie sollte am zehnten kommen, kaum eine Woche nachdem Nashe ihre Telefonnummer in der Schublade gefunden hatte, und es war gut, daß er nicht länger zu warten brauchte, denn seitdem er Murks überredet hatte, sie anzurufen, war es ihm unmöglich, noch an irgend etwas anderes zu denken. Lange bevor das Mädchen auftauchte, wurde ihm daher bewußt, daß seine Gründe für die Einladung nur teilweise mit Pozzi zu tun hatten. Das hatte seine Erektion bewiesen (zusammen mit denen, die noch folgten), und die nächsten Tage verbrachte er zwischen Furcht und Erregung und schlich auf der Wiese herum wie ein von Hormonausstößen geplagter Jüngling. Aber seit dem Hochsommer – seit dem Tag in Berkeley, als er die schluchzende Fiona in den Armen gehalten hatte – war er mit keiner Frau mehr zusammengewesen, und so konnte es wohl nicht ausbleiben, daß der bevorstehende Besuch des Mädchens ihn mit Gedanken an Sex erfüllen mußte. Schließlich war das ihr Geschäft. Sie fickte für Geld, und wenn er schon dafür bezahlte, was konnte es dann schaden, wenn er den Tauschhandel auch zum Abschluß brachte? Das konnte ihn nicht daran hindern, sie um Hilfe zu bitten, aber dazu würde er nur zwanzig oder dreißig Minuten brauchen, und um sie zu veranlassen, diese Zeit mit ihm zu verbringen, mußte er ihre Dienste für den ganzen Abend kaufen. Es wäre unsinnig, diese Stunden zu vergeuden. Sie gehörten ihm, und daß er das Mädchen eigentlich nur für eine Sache haben wollte, bedeutete ja nicht, daß es unrecht war, sie auch noch für etwas anderes haben zu wollen.

Am Abend des zehnten war es kalt, eher winterlich als herbstlich; kräftige Windstöße fuhren über die Wiese, und der Himmel hing voller Sterne. Das Mädchen kam in einem Pelzmantel, die Wangen rot und die Augen tränend von der frostigen Luft; und mochte auch nur die Farbe ihres Gesichts diesen Eindruck hervorrufen, jedenfalls fand Nashe sie schöner als in seiner Erinnerung. Ihre Kleidung war nicht so provokativ wie beim letztenmal – weißer Rollkragenpulli, Jeans und wollene Legwarmers, dazu die unvermeidlichen Pfennigabsätze –, alles in allem ein Fortschritt gegenüber dem geschmacklosen Kostüm, das sie im Oktober getragen hatte. Sie war jetzt mehr ihrem Alter entsprechend gekleidet. Auf alle Fälle kam Nashe zu dem Schluß, daß er sie so lieber sah, daß ihr Anblick ihm nicht mehr so unbehaglich war.

Bei ihrem Eintritt in den Wohnwagen lächelte sie ihn an; das half ihm, und obwohl er dieses Lächeln ein wenig schwülstig und theatralisch fand, lag doch genug Wärme darin, um ihn zu überzeugen, daß sie nicht ganz unglücklich war, ihn wiederzusehen. Er merkte, daß sie auch Pozzi erwartet hatte, und als sie sich in dem Raum umsah und ihn nirgends fand, war es nur natürlich, daß sie Nashe nach ihm fragte. Aber er konnte jetzt nicht mit der Wahrheit herausrücken – zumindest noch nicht. «Jack ist zu einem anderen Auftrag abberufen worden», sagte er. «Erinnerst du dich an das Projekt in Texas, von dem er dir letztes Mal erzählt hat? Nun, unser Ölfritze hatte ein paar Fragen wegen der Entwürfe, also ist Jack gestern abend mit seinem Privatjet nach Houston geflogen. Ganz unvermutete Sache. Jack hat es wirklich leid getan, aber so geht das nun mal bei unserer Arbeit. Wir müssen unsere Kunden bei Laune halten.»

«Ach Gottchen», sagte das Mädchen und versuchte erst gar nicht, ihre Enttäuschung zu verbergen. «Dabei mochte ich den Kleinen so gern. Hatte mich darauf gefreut, ihn wiederzusehen.»

«Er ist ein großartiger Bursche», sagte Nashe. «Leute wie Jack gibt's nicht alle Tage.»

«Ja, er ist schon ein toller Typ. Bei so einem Freier kommt es einem gar nicht mehr wie Arbeit vor.»

Nashe lächelte dem Mädchen zu, dann streckte er zögernd die Hand aus und berührte ihre Schulter. «Ich fürchte, heut abend wirst du dich mit mir zufriedengeben müssen», sagte er.

«Na ja, hätte schlimmer kommen können», gab sie zurück. Sie hatte sich schon wieder gefangen und setzte eine neckisch-verworfene Miene auf. Zur Steigerung der Wirkung stöhnte sie leise und fuhr sich mit der Zunge über die Lippen. «Wenn ich mich nicht irre», sagte sie, «haben wir beide doch sowieso noch was nachzuholen.»

Nashe war kurz davor, sie jetzt gleich zum Ausziehen aufzufordern, doch er wurde plötzlich verlegen, seine Erregung hatte ihm die Sprache verschlagen, und anstatt sie in die Arme zu nehmen, blieb er einfach stehen und wußte nicht mehr weiter. Er wünschte, Pozzi hätte ihm ein paar Witze dagelassen, ein paar launige Sprüche, um die Stimmung etwas anzuheben.

«Wie wär's mit Musik?» schlug er das erstbeste vor, was ihm einfiel. Ehe das Mädchen antworten konnte, kniete er bereits auf dem Boden und wühlte in den Stapeln von Kassetten herum, die er unter dem Kaffeetisch aufbewahrte. Nachdem er fast eine Minute lang mit Opern und sonstiger Klassik herumgeklappert hatte, zog er schließlich seine Kassette mit Songs von Billie Holiday hervor, *Billie's Greatest Hits*.

Das Mädchen runzelte die Stirn über die «altmodische Musik», doch als Nashe sie zum Tanzen aufforderte, schien sie von diesem merkwürdigen Vorschlag so gerührt, als hätte er sie gebeten, bei irgendeinem völlig veralteten Ritus mitzumachen – bei einem Nähkränzchen etwa, oder beim Topfschlagen. Aber Nashe tanzte tatsächlich gern, und er dachte, die Bewegung könnte zur Beruhigung seiner Nerven beitragen. Er hielt sie mit sicherem Griff, führte sie in kleinen Kreisen durch das Wohnzimmer, und nach einigen Minuten paßte sie sich an und folgte ihm anmutiger, als er erwartet hatte. Trotz ihrer hohen Absätze war sie erstaunlich leichtfüßig.

«Du bist die erste Tiffany, die ich kenne», sagte er. «Ein sehr hübscher Name. Erinnert mich an schöne und teure Dinge.»

«Genau», sagte sie. «Man soll dabei an Diamanten denken.»

«Deine Eltern müssen gewußt haben, daß du mal ein schönes Mädchen wirst.»

«Meine Eltern haben nichts damit zu tun. Den Namen hab ich mir selbst ausgesucht.»

«Ah. Das ist ja sogar noch besser. Wozu auch an einem Namen festhalten, der einem nicht gefällt?»

«Ich konnte meinen nicht ausstehen. Hab ihn geändert, sobald ich von zu Hause weg war.»

«War er denn so schlimm?»

«Wie würde es dir gefallen, Dolores zu heißen? Das ist so ziemlich der schlimmste Name, den ich mir vorstellen kann.»

«Das ist ja komisch. Meine Mutter hieß auch Dolores, und ihr hat das auch nie gefallen.»

«Ohne Scheiß? Deine Alte hieß Dolores?»

«Ja. Dolores, vom Tag ihrer Geburt bis zu ihrem Tod.»

«Wenn ihr der Name nicht gefallen hat, warum hat sie ihn dann nicht geändert?»

«Hat sie doch. Nicht so radikal wie du, aber sie hat sich einen Spitznamen zugelegt. Daß sie in Wirklichkeit Dolores hieß, habe ich erst erfahren, als ich zehn war.»

«Und wie hat sie sich genannt?»

«Dolly.»

«Tja, damit hab ich's auch eine Weile versucht. War aber

nicht viel besser. Das paßt nur auf dicke Frauen. Dolly. Das ist ein Name für Dicke.»

«Jetzt wo du's sagst – meine Mutter war tatsächlich ganz schön dick. Nicht immer, aber in den letzten Lebensjahren, da hat sie sehr zugenommen. Zuviel Schnaps. Bei manchen Leuten wirkt das so. Hat was damit zu tun, wie der Alkohol im Blut verarbeitet wird.»

«Mein Alter hat jahrelang gesoffen wie ein Loch und ist immer dünn geblieben. Anmerken konnte man ihm das nur an seiner Schnapsnase.»

So ging das Gespräch eine Zeitlang hin und her, und als das Band abgelaufen war, setzten sie sich aufs Sofa und machten eine Flasche Scotch auf. Wie beinahe vorauszusehen, bildete Nashe sich ein, er sei in sie verliebt, und nachdem jetzt das Eis gebrochen war, stellte er ihr alle möglichen persönlichen Fragen, versuchte so etwas wie Intimität herzustellen, um die wahre Natur ihrer Transaktion zu verschleiern und das Mädchen in einen echten Menschen zu verwandeln. Aber auch die Unterhaltung gehörte zum Geschäft, und obwohl sie ausführlich von sich erzählte, war ihm im Grunde klar, daß sie nur ihre Arbeit tat, daß sie nur redete, weil er eben einer dieser Kunden war, die gerne redeten. Was sie sagte, klang plausibel, doch hatte er gleichzeitig das Gefühl, sie habe das alles schon oft gesagt, ihre Erzählung sei nicht eigentlich falsch, sondern eher unwahr, eine Selbsttäuschung, an die zu glauben sie sich nach und nach gewöhnt hatte, etwa so wie Pozzi in seinen Träumen von der Pokerweltmeisterschaft gelebt hatte. Einmal sagte sie sogar, die Prostitution sei für sie nur eine provisorische Lösung. «Wenn ich genug Geld zusammenhabe», sagte sie, «mach ich damit Schluß und gehe ins Showbusiness.» Sie konnte einem nur leid tun, ihre kindischen Phrasen konnten einen nur traurig machen, aber Nashe war inzwischen so verknallt, daß er sich an so etwas nicht mehr störte.

«Du wirst bestimmt eine wunderbare Schauspielerin», sagte er. «Ich hab das gleich beim Tanzen gemerkt, wie gut du bist. Du bewegst dich wie ein Engel.»

«Ficken hält einen in Form», sagte sie ernst, als verkündete sie eine medizinische Tatsache. «Ist gut fürs Becken. Und gefickt habe ich in den vergangenen Jahren nun wirklich mehr als genug. Ich muß inzwischen so gelenkig sein wie ein verdammter Schlangenmensch.»

«Ich kenne da zufällig ein paar Agenten in New York», sagte Nashe, unfähig, sich zu bremsen. «Einer von denen hat ein großes Unternehmen, und er würde bestimmt gern mal einen Blick auf dich werfen. Sid Zeno heißt er. Wenn du willst, ruf ich ihn morgen an und mache einen Termin.»

«Da geht's doch nicht etwa um Pornos?»

«Nein nein, im Gegenteil. Zeno ist absolut seriös. Er hat einige der besten Nachwuchstalente im Filmgeschäft unter Vertrag.»

«Versteh mich richtig, so was würde ich zwar schon machen, aber wenn man da mal drin ist, kommt man kaum wieder raus. Die legen einen auf so eine Rolle fest, und dann kriegt man nie mehr die Chance, irgendwelche Kleiderrollen zu spielen. Ich meine, mein Körper ist okay, aber so aufregend nun auch wieder nicht. Ich würd lieber was machen, wo ich richtig schauspielen kann. Zum Beispiel in einer Nachmittagsserie oder womöglich sogar in einer Komödie. Du hast das vielleicht noch nicht bemerkt, aber wenn ich mal richtig loslege, kann ich ganz schön komisch sein.»

«Kein Problem. Zum Fernsehen hat Sid auch gute Kontakte. Genaugenommen hat er damit sogar angefangen. Er ist in den fünfziger Jahren einer der ersten Agenten gewesen, die exklusiv fürs Fernsehen gearbeitet haben.»

Nashe wußte kaum noch, was er da eigentlich redete. Er war voller Verlangen und fürchtete doch gleichzeitig dessen mögliche Folgen, und so quatschte er weiter, als ob er meinte, das Mädchen könnte diesen ganzen Unsinn tatsächlich für bare Münze nehmen. Aber dann gingen sie ins Schlafzimmer, und sie enttäuschte ihn nicht. Zunächst ließ sie sich von ihm auf den Mund küssen, und da er so etwas nicht zu hoffen gewagt hatte, bildete er sich umgehend ein, sich in sie zu verlieben. Ihr nackter Körper war tatsächlich nicht allzu schön, aber nun wußte er ja, daß sie ihn nicht hetzen oder durch gelangweiltes Gebaren demütigen würde, und da spielte ihr Äußeres keine Rolle mehr. Schließlich war es schon so lange her, und im Bett demonstrierte sie dann die Künste ihres arg strapazierten Beckens mit soviel Stolz und Hingabe, daß ihm nie der Gedanke kam, das Vergnügen, das er ihr zu bereiten schien, könne etwa nur vorgetäuscht sein. Nach einer Weile geriet er völlig durcheinander, er verlor den Kopf und sagte ihr einen Haufen idiotischer Dinge, die so dumm und unangemessen waren, daß er sich, hätte er sie nicht aus seinem eigenen Mund kommen hören, für verrückt erklärt haben würde.

Er machte ihr nämlich den Vorschlag, sie solle für die Zeit, die er noch an der Mauer zu arbeiten habe, zu ihm ziehen. Er werde für sie sorgen, sagte er, und nach Beendigung der Arbeit würden sie zusammen nach New York gehen, wo er als Manager ihre Karriere betreiben wolle. Diesen Sid Zeno solle sie vergessen. Er selbst werde bessere Arbeit leisten, weil er an sie glaube, weil er verrückt nach ihr sei. Sie würden höchstens noch ein oder zwei Monate in dem Wohnwagen leben, und sie könnte sich endlich mal ausruhen und eine ruhige Kugel schieben. Er würde das Essen machen und den Haushalt erledigen, für sie wäre das wie ein Urlaub, eine Möglichkeit, die vergangenen zwei Jahre abzuschütteln. Das Leben auf der Wiese sei gar nicht so übel. Ruhig, einfach und gut für die Seele. Er müsse es nur mit jemandem teilen. Er sei schon zu lange allein, dieses Alleinsein halte er nicht mehr aus. Kein Mensch könne so etwas ertragen, sagte er, die Einsamkeit mache ihn allmählich ganz verrückt. Erst vorige Woche habe er beinahe jemanden getötet, einen unschuldigen kleinen Jungen, und er habe Angst, es könnten noch schlimmere Dinge passieren, wenn er nicht sehr bald einiges an seinem Leben ändere. Wenn sie hier bei ihm bleiben wolle, würde er alles für sie tun. Er würde ihr alles geben, was sie haben wolle. Er würde sie lieben, bis sie vor Glück explodierte.

Zum Glück war der Ton seiner Rede so leidenschaftlich und aufrichtig, daß dem Mädchen gar nichts anderes übrigblieb, als das Ganze für einen Witz zu halten. Niemand konnte so etwas mit unbewegter Miene sagen und dabei erwarten, daß man ihm glaubte, und so war es gerade die Albernheit seines Geständnisses, was Nashe davor bewahrte, in die größte Verlegenheit zu geraten. Tiffany hielt ihn für einen Scherzbold, für einen komischen Kauz, der herrlich wilde Geschichten erfinden konnte, und anstatt ihm zu sagen, er solle mit dem Quatsch aufhören (was sie wohl getan hätte, wenn sie ihn ernst genommen hätte), lächelte sie über das flehende Beben in seiner Stimme und ging auf seine Rede ein, als wäre sie das Komischste, was er an dem Abend von sich gegeben hätte. «Aber gern will ich hier bei dir wohnen, Honey», sagte sie. «Du mußt dich bloß noch um Regis kümmern, dann zieh ich gleich morgen früh bei dir ein.»

«Regis?» fragte er.

«Du weißt schon, der Typ, der meine Termine regelt. Mein Zuhälter.»

Diese Antwort machte Nashe klar, wie lächerlich er sich angehört haben mußte. Doch ihr Sarkasmus gab ihm eine zweite Chance, rettete ihn vor der drohenden Katastrophe, und so ließ er sich nichts anmerken (verbarg seine Gekränktheit, seine Wehmut, den Schmerz, den ihre Worte ihm zugefügt hatten), sondern sprang nackt aus dem Bett und klatschte in gespielter Begeisterung in die Hände. «Prima!»

sagte er. «Ich bring die Sau noch heute nacht um, und dann gehörst du für immer mir.»

Jetzt fing sie an zu lachen, als würde ein Teil von ihr sich tatsächlich über seine Worte freuen, und als ihm bewußt wurde, was dieses Lachen zu bedeuten hatte, stieg machtvoll eine seltsame Bitterkeit in ihm auf. Er begann selbst zu lachen, stimmte in ihr Gelächter ein, um diesen bitteren Geschmack im Mund zu behalten, um sich an der Komödie seiner Erbärmlichkeit zu weiden. Und dann fiel ihm aus heiterem Himmel Pozzi ein. Die Erinnerung traf ihn wie ein Elektroschock, und der Schlag warf ihn beinahe um. Er hatte in den letzten zwei Stunden kein einziges Mal an Pozzi gedacht, eine egoistische Nachlässigkeit, die ihm äußerst peinlich war. Sein Gelächter brach mit schier erschreckender Schroffheit ab, dann begann er sich hastig anzukleiden und sprang in seine Hose, als hätte in seinem Kopf eine Alarmglocke geklingelt.

«Es gibt da nur ein Problem», sagte das Mädchen. Sie lachte jetzt leiser, wollte das Spiel aber noch nicht aufgeben. «Was passiert, wenn Jack von seiner Reise zurückkommt? Ich meine, es könnte hier ein bißchen voll werden, oder? Er ist ein netter Kerl, und es könnte sein, daß ich auch mal mit ihm schlafen möchte. Was würdest du dann machen? Eifersüchtig werden oder so?»

«Genau darum geht es», sagte Nashe, und sein Ton war plötzlich verbittert und hart. «Jack wird nicht zurückkommen. Er ist vor einem knappen Monat verschwunden.»

«Was soll das heißen? Hast du nicht gesagt, er wäre in Texas?»

«Das habe ich bloß erfunden. Es gibt keinen Job in Texas, es gibt keinen Ölfritzen, es gibt überhaupt nichts. An dem Tag nach unserer Party hat Jack versucht, von hier zu fliehen. Am nächsten Morgen habe ich ihn vor dem Wohnwagen gefunden. Sein Schädel war eingeschlagen, er war bewußtlos – er lag einfach da in einer Blutlache. Wahrscheinlich ist er längst tot, aber das weiß ich nicht genau. Eben das sollst du für mich herausfinden.»

Darauf erzählte er die ganze Geschichte von Pozzi und dem Kartenspiel und der Mauer, doch da er ihr an diesem Abend schon soviel vorgelogen hatte, fiel es ihm sehr schwer, sie jetzt zu überzeugen. Sie starrte ihn nur an wie einen Wahnsinnigen, wie einen Irren, der mit Schaum vor dem Mund Märchen von kleinen lila Männchen in fliegenden Untertassen erzählt. Aber Nashe ließ nicht locker, und nach einer Weile begann seine Hitzigkeit ihr angst zu machen. Hätte sie nicht nackt auf dem Bett gesessen, wäre sie wahrscheinlich weggerannt, so aber saß sie in der Falle, und schließlich gelang es ihm, ihre Skepsis zu überwinden; er beschrieb Pozzis Aussehen nach der Schlägerei in allen gräßlichen Einzelheiten, bis sie das ganze Ausmaß dieses schrecklichen Geschehens endlich erfaßt hatte und schluchzend, die Hände vorm Gesicht, auf dem Bett saß; ihr schmaler Rücken bebte in heftigen, unkontrollierten Stößen.

Ja, sagte sie. Sie werde im Krankenhaus anrufen. Das verspreche sie. Armer Jack. Natürlich werde sie das Krankenhaus anrufen. Ach Gott, der arme Jack. Ach Gott, der arme Jack, heilige Mutter Gottes. Sie werde das Krankenhaus anrufen, und dann werde sie ihm einen Brief schreiben. Diese verdammten Schweine. Natürlich werde sie das tun. Der arme Jack. Diese gottverdammten Schweine. Der liebe Jack, ogottogott, heilige Mutter Gottes. Ja, das werde sie tun. Das verspreche sie. Sobald sie nach Hause komme, werde sie zum Hörer greifen und es tun. Ja, er könne sich auf sie verlassen. Gott Gott Gott Gott Gott. Das verspreche sie. Ganz bestimmt werde sie das tun.

9

Verrückt vor Einsamkeit. Jedesmal wenn Nashe an das Mädchen dachte, waren das die ersten Worte, die ihm in den Kopf kamen: *verrückt vor Einsamkeit.* Am Ende hatte er sie sich so oft aufgesagt, daß sie ihren Sinn zu verlieren begannen.

Daß der Brief nicht kam, legte er nicht ihr zur Last. Er wußte, daß sie ihr Versprechen gehalten hatte, und da er an diesem Glauben festhielt, geriet er nicht in Verzweiflung. Im Gegenteil, er fühlte sich ermutigt. Er konnte sich diesen Stimmungswechsel selbst nicht erklären, aber Tatsache war, daß er optimistisch wurde, vielleicht optimistischer als je zuvor seit dem ersten Tag auf der Wiese.

Murks zu fragen, was er mit dem Brief des Mädchens getan habe, hatte keinen Zweck. Er würde ihm nur eine Lüge auftischen, und Nashe wollte sich seinen Argwohn nicht anmerken lassen, wenn damit nichts zu gewinnen wäre. Am Ende würde er die Wahrheit ja doch erfahren. Das wußte er jetzt, und diese Gewißheit tröstete ihn, ließ ihn von Tag zu Tag durchhalten. «Alles geschieht zu seiner Zeit», sagte er sich. Wer die Wahrheit erfahren wollte, mußte sich erst einmal in Geduld üben.

Unterdessen ging die Arbeit an der Mauer gut voran. Als die dritte Reihe fertig war, baute Murks ihm eine hölzerne Plattform, und Nashe mußte jeden Stein, den er einsetzen wollte, über die Stufen dieser kleinen Konstruktion nach oben tragen. Das verlangsamte seine Fortschritte ein wenig, doch war das nichts im Vergleich zu dem Vergnügen, das er empfand, nun über dem Boden arbeiten zu können. Sobald er die vierte Reihe begonnen hatte, verwandelte sich die Mauer vor seinen Augen. Sie war jetzt übermannshoch, überragte selbst einen so großen Mann wie ihn, und daß er nicht mehr darüber hinwegsehen konnte, daß sie seinen Blick auf die andere Seite versperrte, gab ihm ein Gefühl, als sei nun eine wichtige Veränderung eingetreten. Mit einemmal waren die Steine erst zu einer Mauer geworden, und trotz der Mühen, die es ihn gekostet hatte, mußte er einfach Bewunderung dafür empfinden. Wann immer er innehielt und sein Werk betrachtete, überkam ihn eine gewisse Ergriffenheit.

Einige Wochen las er fast nichts. Dann nahm er eines Abends Ende November ein Buch von William Faulkner in die Hand *(Schall und Wahn)*, schlug es irgendwo auf und stieß mitten in einem Satz auf folgende Worte: «...bis er eines Tages im tiefsten Überdruß alles auf eine Karte setzt...»

Spatzen, Kardinäle, Meisen, Blauhäher. Diese Vögel waren als einzige im Wald geblieben. Und Krähen. Das waren die besten, fand Nashe. Hin und wieder kamen sie über die Wiese geflogen und stießen ihre seltsam erstickten Schreie aus, und dann unterbrach er seine Arbeit, um ihnen nachzusehen. Das Unvermittelte ihres Kommens und Gehens, ihr jähes, scheinbar völlig grundloses Auftauchen und Verschwinden war ihm sympathisch.

Wenn er frühmorgens neben dem Wohnwagen stand, konnte er durch die kahlen Bäume die Umrisse von Flowers und Stones Haus erkennen. An manchen Morgen herrschte jedoch so dichter Nebel, daß er nicht so weit sehen konnte. Selbst die Mauer verschwand dann zuweilen, und dann mußte er lange auf die Wiese starren, bis er die grauen Steine von der grauen Luft unterscheiden konnte.

Er hatte sich nie als einen Menschen betrachtet, der für

große Dinge bestimmt war. Sein Leben lang hatte er angenommen, er sei genau wie jeder andere. Aber jetzt stieg ganz allmählich der Verdacht in ihm auf, daß er sich geirrt haben könnte.

In diesen Tagen mußte er immer wieder an Flowers Sammlung denken: die Taschentücher, die Brillen, die Ringe, die Berge absurder Erinnerungsstücke. Alle paar Stunden schien ein anderes davon in seinem Kopf aufzutauchen. Was ihn aber nicht beunruhigte, sondern nur erstaunte.

Jede Nacht vor dem Schlafengehen schrieb er die Anzahl der Steine auf, die er an diesem Tag der Mauer hinzugefügt hatte. Die Zahlen selbst bedeuteten ihm nichts, aber nachdem die Liste auf zehn oder zwölf Eintragungen angewachsen war, begann die pure Anhäufung als solche ihm Spaß zu machen, und er studierte die Ergebnisse mit dem gleichen Interesse, mit dem er früher die Boxresultate in der Zeitung gelesen hatte. Anfangs hielt er das für ein rein statistisches Vergnügen, aber nach einer Weile spürte er, daß er damit irgendein inneres Bedürfnis befriedigte, irgendeinen Drang, über sich selbst auf dem laufenden zu bleiben und seine Position nicht aus den Augen zu verlieren. Anfang Dezember begann er darin ein Tagebuch, ein Logbuch zu sehen, in dem die Zahlen für seine intimsten Gedanken standen.

Abends im Wohnwagen hörte er *Die Hochzeit des Figaro*. Bei besonders schönen Arien stellte er sich manchmal vor, daß Juliette sie ihm vorsänge, daß es ihre Stimme sei, die er da hörte.

Die kalte Witterung störte ihn weniger, als er gedacht hatte. Selbst an den eisigsten Tagen legte er binnen einer Stunde nach Arbeitsbeginn die Jacke ab, und nachmittags machte er dann oft in Hemdsärmeln weiter. Murks stand in seinem schweren Mantel daneben und zitterte im scharfen Wind, aber Nashe spürte so gut wie nichts davon. Das war ihm so rätselhaft, daß er sich fragte, ob sein Körper etwa in Brand geraten sei.

Eines Tages machte Murks den Vorschlag, sie sollten die Steine von nun an mit dem Jeep transportieren. Damit könnten sie größere Mengen befördern, sagte er, und der Bau der Mauer käme schneller voran. Aber Nashe lehnte ab. Der Lärm des Motors würde ihn nur ablenken, sagte er. Und außerdem sei er an die alte Methode gewöhnt. Die Langsamkeit des Karrens, die langen Gänge über die Wiese, das komische leise Rumpeln der Räder, all das gefalle ihm. «Wenn etwas nicht kaputt ist», sagte er, «wozu es dann reparieren?»

Irgendwann in der dritten Novemberwoche merkte Nashe, daß es ihm möglich wäre, zu seinem Geburtstag am dreizehnten Dezember wieder auf Null zu kommen. Das verlangte zwar einige kleine Änderungen in seinen Gewohnheiten (zum Beispiel müßte er etwas weniger fürs Essen ausgeben und auf Zeitungen und Zigarren verzichten), aber die Symmetrie dieses Plans sagte ihm zu, und er fand, daß der Versuch die Mühe wert wäre. Wenn alles gutginge, würde er an seinem vierunddreißigsten Geburtstag die Freiheit zurückgewinnen. Es war ein ganz willkürliches Ziel, aber nachdem er sich einmal darauf verlegt hatte, merkte er, daß es ihm half, seine Gedanken zu ordnen und sich auf das zu konzentrieren, was zu tun war.

Jeden Morgen ging er mit Murks seine Berechnungen durch, verglich, um etwaige Diskrepanzen auszuschließen, Soll und Haben und prüfte beide Zahlen so lange, bis sie übereinstimmten. Am Abend des zwölften wußte er daher genau, daß die Schulden am nächsten Tag um drei Uhr beglichen sein würden. Allerdings hatte er nicht vor, dann aufzuhören. Er hatte Murks bereits gesagt, er wolle von dem Vertragszusatz Gebrauch machen, um sich noch etwas Reisegeld zu verdienen. Und da er genau wußte, wieviel er brauchen würde (für Taxifahrten, ein Flugticket nach Minnesota, Weihnachtsgeschenke für Juliette und ihre Vettern und Kusinen), hatte er beschlossen, noch eine Woche zu bleiben. Also bis zum zwanzigsten. Danach würde er als erstes mit einem Taxi zu dem Krankenhaus in Doylestown fahren, und nachdem er sich vergewissert hätte, daß Pozzi dort nie gewesen war, würde er sich von einem Taxi zur Polizei bringen lassen. Dort würde er wahrscheinlich eine Zeitlang bleiben müssen, um bei der Untersuchung zu helfen, dachte er, aber höchstens ein paar Tage, vielleicht nur einen oder zwei. Mit etwas Glück könnte er rechtzeitig zum Heiligabend in Minnesota sein.

Von seinem Geburtstag sagte er Murks nichts. Er fühlte sich seltsam daneben an diesem Morgen, und als es dann langsam auf drei Uhr zuging, erfaßte ihn eine überwältigende Traurigkeit, die ihn immer mutloser machte. Bis dahin hatte Nashe angenommen, er würde das Ereignis feiern wollen – etwa indem er sich eine imaginäre Zigarre anzündete oder bloß Murks die Hand schüttelte –, aber die Erinnerung an Pozzi bedrückte ihn zu sehr, und er konnte sich einfach nicht in die richtige Stimmung bringen. Bei jedem Stein, den er aufhob, glaubte er wieder Pozzi in den Armen zu halten, ihn vom Boden hochzunehmen und in sein armes zerschlagenes Gesicht zu blicken, und als es zwei Uhr wurde und die restliche Zeit nur noch eine Sache von Minuten war, dachte er plötzlich an jenen Tag im Oktober zurück, an dem er und der Junge mit einem wahnsinnigen Glücksgefühl geschuftet und diesen Punkt gemeinsam erreicht hatten. Er vermißte ihn sehr, stellte er fest. Er vermißte ihn so sehr, daß schon der Gedanke an ihn weh tat.

Am besten würde er gar nichts tun, fand er, einfach weiterarbeiten und die ganze Sache ignorieren, aber um drei Uhr erschreckte ihn ein merkwürdiges, durchdringendes Geräusch – ein Geheul, ein Aufschrei, ein Hilferuf –, und als er sich umblickte, sah er Murks am anderen Ende der Wiese den Hut schwenken. *Du hast es geschafft!* hörte Nashe ihn rufen. *Du bist jetzt wieder ein freier Mann!* Nashe hielt kurz inne, winkte mit einer lässigen Handbewegung zurück, dann beugte er sich gleich wieder über seine Arbeit und konzentrierte sich auf die Schubkarre, in der er den Zement anrührte. Ganz kurz hatte er gegen aufsteigende Tränen anzukämpfen, aber das dauerte wirklich nur wenige Sekunden, und als Murks herübergekommen war und ihm gratulierte, hatte er sich wieder voll unter Kontrolle.

«Ich dachte, du hättest vielleicht Lust, heut abend mit mir und Floyd einen trinken zu gehen», sagte Calvin.

«Wieso?» fragte Nashe und sah kaum von seiner Arbeit auf.

«Was weiß ich. Nur um mal rauszukommen und zu sehen, wie es in der Welt so aussieht. Du bist jetzt schon lange hier eingesperrt, mein Sohn. Ein bißchen Feiern wäre doch keine schlechte Idee.»

«Ich dachte, Sie hätten was gegen Feiern.»

«Kommt drauf an, was für Feiern du meinst. Ich schlage ja nichts Großartiges vor. Bloß ein paar Drinks bei Ollie's. Wie am Feierabend üblich.»

«Sie vergessen, daß ich kein Geld habe.»

«Schon gut. Die Drinks übernehme ich.»

«Danke, aber ich werde wohl verzichten. Ich will heute abend ein paar Briefe schreiben.»

«Die kannst du auch noch morgen schreiben.»

«Sicher. Andererseits könnte ich morgen auch tot sein. Man weiß ja nie, was alles passieren kann.»

«Um so mehr Grund, sich deswegen keine Sorgen zu machen.»

«Vielleicht ein andermal. Nett von Ihnen, daß Sie mir das anbieten, aber ich bin heute abend einfach nicht in der Stimmung.»

«Ich hab's nur gut gemeint, Nashe.»

«Das weiß ich, und ich danke Ihnen dafür. Aber Sie brauchen sich um mich keine Sorgen zu machen. Ich kann schon auf mich selbst aufpassen.»

Als Nashe sich jedoch am Abend allein im Wohnwagen das Essen machte, bereute er seinen Starrsinn. Fraglos hatte er richtig gehandelt, aber tatsächlich sehnte er sich verzweifelt nach einer Möglichkeit, die Wiese zu verlassen, und die moralische Korrektheit seiner Weigerung, Murks' Einladung anzunehmen, erschien ihm jetzt nur noch als armseliger Triumph. Immerhin verbrachte er täglich zehn Stunden in der Gesellschaft dieses Mannes, und daß sie sich zusammensetzten und etwas tranken, würde ihn noch lange nicht davon abhalten, diesen Mistkerl der Polizei zu übergeben. Zufällig bekam Nashe dann doch noch, was er wollte. Er war gerade mit dem Essen fertig, als Murks und sein Schwiegersohn beim Wohnwagen vorbeikamen und ihn fragten, ob er es sich nicht vielleicht anders überlegt habe. Sie würden jetzt ausgehen, sagten sie, und sie fänden es nicht fair, wenn er auf den Spaß verzichten müßte.

«Du bist ja nicht der einzige, der heute seine Freiheit zurückbekommen hat», sagte Murks und schneuzte sich mit einem großen weißen Taschentuch. «Ich bin genau wie du hier draußen gewesen und hab mir sieben Tage die Woche den Arsch abgefroren. Das war so ziemlich der schlimmste Job, den ich je hatte. Gegen dich persönlich hab ich ja nichts, Nashe, aber das war kein Zuckerschlecken. Nein, ganz bestimmt nicht. Vielleicht sollten wir uns jetzt mal zusammensetzen und das Kriegsbeil begraben.»

«Ja», sagte Floyd und lächelte Nashe an, als wollte er ihm Mut machen. «Lassen wir das Vergangene ruhen.»

«Ihr laßt wohl nicht locker, was?» fragte Nashe und versuchte den Eindruck aufrechtzuerhalten, es widerstrebe ihm noch immer.

«Wir zwingen dich zu nichts», sagte Murks. «Wir versuchen bloß, ein bißchen Weihnachtsstimmung zu erzeugen.»

«Wie die Helfer vom Weihnachtsmann», sagte Floyd. «Wir wollen einfach überall gute Laune verbreiten.»

«Na schön», sagte Nashe und sah in ihre erwartungsvollen Gesichter. «Ich komme auf einen Drink mit. Warum auch nicht, zum Teufel?»

Bevor sie in die Stadt fahren konnten, mußten sie noch einmal am Haupthaus halten und in Murks' Wagen umsteigen. Murks' Wagen, das hieß natürlich: sein Wagen, doch in der Aufregung hatte Nashe das ganz vergessen. Er setzte sich hinten in den Jeep, sie holperten durch den dunklen, frostigen Wald, und erst als sie diese kurze Fahrt hinter sich hatten, erkannte er seinen Irrtum. Er sah den roten Saab in der Einfahrt parken, und als er begriff, was er da vor sich hatte, erstarrte er vor Schmerz. Es machte ihn ganz krank, wieder darin fahren zu sollen, aber jetzt konnte er unmöglich noch einmal zurück. Sie waren startbereit, und er hatte für diesen Abend schon genug Theater gemacht.

Er sagte kein Wort. Er nahm auf dem Rücksitz Platz und schloß die Augen, versuchte jeden Gedanken zu vertreiben und lauschte dem vertrauten Motorengeräusch, während der Wagen die Straße entlangfuhr. Er konnte Murks und Floyd vorne reden hören, achtete aber nicht darauf, was sie sagten, und nach einer Weile verschmolzen ihre Stimmen mit dem Motorengeräusch zu einem gleichmäßigen tiefen Brummen, das in seinen Ohren vibrierte, zu einer einschläfernden Musik, die über seine Haut hin sang und in die Tiefen seines Körpers drang. Er schlug die Augen erst wieder auf, als der Wagen anhielt; sie standen auf einem Parkplatz am Rand einer kleinen, verlassenen Ortschaft. Ein Verkehrsschild klapperte im Wind. Weiter unten blinkten über der Straße Weihnachtslichter, deren Spiegelungen rot in der kalten Luft pulsierten, eine pochende Glut, die von den

Schaufensterscheiben und den vereisten Bürgersteigen zurückgeworfen wurde. Nashe hatte keine Ahnung, wo er war. Sie könnten noch in Pennsylvania sein, dachte er, aber sie könnten auch über den Fluß nach New Jersey gefahren sein. Er überlegte kurz, ob er Murks fragen sollte, in welchem Bundesstaat sie sich befänden, aber dann stellte er fest, daß es ihm gleichgültig war.

Ollie's, eine finstere und lärmende Kneipe, war ihm auf der Stelle unsympathisch. Aus einer Musikbox in der Ecke dröhnten Country-and-Western-Songs, an der Theke drängte sich ein Haufen Biertrinker – hauptsächlich Männer in Flanellhemden, geschmückt mit schicken Baseballkappen und Gürteln mit großen kunstvollen Schnallen. Nashe nahm an, es waren Farmer, Handwerker und Lastwagenfahrer, und die wenigen Frauen unter ihnen sahen aus wie Stammkundinnen – verquollene, teiggesichtige Alkoholikerinnen, die auf den Barhockern saßen und genauso laut lachten wie die Männer. Nashe war schon in Hunderten solcher Lokale gewesen, und er brauchte keine dreißig Sekunden, um zu bemerken, daß er dem heute abend nicht gewachsen war, daß er zu lange nicht mehr unter Menschen gewesen war. Alle schienen auf einmal zu reden, und der Krach aus lauten Stimmen und brüllender Musik machte ihm bereits Kopfschmerzen.

Sie tranken ein paar Runden in einem hinteren Winkel des Raums, und nach den ersten zwei Glas Bourbon begann Nashe sich ein wenig besser zu fühlen. Floyd, der am meisten redete, richtete fast alle seine Bemerkungen an Nashe, und nach einer Weile war kaum noch zu übersehen, wie wenig Murks zu der Unterhaltung beitrug. Er wirkte angeschlagener als sonst, dachte Nashe, und immer wandte er sich heftig hustend ab und spuckte widerliche Schleimklumpen in sein Taschentuch. Diese Anfälle schienen ihn sehr mitzunehmen, und hinterher saß er jedesmal schweigend da, bleich und zitternd von der Anstrengung, seine Lungen zu beruhigen.

«Großvater fühlt sich in letzter Zeit nicht sonderlich wohl», sagte Floyd zu Nashe (er nannte Murks immer nur Großvater). «Ich hab schon versucht, ihn zu überreden, sich ein paar Wochen freizunehmen.»

«Mir fehlt nichts», sagte Murks. «Ich hab bloß eine leichte Influenza, das ist alles.»

«Influenza?» sagte Nashe. «Wo zum Teufel haben Sie sprechen gelernt, Calvin?»

«Was stimmt denn nicht mit meiner Art zu reden?» wollte Murks wissen.

«Worte wie diese benutzt doch heute kein Mensch mehr», sagte Nashe. «Die sind schon seit hundert Jahren aus der Mode.»

«Das hab ich von meiner Mutter gelernt», sagte Murks. «Und die ist erst vor sechs Jahren gestorben. Sie wäre jetzt achtundachtzig – was beweist, daß das Wort nicht so alt ist, wie du denkst.»

Nashe war seltsam berührt, Murks von seiner Mutter reden zu hören. Er konnte sich nur schwer vorstellen, daß Murks einmal ein Kind gewesen war, geschweige denn, daß er vor zwanzig oder fünfundzwanzig Jahren in Nashes jetzigem Alter gewesen war – ein junger Mann mit einem Leben, das noch vor ihm lag, ein Mensch mit einer Zukunft. Zum erstenmal, seit das Schicksal sie zusammengeführt hatte, fiel Nashe auf, daß er von Murks so gut wie nichts wußte. Er wußte nicht, wo er geboren war; er wußte nicht, wie er seine Frau kennengelernt oder wie viele Kinder er hatte; er wußte noch nicht einmal, wie lange er schon für Flower und Stone arbeitete. Murks war ein Wesen, das für ihn ausschließlich in der Gegenwart existierte, außerhalb dieser Gegenwart war er nichts, war er so wesenlos wie ein Schatten oder ein Gedanke. Letzten Endes jedoch entsprach dies genau

Nashes Vorstellungen. Und wenn Murks sich ihm jetzt zugewandt und angeboten hätte, ihm seine Lebensgeschichte zu erzählen, würde er sich geweigert haben, ihm zuzuhören.

Unterdessen erzählte ihm Floyd von seinem neuen Job. Da Nashe ihm gewissermaßen dazu verholfen zu haben schien, mußte er sich die erschöpfende, weitschweifige Schilderung anhören, wie Floyd ein Gespräch mit dem Chauffeur angefangen hatte, der vorigen Monat das Mädchen aus Atlantic City herbeigeschafft hatte. Anscheinend hatte der Mietwagenservice neue Fahrer gesucht, und Floyd war gleich am nächsten Tag hingefahren und hatte sich beworben. Er arbeitete jetzt auf Teilzeitbasis, nur zwei oder drei Tage in der Woche, hoffte aber, daß sie im neuen Jahr mehr Arbeit für ihn haben würden. Bloß um irgend etwas zu sagen, fragte ihn Nashe, wie es ihm gefalle, eine Uniform zu tragen. Floyd sagte, das störe ihn nicht. Es sei angenehm, etwas Besonderes zu tragen, sagte er, da komme er sich irgendwie bedeutend vor.

«Hauptsache ist aber, daß ich gern fahre», fuhr er fort. «Welchen Wagen, ist mir egal. Solange ich hinterm Steuer sitze und über die Straße rausche, bin ich glücklich. Besser kann man sein Geld nicht verdienen. Stell dir vor, du wirst für was bezahlt, was du gerne machst. Da kommt einem doch fast was faul vor.»

«Ja», sagte Nashe. «Fahren ist etwas Schönes. Da stimme ich Ihnen zu.»

«Na, du mußt es ja wissen», sagte Floyd. «Ich meine, sieh dir Großvaters Auto an. Ein schöner Wagen. Stimmt's, Großvater?» sagte er zu Murks. «Ein toller Schlitten, was?»

«Saubere Maschine», sagte Calvin. «Fährt sich wirklich gut. Nimmt Kurven und Berge wie nichts.»

«Es muß dir Spaß gemacht haben, damit rumzufahren», sagte Floyd zu Nashe.

«Stimmt», sagte Nashe. «Es war der beste Wagen, den ich je hatte.»

«Nur eins wundert mich dabei», sagte Floyd. «Wie hast du's bloß geschafft, so viele Meilen runterzureißen? Ich meine, das ist doch ein ziemlich neues Modell, und der Zähler steht schon fast auf achtzigtausend. Das ist 'ne ganze Menge für ein einziges Jahr.»

«Allerdings», sagte Nashe.

«Warst du Handelsreisender oder so was?»

«Ja, richtig, ich war Handelsreisender. Ich hatte einen großen Bezirk abzudecken, und deshalb bin ich viel unterwegs gewesen. Sie wissen schon, den ganzen Kofferraum voller Muster, aus dem Koffer leben, jede Nacht in einer anderen Stadt. Ich bin soviel herumgefahren, daß ich manchmal nicht mehr wußte, wo ich eigentlich wohnte.»

«Ich glaub, das würde mir gefallen», sagte Floyd. «Scheint mir ein guter Job zu sein.»

«Ist nicht übel. Man muß nur gern allein sein, aber wenn man damit erst einmal zurechtkommt, ist der Rest ganz einfach.»

Langsam ging Floyd ihm auf die Nerven. Der Mann ist ein Hohlkopf, dachte Nashe, ein ausgewachsener Schwachsinniger, und je länger er sprach, desto stärker erinnerte er Nashe an seinen Sohn. Beide hatten das gleiche verzweifelte Verlangen, sich lieb Kind zu machen, die gleiche scharwenzelnde Schüchternheit, den gleichen verlorenen Blick. Wer Floyd sah, käme nie auf die Idee, daß er irgendeinem Menschen weh tun könnte – aber er hatte Jack in jener Nacht weh getan, davon war Nashe überzeugt, und eben seine innere Leere, dieses riesige unausgefüllte Loch, hatte das möglich gemacht. Floyd war kein brutaler oder gewalttätiger Mensch, aber er war groß und kräftig und zu allem bereit, und er liebte seinen Großvater über alles. Das stand ihm deutlich ins Gesicht geschrieben, und wenn er den Blick in

Murks' Richtung wandte, schien er einen Gott anzusehen. Großvater hatte ihm gesagt, was er tun sollte, und da hatte er es eben getan.

Nach der dritten oder vierten Runde Bourbon fragte Floyd, ob Nashe Lust auf eine Partie Billard habe. Im Hinterzimmer stünden ein paar Tische, sagte er, und einer davon wäre bestimmt frei. Nashe war inzwischen leicht angetrunken, stimmte aber dennoch zu, erfreut über die Chance, von seinem Stuhl aufstehen und die Unterhaltung beenden zu können. Es war kurz vor elf, und in der Kneipe war es leerer und ruhiger geworden. Floyd fragte Murks, ob er mitmachen wolle, aber Calvin sagte, er bleibe lieber sitzen und trinke sein Glas aus.

Sie traten in einen großen, schlecht beleuchteten Raum mit vier Billardtischen in der Mitte und einer Reihe von Flippern und Computerspielen an den Wänden. Am Queueständer neben der Tür blieben sie stehen, um ihre Stöcke auszuwählen, und als sie an einen der freien Tische gingen, fragte Floyd, ob es nicht interessanter wäre, wenn sie in aller Freundschaft um einen kleinen Geldbetrag spielen würden. Nashe war nie ein sonderlich guter Billardspieler gewesen, sagte aber, ohne lange nachzudenken, ja. Er wollte Floyd eine vernichtende Niederlage beibringen, und wenn es dabei um Geld ginge, würde das zweifellos seine Konzentration steigern helfen.

«Ich habe kein Geld», sagte er. «Aber wenn ich nächste Woche ausgezahlt werde, bekommen Sie es zurück.»

«Ich weiß», sagte Floyd. «Wenn ich denken würde, du würdest es mir nicht geben, hätte ich nicht gefragt.»

«Um wieviel sollen wir denn spielen?»

«Weiß nicht. Kommt ganz auf dich an.»

«Wie wär's mit zehn Dollar pro Spiel?»

«Zehn Dollar? In Ordnung, hört sich gut an.»

Sie spielten Poolbillard an einem dieser holprigen Tische,

wo ein Spiel einen Vierteldollar kostet, und während der ganzen Zeit sagte Nashe kaum ein Wort. Floyd war nicht schlecht, aber Nashe war trotz seiner Trunkenheit besser, und am Ende spielte er mit ganzer Seele, setzte seine Stöße so geschickt und präzise an, wie es ihm noch nie gelungen war. Er war vollkommen glücklich und entspannt, und nachdem er den Rhythmus der klackenden Kugeln einmal erfaßt hatte, begann der Queue wie von allein durch seine Finger zu gleiten.

Die ersten vier Spiele gewann er mit immer größerem Vorsprung (mit einer Kugel, mit zwei Kugeln, mit vier, mit sechs), und das fünfte Spiel hatte er gewonnen, noch ehe Floyd auch nur einmal an die Reihe gekommen war; mit dem ersten Stoß versenkte er zwei halbe Kugeln, räumte dann den ganzen Tisch ab und schickte zum krönenden Abschluß mit einem komplizierten Stoß über drei Banden die schwarze Kugel ins Eckloch.

«Das reicht mir», sagte Floyd nach dem fünften Spiel. «Ich dachte mir, daß du vielleicht gut wärst, aber das hier ist lächerlich.»

«Bloß Glück», sagte Nashe, bemüht, ein Lächeln zu unterdrücken. «Normalerweise bin ich ziemlich schwach. Aber heute abend läuft es wie geschmiert.»

«Schwach oder nicht, jedenfalls schulde ich dir fünfzig Dollar.»

«Vergessen Sie das Geld, Floyd. Ich mache mir nichts daraus.»

«Was soll das heißen, ich soll das Geld vergessen? Du hast eben fünfzig Dollar gewonnen. Die gehören dir.»

«Nein nein. Behalten Sie es nur. Ich will Ihr Geld nicht haben.»

Floyd ließ nicht locker und versuchte Nashe die fünfzig Dollar in die Hand zu drücken, aber Nashe lehnte es nicht minder hartnäckig ab, und nach einer Weile begann es

Floyd zu dämmern, daß Nashe es wirklich ernst meinte, daß er nicht bloß eine Show abzog.

«Kaufen Sie Ihrem Kleinen ein Geschenk», sagte Nashe. «Wenn Sie mich glücklich machen wollen, geben Sie es für ihn aus.»

«Das ist schrecklich nett von dir», sagte Floyd. «Die meisten Leute würden sich fünfzig Dollar nicht einfach so entgehen lassen.»

«Ich bin nicht die meisten Leute», sagte Nashe.

«Jetzt bin ich dir aber was schuldig», sagte Floyd und klopfte ihm in verlegener Dankbarkeit auf die Schulter. «Wenn ich dir mal einen Gefallen tun soll, brauchst du mich nur zu fragen.»

Es war nur eine dieser leeren, unverbindlichen Bemerkungen, wie Leute sie in solchen Augenblicken oft von sich geben, und in jeder anderen Situation würde Nashe sie wahrscheinlich überhört haben. Aber plötzlich durchglühte ihn eine Idee, und anstatt die eben erhaltene Gelegenheit verstreichen zu lassen, sah er Floyd offen an und sagte: «Ja, wo Sie das jetzt erwähnen, vielleicht können Sie tatsächlich etwas für mich tun. Nur eine Kleinigkeit, aber Ihre Hilfe dabei würde mir sehr viel bedeuten.»

«Klar, Jim», sagte Floyd. «Nur raus mit der Sprache.»

«Lassen Sie mich heute abend den Wagen zurückfahren.»

«Du meinst Großvaters Wagen?»

«Ja, Großvaters Wagen. Der früher mal mir gehört hat.»

«Ob das möglich ist, kann ich nicht entscheiden, Jim. Der Wagen gehört Großvater, und den wirst du fragen müssen. Aber ich werde auf jeden Fall ein gutes Wort für dich einlegen.»

Wie sich herausstellte, hatte Murks nichts dagegen. Er fühle sich ziemlich kaputt, sagte er, und er habe Floyd sowieso bitten wollen zu fahren. Wenn Floyd das Nashe überlassen wolle, habe er keine Einwände. Was mache das für einen Unterschied, solange sie nur ans Ziel kämen?

Als sie ins Freie traten, schneite es. Es war der erste Schnee des Jahres, und er fiel in dicken, feuchten Flocken, die größtenteils schmolzen, sobald sie den Boden berührt hatten. Die Weihnachtsbeleuchtung über der Straße war abgeschaltet, der Wind hatte sich gelegt. Die Luft war unbewegt, so still, daß sie ihnen beinahe warm vorkam. Nashe atmete tief ein, sah zum Himmel auf und ließ sich den Schnee einen Augenblick ins Gesicht fallen. Er war glücklich, erkannte er, so glücklich wie schon lange nicht mehr.

Als sie zum Parkplatz kamen, gab Murks ihm die Wagenschlüssel. Nashe schloß die Fahrertür auf, doch gerade als er sie öffnen und einsteigen wollte, zog er die Hand zurück und fing an zu lachen. «Hey, Calvin», sagte er. «Wo zum Teufel sind wir hier eigentlich?»

«Was soll das heißen, wo sind wir hier?» fragte Murks.

«Wie heißt der Ort hier?»

«Billings.»

«Billings? Ich dachte, das liegt in Montana.»

«Billings. New Jersey.»

«Also sind wir nicht mehr in Pennsylvania?»

«Nein, dazu muß man erst über die Brücke fahren. Weißt du nicht mehr?»

«Ich weiß überhaupt nichts mehr.»

«Nimm einfach die Route Sixteen. Die führt dich genau ans Ziel.»

Er hätte nicht gedacht, daß es ihm so viel bedeuten würde, aber als er dann hinterm Steuer saß, merkte er, daß seine Hände zitterten. Er ließ den Motor an, schaltete Licht und Scheibenwischer ein und setzte dann langsam rückwärts aus der Parklücke. So lange war das doch gar nicht her, dachte er. Nur dreieinhalb Monate, aber trotzdem brauchte er eine

Weile, bis er wieder ein wenig von dem alten Vergnügen empfand. Neben ihm auf dem Beifahrersitz hustete Murks, hinter ihm schwafelte Floyd von seiner Niederlage beim Billard, und erst als Nashe das Radio anmachte, konnte er diese Ablenkungen ignorieren, konnte er vergessen, daß er nicht allein war wie in all den Monaten, in denen er kreuz und quer durch Amerika gefahren war. Er wollte das nicht noch einmal machen, merkte er, aber als er die Ortschaft hinter sich gelassen hatte und auf der leeren Straße beschleunigen konnte, fiel es ihm schwer, nicht für ein Weilchen so zu tun als ob, sich nicht in jene Zeit zurückversetzt zu fühlen, die dem eigentlichen Beginn seiner Lebensgeschichte vorausgegangen war. Dies war seine einzige Chance, und er wollte dieses Geschenk genießen, die Erinnerung an den, der er einmal gewesen war, soweit wie möglich auskosten. Der Schnee wirbelte vor ihm auf die Windschutzscheibe, und in Gedanken sah er die Krähen über die Wiese sausen und hörte ihre geheimnisvollen Schreie, wenn sie über ihn hinwegflogen. Die Wiese würde sich hübsch ausnehmen unter dem Schnee, dachte er, und er hoffte, es möge die ganze Nacht weiterschneien, damit er sie am Morgen so sehen könnte. Er stellte sich die gewaltige weiße Fläche vor und sah den Schnee immer weiter fallen, bis auch die Steinhaufen bedeckt wären, bis alles unter einer weißen Lawine verschwunden wäre.

Er hatte das Radio auf einen Klassiksender eingestellt, und die Musik war ihm vertraut, es war ein Stück, das er schon oft gehört hatte, das Andante eines Streichquartetts aus dem achtzehnten Jahrhundert. Aber obwohl Nashe jede Passage auswendig konnte, wollte ihm der Name des Komponisten einfach nicht einfallen. Auf Mozart oder Haydn war die Auswahl schnell reduziert, aber dann wußte er nicht mehr weiter. Einmal klang es wie das Werk des einen, und dann wieder schien es fast unvermittelt in ein Stück des anderen überzugehen. Vielleicht war es eins der Streichquartette, die Mozart Haydn gewidmet hatte, dachte Nashe, aber es konnte auch umgekehrt sein. Irgendwann schien die Musik der beiden dann zu verschmelzen, und er konnte sie nicht mehr auseinanderhalten. Dabei hatte Haydn ein hohes Alter erreicht, war mit Aufträgen, Ämtern bei Hofe und sämtlichen Vorteilen geehrt worden, die die damalige Zeit zu bieten hatte, während Mozart jung und arm gestorben war und man seinen Leichnam in ein gewöhnliches Grab geworfen hatte.

Inzwischen fuhr Nashe mit sechzig Meilen; er fegte die gewundene schmale Landstraße entlang und empfand sich vollkommen als Herr der Lage. Die Musik hatte Murks und Floyd weit in den Hintergrund seines Bewußtseins gedrängt, und er hörte nichts anderes mehr als die vier Streichinstrumente, die ihre Klänge in den dunklen umschlossenen Raum ergossen. Dann war er auf siebzig, und gleich darauf hörte er, wie Murks ihm durch einen Hustenanfall etwas zurief. «Du blöder Idiot», hörte Nashe ihn schreien. «Du fährst zu schnell!» An Stelle einer Antwort drückte Nashe aufs Gas, beschleunigte auf achtzig und nahm die Kurve mit leichtem und sicherem Griff. Was wußte Murks schon vom Fahren? dachte er. Was wußte Murks überhaupt von irgend etwas?

Genau in dem Augenblick, als der Wagen auf fünfundachtzig kam, beugte Murks sich vor und machte das Radio aus. Die plötzliche Stille wirkte auf Nashe wie ein jäher Schock, und automatisch drehte er sich zu dem Alten um und sagte, er solle sich um seine eigenen Angelegenheiten kümmern. Als er den Blick unmittelbar darauf wieder der Straße zuwandte, sah er den Scheinwerfer schon auf sich zukommen. Er schien aus dem Nichts aufzutauchen, ein Zyklopenstern, der genau auf seine Augen zuschoß, und in jäher Panik hatte er nur noch den einen Gedanken, daß dies also sein letzter Gedanke sei. Zeit zum Anhalten blieb nicht mehr, es war nichts mehr zu machen, und daher trat er nicht auf die Bremse, sondern drückte nur noch fester aufs Gaspedal. In weiter Ferne hörte er Murks und seinen Schwiegersohn aufheulen, doch ihre Stimmen klangen gedämpft, wurden übertönt vom Brausen des Bluts in seinem Kopf. Und dann war das Licht direkt vor ihm, und unfähig, noch länger hineinzustarren, schloß Nashe die Augen.